ちくま学芸文庫

種村季弘コレクション

驚異の函

種村季弘

諏訪哲史 編

JN090190

筑摩書房

目次

凡　例

一、本書は種村季弘の作品を諏訪哲史が編んだ、ちくま学芸文庫オリジナルのアンソロジーです。

一、本文につきましては、原則として巻末に記した底本の表記にしたがっていますが、括弧や数字などの表記は、本書の体裁にもとづき整理しています。

一、本文中には、今日の観点からすると不適切な表現もありますが、著者が故人であること、また、執筆時の社会的な背景を鑑み、そのままとしました。

種村季弘コレクション　驚異の函

光文社編集者時代の 1960 年夏、肝炎で入院中の種村季弘

吸血鬼幻想

吸血鬼といえば、だれでもすぐに思い出すのは、映画や小説でおなじみのドラキュラ伯爵やカーミラであろう。いうまでもなく、前者はブラム・ストーカー原作の小説の、後者はシェリダン・レ・ファニュの小説の、それぞれ作中人物である。夜になると重い石棺の蓋が無気味な音をたてててもちあがり、葬られた死者が蘇ってくる。不吉な鳥の翼のようにひるがえる真黒なマント、耳まで裂けた真赤な口には狼のような牙《きば》が生え、万力のような力で犠牲者を羽がい締めにして、首につけた青い斑点から生き血を吸いとっては、燃えつきたはずの生命の炎をすこしでも引き延ばそうとする。おまけに吸血鬼の犠牲者は、狂犬に咬まれた人間のように「伝染性狂信」(ドン・カルメ)を傷口から注入されて、やがてみずからも新たな犠牲者の血のにおいをもとめて闇の中をさまよい歩くのだから始末におえない。

吸血鬼がことのほか跳梁したのは、十八世紀のバルカン諸国であった。以来、バルカンは吸血鬼伝説の特産地となり、トランシルヴァニア山脈に沿うこの一帯は、今日にいたるまで吸血鬼の実在を証明するような怪事を生みだしている。とりわけ社会的変動のはげしい時代に吸血鬼はいつも喚び戻され、ボヘミアには第一次大戦直後にも一種の吸血鬼ブームが起ったという。

しかし、死者が夜な夜な蘇って人血を漁るという伝説は、名称こそ多種多様ながら、バルカン諸国にかぎらず、ロシア、シュレジア、ポーランド、ギリシア、トルコ、アイルランド、スコットランド、スカンディナヴィア三国、ポルトガル、さらにアラビアやインドにまで及ぶ、地理的にも歴史的にも広大な分布図をもっている。スラヴ、トルコ、地中海諸国の中心に位するバルカンは、周辺のさまざまの魔術的信仰のまざり合う坩堝と化して、あの奇怪な伝説を土着化せしめたものにちがいない。吸血鬼《ヴァムピール》（Vampir）という名称自体がそもそもトルコ語の uber（妖術師）とリトアニア語の wempti（飲む）とからの合成語であるという説さえある。吸血鬼はまたポーランドではウピルと呼ばれたし、ギリシアでは、ブルコラカス、ドイツではドルド、アラビアではグール、ポルトガルではブルーカと呼ばれた。さらには古代ギリシアのおそろしい妖怪ラミア、暗黒の女神ヘカテーとテッサリアの巫女たちのような吸血鬼の原型ともいうべき魔物や、インドの血なまぐさい陰母神カーリなども、エロチシズムと結びついた血の供犠の恐怖として忘れることのできない存在である。

しばしば吸血鬼は血を吸うかわりに犠牲者にキスをしたり、あまつさえ性行為に及ぶこともある。血は霊魂の永生の象徴であるから、かならずしもほんとうに血を吸う必要はない。魔術師たちがオド・ヴァンピリスムスと呼んでいる現象では、吸血鬼はもっぱら犠牲者のオド（人間の肉体から発する一種の動物磁気）を吸う。またベネズエラの吸血鬼は同性愛的で、ねらった美少年の精液しか吸わない。このように吸血鬼は、サディズム、マゾヒズム、死姦、人肉嗜食《カニバリズム》、同性愛など、エロチックな欲望の象徴として夢見られた怪物なのである。精神分析学者は、事実、ドラキュラを怖ろしい父性愛の化身と見なし、カーミラをレスビアンの性的象徴と考えている。「女たちはとりわけ、ドラキュラ伯爵の狂気の抱擁と、幾人もの注文の多い情婦たちを満足させるその例外的な陽物とを夢見るのだ」（ローラン・ヴィルヌーヴ）

定義をここまでひろげてしまえば、吸血鬼信仰がほとんど人類とともに古いことも道理であろう。事実、古代宗教の血の供犠の中には、吸血鬼の前身ともいうべき怖ろしい現象がいくつも見出される。なかでもとりわけ血のエロチックな意味をすでにあますところなく伝えていると思われるのは、古代ギリシアの血に飢えた夜の女神ヘカテーにつかえた、テッサリアの怖ろしい巫女たちの秘儀である。

テッサリアの巫女たちの秘儀は今日でいえば一種の降霊術で、「霊魂の呼びもどし」と呼ばれていた。夜空に満月の血のように赤くかかる夜、真黒な亜麻布のマントに身をつつみ、額と掌には悪魔の血の印形を烙した巫女たちが、ハイエナのように墓地に忍び入り、あらかじめ目をつけておいた死んだばかりの美少年の墓をあばいて、亡骸《なきがら》の血を飲みほすのである。手頃の新仏《にいぼとけ》が見つからない場合には、かねてから恋慕していた若者に毒入りの酒を飲ませておいてからあらためて墓をあばくという、邪悪な手口に訴えることさえ一再ではなかった。おのれの年老いて醜く崩れさった容姿を百も承知の彼女らは、生きていればとても愛撫することはかなわぬ相手をせめて亡骸としてわがものにしようとたくらんだのである。

儀式は奇怪な場景のうちに展開された。まず巫女たちは、棺の重い蓋を鉛のナイフでこじあけるとなかから素裸の美しい若者の死体を両の腕にかかえ上げ、狂喜しつつ髪や肢体を愛撫するばかりか、黄色い欠けた歯で死者の口をこじあけてキスをしようとさえしたという。ついで地面に大きな輪を描き、その中央に燈油ランプを置いて若者の死体を照らし出し、またあらかじめ用意しておいた特製の液をその身体中に塗布する。秘液の成分は狼の血と牝羊の胎内から切りとってきた羊の胎児の血、それに毒草ヒヨスと狼の乳をまぜ合わせたものである。かたわらの籠の中には、もう一つの重要な小道具である蛇がはいっている。蛇は過度の飢餓状態のために硬直症状《カタレプシー》に陥っている。いまや巫女たちはこの蛇をとり出して、くり返し若者の呼び名を唱えながら、ところ嫌わずその蒼白な肌を鞭打つのである。鞭の音が高まるにつれて、死者の肌からは毒草と獣の血の入りまじったしびれるような強烈な異臭が立ちのぼる。一瞬巫女たちの灼熱した脳髄幻覚のなかで死者はまばたきをし、かすかに身じろぎしはじめる。と、彼女たちは蛇を投げ出してナイフで死者の胸をざっくりと裂き、心臓をつかみ出してありたけの血を飲みほしてしまう。死者は彼女たちにとって一時的にもせよ蘇ったのであるから、それは生血であった。こうして彼女たちは若者の生き血、いや、呼びもどされた霊魂をことごとくわがものにしたと信じたのだった。

テッサリアの巫女の場合は、生きている人間が死者の血を飲むので、一般の吸血鬼信仰に見るように死者が蘇って生きている人間を襲うのではない。しかし、死者や妖怪が生きている人間と交通する後者の例もすでに古くからある。古代ギリシアの哲学者テュアナのアポローニオスがコリントで出会った女吸血鬼ラミアもこの部類に属している。

アポローニオスにはメニッポスという美青年の弟子があった。メニッポスは貧しい苦学生だったが、フェニキア人の大金持の美女に見初められて結婚することになった。披露宴には師のアポローニオスも招待された。披露宴はおよそ贅美の極みで、金器銀器には山のように山海の珍味が盛られていた。しかしアポローニオスは美しく着飾った当日の花嫁を一眼見て、彼女が吸血鬼であることをたちどころに看破した。こころみにアポローニオスが呪文を唱えながら銀の台つきコップを手にとると、それはみるみるうちに羽毛のように軽くなって、やがて姿を消した。同様に料理人や召使いはたちまち埃になってしまい、邸宅は崩壊して廃墟と化した。動かぬ証拠を突きつけられた花嫁吸血鬼は、鱈腹食わせて太らせておいてからメニッポスの若々しい肉体を味わうつもりだった、と白状したという。

アラビアの吸血鬼グールに関しては、『千夜一夜物語』のなかに面白い例が報告されている。
さる領主が、妻が黒人の奴隷と姦通していることを知って、廃人になるまで奴隷を殴打したうえ追い払った。妻は長い間黒人を慕って歎きつづけていたが、やがて復讐のチャンスをつかんだ。彼女はその間に魔法を習得して、夫をなかば石、なかば人間の、半身不随の呪縛の虜に変えてしまったのである。一方、生きた人間よりは死人に近くなった黒人が身を隠している墓穴に住居を移した魔法使いの妻は、そこから夜な夜な夫の邸宅にもどってきては、血まみれになるまで夫を鞭打った。たまりかねた夫は、ついに王に畏れながらと訴え出る。「こんな風に私を虐待いたしましてから、朝晩の酒や煮汁をあの奴隷のもとへ運ぶために帰っていくのでございます。彼女が私の血を飲んだことさえ、一度や二度ではございませんでした」

ヘーロドトスの『歴史』には、古代エジプトのミイラ葬について述べた一節があるが、シャルル・ヴァルデマールという性心理学者は、ふつう屍姦を意味すると考えられている問題の件りに、テーベやメンフィスでおこなわれていたとされる吸血鬼信仰との関係を暗示している。問題の一節はつぎのようなものである。

「有名な人間の夫人は、およそ非常な美人であったり、非常に尊敬された婦人もそうであるが、死んでもすぐにはミイラに出さないで、三四日経た後に初めてミイラ師に渡すことになっている。なぜかというと、ミイラ師が彼等の妻を凌辱するようなことをしないようにするためであろう。実際、あるミイラ師が死んで間もない婦人を凌辱しているところを見つけられて、仲間の職人に密告されたという話がある」（青木巌訳）

ポルトガルの吸血鬼ブルーカも、血や霊魂を啖う無気味な妖怪である。ブルーカは女の吸血鬼で、夜になると寝床をぬけ出して（結婚している場合には添寝している夫の横から起き上がってきた）梟か蝙蝠を思わせる巨大な野鳥に変身し、野山を越え、谷を越えて、遠いところまで飛んでいく。沼や湖水や池の上を飛んでいくときには、その二目と見られぬいやらしい顔が、おどろおどろしく水面に映ったという。こうして彼女たちは悪魔の情夫とたずさえながら、ひとり夜道を往く旅人たちを襲っては苦しめた。ブルーカは相手が肉親であろうと容赦しなかった。彼女たちはしばしば自分の子供の血を吸った。近隣の家を襲うこともめずらしくなかったが、ブルーカがもっとも好んだのはとりわけ幼年者の血であった。

南ドイツと南オーストリア一帯で信じられているドルドという吸血鬼は、古代ケルト民族の祭司ドルイド僧に語源があって、「ドルド圧し」という現象で有名である。ドルドに襲われた体験者の証言はほぼ一致している。真夜中、ほぼ十一時から午前三時までの間に、ふと眼が覚めると胸の上にたえがたいほど重いものが載っている。苦しくて息もできない。窒息するな、と思うが、手足は異様にしびれ、声を出そうにも声にならない。そしてものの十五分か三十分も経った頃、ふいに胸の重みは消えうせるのである。襲撃が起っている間、犠牲者は大抵はっきり眼覚めていて、暗い影のようなものが部屋の中を横切ってベッドにやってくると、犠牲者にぴったり重なって、それからまた遠ざかっていくのを細大漏らさず目撃しているという。

しかしとりわけ吸血鬼らしい吸血鬼は、さきにも述べたように、バルカン諸国に、しかも際立った特徴をもってあらわれた。魔術研究家セリグマンのいうところによれば、「吸血鬼の数は十八世紀が一番多かった」のであり、「ひとびとはいたるところで吸血鬼を見た」(ヴォルテール)

有名な吸血鬼の例としては、一七三二年のガラント・マーキュリ紙に掲載された、ハンガリーのグラディシュに近いキソローヴァ村に住んでいたペテル・プロゴヨヴィッチの場合がある(シャルル・ウァルデマールは「アンナ・プロゴヨヴィッチ」という女吸血鬼だった、と異説を述べている)。

プロゴヨヴィッチは夜な夜な墓をぬけ出しては村人を襲った。そこで村人たちが墓をあばいてみると死後六週間も埋められていたのに、肌は新鮮で、頬はかすかに赤味をおび、爪や髪は死後も伸びつづけていた。だが口のまわりはべっとりと鮮血にまみれていて、それはこの一週間のうちにプロゴヨヴィッチの毒牙にかかって斃れた人びとの血であった。村人たちはすぐさまこの死なない死人を火葬に付して恐怖を祓った。

吸血鬼はかならずしも犠牲者の血を吸うわけではなく、犠牲者になんらかの形で祟るだけで満足することもある。プロゴヨヴィッチの死後まもなく、同じ村で六十二歳の男が死んだ。埋葬後三日目に彼は息子の前にあらわれて、なにか食う物をくれとせがみ、食べ物を平らげると消えた。それから二日目にまたあらわれて、ふたたび食べ物をせがんだ。しかし食べ物だけではあき足りなかったのか、それとも家族に復讐するつもりだったのか、それからまもなく息子は死に、また五人の村人がつぎつぎに患って五日以内に死んだ。村人たちは父と息子、それに五人の犠牲者の墓をあばいて、あらためて火葬にした。吸血鬼の毒牙にかかった者は、やはり吸血鬼になるおそれがあるからである。

トルコとセルビアの国境にあるメドレイガにあらわれた大吸血鬼アルノルト・パウルの話も有名である。アルノルト・パウルは生前からトルコの吸血鬼に執拗に苦しめられていた。彼はたまたま吸血鬼の墓にかぶせてある土を食べようとして、食べる前にまぐさ車の下敷になって死んだ。死者を墓の中で黙らせておくには墓の土を食べるのにかぎる、と信じられていたからである。アルノルト・パウルは死んでから吸血鬼になった。

「四十日後に、かれは墓から掘り出された。報告によると、彼の血は血管のなかであわ立ち、全身と屍衣は血みどろだったという。執行官が彼の心臓を刺すように命じたとき、吸血鬼はおそろしい叫び声をあげたが、これが彼の最後の抗議だった。そのあとすぐ、火が彼の全身をつつんでしまった。一七三〇年のことだった」（セリグマン『魔法』平田寛訳）

セリグマンが挙げている、もう一つの十八世紀の例は、ベオグラード近在の村が舞台である。

カブレラス伯爵の一行が、あるとき問題の村に乗り込んでいった。伯爵はある兵士から只事ならぬ話を聞いたので、善後策をこうじなければならないと考えたからである。兵士の話というのはこうだった。彼が知人の農夫の家に招かれて、夕食をご馳走になっているとき、見知らぬ男が一人部屋に入ってきて言われもしないのに夕食の席に加わった。一座の人びとは恐怖の色を浮べたが、べつに口に出しては何事もいわなかった。つぎの日、その家の主人が急死した。兵士が後に聞いたところによると、ふいに闖入してきた見知らぬ男は十五年前に死んだ主人の祖父で、いまでは吸血鬼になっているというのだった。カブレラス伯爵の一行は村に乗り込むと、早速問題の男の墓をあばいた。吸血鬼の死体は完全に保存されており、医者が血管を開くと鮮血がほとばしり出た。カブレラス伯爵は吸血鬼の首をはねさせ、胴体だけを墓にもどさせた。同じ村にはつぎつぎに吸血鬼の墓が発見された。なかには三十年前に死んで吸血鬼になった男とその犠牲者の墓もあって、その死体はいずれも完全に保存されていた。十六年前に死んで、二人の息子の血を吸って殺した吸血鬼の墓もあった。伯爵はこれらの死体をことごとく灰にした。

吸血鬼を退治するには、心臓に木の杭を打ち込むとか、ニンニクを使って近づけないようにするとか、十字架をかざすとか、いろいろな方法があるが、確実なのは右の例にもあるように、墓をあばいて死体を灰にすることであろう。もともと吸血鬼伝説は火葬の習慣が発達している地方には育たない。死体が土葬されると、土のなかのなんらかの成分が死体を一時的に生体にもどす作用を及ぼすと信じられたのである。

また吸血鬼を滅ぼすには、そのための特殊な能力をもっていると考えられている、ダンピールという人間がいる。これは吸血鬼と村の女との間に生れた息子である。ここでドラキュラが「怖ろしい父」の原型である、ということを思い出していただきたい。その意味では、ドラキュラ物語は、じつは一種のオイディーポス伝説なのである。J・J・ポオヴェール社版『セクソロジー辞典』の「ドラキュラ」の項にはつぎのような説明がある。

「ドラキュラは怖ろしい父であり、悪魔、アンチクリストである。その神秘的な領地（トランシルヴァニアの城館）は近づき難い外観を呈しており、提督の船室を真似たそれは、どことなく、おし殺した物音の喘ぎが両親の部屋からやってくる、あの夜の性的衝撃を思い起させなくもない。——若い男——彼は若きオイディーポスを思わせる——はやがて《怖ろしい伯爵》（父ドラキュラ）の胸に杭を突き刺し、その首を胴体から切り離して（去勢）、勝利するであろう。怪物の犠牲になっていた女は呪縛を解かれて、自分を救ってくれた若い男と結婚することになろう」

それにしても蛇の目に射すくめられた小動物のように、吸血鬼に魅入られて手足が麻痺してしまう犠牲者には、一種たとえようもないマゾヒスティックな快感があるに違いない。「仮死や死のエクスタシーこそが吸血鬼信仰の真の原因である」（ヴァルデマール）。第一次大戦後、バルカンに蔓延した吸血鬼信仰にも、いちじるしい性的契機があった。女たちを襲うのはかならず男の吸血鬼であった。セルビアのメドヴェギアに爆発的な吸血鬼信仰が蔓延したとき、さるハンガリー傭兵の息子でミロエという名の男が死後四週間ののち吸血鬼になって、同じくハンガリー傭兵ヨヴィラの嫁スタニョイカのところにあらわれた。彼女はまったく非の打ちどころのない健康体であったが、真夜中に怖ろしい叫び声をあげてとび起き、ミロエに首を絞められて、そのとき胸にものすごい痛みを感じた、とふるえながら訴えた。このとき以来、彼女は重病を患って、数日後に死んだ。同じ村のある寡婦が、スタニョイカが死んでから一年ほど経った頃妊娠した。死んだ夫が吸血鬼になって夜な夜な彼女のベッドにあらわれては性交を強要していたというのだった。

　右に見てきたように、多くの吸血鬼は必ずしも吸血が目的で犠牲者を襲っているわけではない。それにしても、犠牲者たちが襲撃の夜以来みるみる衰弱していったことはどの場合にも報告されているのだから、血そのものではないにしても、なにかが奪われたことは間違いないのである。一言にしていえば、さきにも触れたように、それはオド（Od）であった。そこで以下、しばらく「オド」の法則について述べなくてはならない。

　吸血鬼をたんなる隔世遺伝的な迷信と考える風潮は、ほぼ十八世紀をもって終っていた。すでにベネディクト会士のドン・オーギュスト・カメル（一六七二―一七五七年）は、おびただしい吸血鬼の実例を収集して、ある程度の科学的な解明をこころみた。「土壌のなかの化学物質が、死体を無期限に保存するのかも知れない。暖かみのために、土のなかの硝石と硫黄とが、凝固した血を液化させるのかもしれない。吸血鬼の悲鳴は、喉を通過する空気が、棒が打たれたさいに体内に生じる圧迫のためかき立てられて出てくる」（セリグマン『魔法』による）などである。またヴァルモンの修道院長ピエール・ド・ロレーヌ（一六四九―一七二一年）は、吸血鬼の秘密は塩と熱の運動にあるとし、死者は植物や動物が再生できるように、すくなくとも一時的には生に復帰しうると考えた。ピエール・ド・ロレーヌはまた、薔薇の種子を灰にしてから複雑な手続きを経て、密封したガラス壜の中に「薔薇の幽霊」をあらわす秘法を詳述している。十八世紀においてすでに血と薔薇のアナロジカルな対応は、ロジェ・ヴァディムの名作『血とバラ』のシニカルなカーミラと抒情的なミラーカの対のように、九十六状の態位で交差していたのである。

化学とオカルティズムの結婚から生れた畸型児に似たこれらの吸血鬼研究とはべつに、異常心理学の領域でも、カール・フォン・ライヒェンバッハ（一七八八―一八六九年）がやや遅れて吸血鬼の秘密に推参した。オドの法則は余人ならぬこのライヒェンバッハの発見による。ライヒェンバッハはもともとパラフィンやクレオソートの発見者として有名な科学者であり、シュウァルツウァルトに最初の木炭製造所を建設し、また鉱山の所有者として一連の科学研究書を出版した。なかで吸血鬼研究にかかわりがあるのが、『オドー磁気の手紙』（一八五二年）と『過敏な感受性の人間ならびにそのオドに対する反応』の二著である。彼のオド説のいかなるものであるかは、同時代フランスの大魔術師エリファス・レヴィの『大いなる神秘への鍵』のなかに次の叙述がある。

「すべてこれらの驚異は、ヘブライ人ならびにフォン・ライヒェンバッハ男爵がオドと呼び、われわれがマルティネス・パスクヮリス一派とともに星の光と名づけ、ミルヴィーユ伯が悪魔、錬金術師たちがアゾットと呼んだ、さる比類ない動因によって成就されるのである。熱、光、電気、磁気の諸現象のうちにあらわれるのは、なべての天体ならびに生物を磁化するこの生命要素である。この動因そのもののうちに、その一方が牽引するとひとしく他方が反発し、一方が熱を喚起すれば他方が冷気を喚び、一方が有限的に青と緑の光を発すれば他方が黄と赤の光を発する、あの両極性による均衡と運動に関するコペルニクス説の証明が顕現しているのである」

オドの法則は、換言すれば共感と反発の法則である。一種の陰陽説と考えてもいい。ヤーコプ・ベーメ風にいえばそれはアウラであり、錬金術師にならっていえば、液状の金、飲める金（Aurum Potabile）である。ちなみに金のヘブライ語の語源は光《アウルム》である。

人間はこの宇宙的な光、オドの被膜のなかにつつみこまれている。天才的な人間はオドをうまく統御して、咄嗟の霊感や啓示にあずかることができる。一方、オドはこうした生命の充溢をもたらすだけではなく、負の極では地獄の蛇、エジプト人のティフォンやフェニキア人のモロックのように、破壊と殺戮の力をもふるう。したがって凡俗の人間は、オドの暗黒の力に駆り立てられて、すでに生きながらにしてわが身をオドに啖いつくされるがままになるのである。

オドはまた遠隔通信の力ももっている。中世においては、女の髪の一本一本にオドを受送するアンテナの機能があると考えられていた。そのために中世の未婚の女は髪を長く肩に垂らし、結婚すると結い髪にして頭巾の下に隠し、修道院に入るときには剃髪した。

後期ロマン派のファナティックなカトリック主義者ヨーゼフ・フォン・ゲーレスが、吸血鬼についてつぎのように論じている件りも、オドの遠隔感応的な能力をべつの表現で言いあらわしていると考えてしかるべきではないだろうか。

「生きている人間は彼の自我の流出《エマナシヨン》を、よしそれが有益なものであれ、また有害なものであれ、遠隔的に他の人間に伝達することができるので、死体も同様にしてある種の影響を行使することがありうる、とさえ考えるのである。なぜなら地中に隠れた風船藻が遠いところから人間に作用するとするならば、同様のことは死体についても当てはまり、これが吸血鬼信仰《ヴァンピリズム》の由来を説明する」

たとえ肉体が死んでも、血が新鮮なままに保たれるように、オドの力はしばらくは失せない。失せないばかりか、他者のオドを啖いながら邪悪な永生をはかろうとするのである。血はこの場合、「飲める金」であるオドの別名にほかならない。

オドは生きている人間同士の間でも、食う者と食われる者との強弱関係を媒介する。ライヒェンバッハの時代がオーストリアの神秘的な医者メスメールの動物磁気説とゲーテの『親和力』からそれほど遠くないことを思うべきだろう。いや、オドの法則は、ラクロの『危険な関係』からまさにライヒェンバッハの同時代人レールモントフの『現代の英雄』を経て、ジュリアン・グラックの『暗い美青年《ボー・テネブルウ》』にいたる、一連の暗い美青年物語の魅惑をあざやかに説明してくれる仮説かもしれないのである。『現代の英雄』のペチョーリンはいう。

「若い、ようやく開きそめたばかりの心をわがものにすることには、えもいわれぬ魔術的な魅惑がある。それは太陽の曙光にふれると甘い香をはなちはじめる一輪の花のようなものだ。それはこの一瞬に摘まねばならぬ。——私はわれとわが身内に、この鎮めがたい熱望を、途上で出会うあらゆるものを飲みつくそうとする欲求を感ずる。私は他者の苦痛も喜びも、自分にたいする関係において眺めるだけである——あたかも私の精神の力を養う食べ物ででもあるかのように」

このいささかニーチェ主義者風の暗い美青年＝オド吸血鬼の退化形式は、今日の大衆娯楽の中にも歴然として見受けられる。吸血鬼ドラキュラの制服である黒いマントや先の尖った靴は、暗い美青年のモードであるだけでなくて、ネモ船長、ゾロ、バットマンなどのトレードマークでもあるのだから。シャルル・ウァルデマールのような人は、あまつさえ現代の大都市の風俗のなかに、すなわちプレイボーイのなかにオド吸血鬼の隔世遺伝現象を見ている。

「プレイボーイたちは若い女の子を誘惑して、適当な、また適当ならざるあらゆる機会をとらえて、彼女たちを身のまわりに集め、ドライヴをしたり、パーティーを催すなどして、彼女たちが進んで流し出すその精神の流出をむさぼり食い、自分の霊と肉体の中に消化してしまうのである」

ウァルデマールによると、大プレイボーイは性的アヴァンテュールなどは大して眼中にはなくて、もっぱら相手の精神力を掠奪することにあいつとめる猟人だそうである。これとは逆に、中年女性が若い男を誘惑する場合もある。参考までにつけ加えると、女の吸血鬼の見分けやすい観相学的特徴は、手指長く爪するどく、頬骨たくましく張って、両眼の間が左右にひどくはなれていることだそうだ。

吸血鬼について語る場合、もうひとつ忘れてはならないのは獣人現象《ゾアントロピー》である。とりわけ人間が狼に変身して道行く人を襲撃する事例は古くから報告されている。一五九八年、フランスの農夫の娘ペルネット・ガンディヨン、アントワネット・ガンディヨン、ティヴィエンヌ・パジェが、突然狼女に変身して幼い子供たちを襲い、肉を引き裂いて食べた。

一六〇三年には、やはり百姓娘ポアリエとガボランが、羊飼いのグルニエという男に言い寄られて袖にしたため、狼になったグルニエに襲われてあやうく逃れた。狼人《ルーガルー》は概して羊飼いに多い。彼らは無人の草原で羊たちを相手に、四六時中狼の襲撃を警戒しているため、ついに狼恐怖が裏返って彼自身が狼のしぐさを真似、やがて末梢神経の倒錯した昂揚のなかで体毛が狼のように伸びてくるように感じ、揚句は人肉喰いやソドミズムの衝動にかられるのだという。

ドイツでは狼人はヴェアヴォルフと呼ばれているが、ヴェアヴォルフはもともと、ゲルマンの暴力的な神ヴォーダンを崇拝する軍事的男子結社の団員のことをいう。彼らが戦闘の前に熊の毛皮をまとい、魔香を嗅いで士気を鼓舞するところからきた名称である。したがってドイツでは、狼人観念はそもそもの成立からして同性愛的なにおいが強い。

たとえばドラキュラ伯爵が狼人の一変種としての吸血鬼幻想の産物であることはいうまでもないが、狼人の隔世遺伝的現象はまた、つぎつぎに男女の犠牲者を襲っては金品強奪と関係なく彼らの肉体を引き裂く、性的流血犯罪者のうちにも認められるのである。ここ ろみにコリン・ウィルソンの『殺人百科』の頁を繰りたまえ。デュッセルドルフの吸血鬼ペーター・キュルテンやジャック・ザ・リパーはまさに現代の狼狂というに値しよう。フランス中世の幼児大量虐殺者ジル・ド・レエや十七世紀ハンガリーの「血まみれの伯爵夫人」バートリ・エルジェベトのゴブラン織のように豪奢な血の饗宴にくらべれば、彼らの流血犯罪は末世のデカダンスを感じさせはするけれども。さらに身近な現代ではニューヨークで一連の性犯罪を犯したサルヴァトール・アラゴンというプエルト・リコの十六歳の少年は、警官に逮捕されたとき、自分はドラキュラ伯爵その人なのだ、と語ったという。

怪奇映画の主人公たちについては、あらためて語るまでもない。すでにドラキュラは「第七芸術のヒーローの一人」になっているし、ヴァディムの『血とバラ』の没落するアドレッサンスの王国への郷愁はいまだにその嫋々たる余韻をつたえているはずである。

実際、吸血鬼の彷徨する界隈は、角質化した肌の成年者の世界であるよりは、むしろ柔らかい肌の、たえず切り傷をこしらえている少年たちの世界に親しい。血盟を交す少年たちは、血のダンディズムに通暁しているのである。その意味では、濃厚な少年愛の雰囲気をたたえた上田秋成の『青頭巾』と『菊花の約』を吸血鬼幻想文学の筆頭としなくてはなるまい。現代文学の中からひとつだけ挙げれば、ローベルト・ムージルの『幼年学校生徒テルレスの惑い』に指を屈したい。

ふたたび帰りこぬ少年の王国とのアナロジーでいえば、すでに没落した前世界への後髪ひかれる踏み外しは、吸血鬼幻想の甘美な恐怖のための欠くべからざる前提である。

「いわゆる集合的下意識の中には、暗い前世界の獣や悪魔がいまだに生棲している領域が存在している」　（C・G・ユング）

ちょうど分別が少年の熱い衝動を覆い、皮膚が血を覆っているように、現在が原型の深淵を覆っている。だが、幻想の領域ではこの定義は逆立する。そこでは太古の世界におけるように、突如として深淵が反乱を起こし、原型が大洪水のように現在を覆い、血が皮膚を覆うのである。血と皮膚の関係の逆転にほかならぬ血まみれのものの姿は、幻想における エロス的顚倒の逆ユートピアにほかならない。これこそが吸血鬼幻想における倒錯の真の意味であろう。

神話の中の発明家

きょうは、神話世界では往々にして、跛者《はしゃ》、足萎え、もしくは一本足、そういう形象が発明家として現われる、あるいは発明家が足に障害のある人間として登場してくる、ということについてお話しします。もっとも、きょうの話では、現実の身体障害者と呼ばれる人たちには直接の言及をいたしません。あくまでも神話の中の跛者や足萎えが論題ですので、この点を誤解のないようにお願いします。

旧約聖書のノアは、エホバが「汝と汝の家みな箱舟に入るべし」と命じたために箱舟に入って大洪水の災厄を免れました。エホバは、「ノアが、この世の人のうちにてわが前に正しきを見たり」であるような義人であると見てノアに洪水を予告し、そこでノアはエホバの命に素直に従って洪水を免れたということになっています。しかしノアは、はたしてそれほど正しい人だったのかどうか。旧約聖書以外のユダヤ宗教文書の中では、確かにノアはつつましい義人ではあっても、そうであるだけではなくて、同時にかなりいかがわしい人物だった形跡もとどめられています。

そのことを言う前に、道徳的範疇とは関係ありませんが、ノアが跛者、または足萎えだったことに注目しておきましょう。ノアがどうして足に障害を受けたかについては、フレーザーの『旧約聖書のフォークロア』（一九一八年）に次のような説明があります。ノアの箱舟にはあらゆる動物が乗ったので、むろんライオンも乗っていたわけですが、ノアがライオンが病気になって不機嫌なときに餌をやっているといきなりかかとをガブッと嚙まれた。それで跛ないし足萎えになってしまった、というのです。

次に現代のユダヤ教研究者ビン・ゴリオンの『ユダヤ人の伝説』（一九二七年）に引かれている伝説によると、これはまことに合理的な説明なのですが、ノアは箱舟にあんまり長い間閉じ込められていたために箱舟を出ると足萎えになっていた、のだそうです。いずれにせよノアは、足の自由がきかないために、歩行ができなくはなかったにしても、すくなくとも不如意だったわけです。

足のほかにノアには男根にも異常がありました。この方は旧約聖書に明記されています（創世記九・20〜22）。

「ここにノア農夫となりてぶどう畑を造ることを始めしが、ぶどう酒を飲みて酔い、天幕のうちにありて裸になれり。ハナムの父、ハム、その父のかくしどころを見て、外にありし二人の兄弟に告げたり。」

ハムが父ノアの男根を見てしまったわけですね。しかしそれが通常の男根ならば、なにも自分の兄弟に「おやじのちんぽこ見たぞ」と報告しに行くほどのことはない。ですからノアは、息子に見られた隠しどころにどこか異常があったのだと思われます。旧約とは別のユダヤ宗教文書では、ハムはただ父の隠しどころを見ただけではなくて、ここである犯罪を行います。旧約にもあったようにノアは「ぶどう酒を飲みて酔い」、正体不明となって天幕の中で裸で寝ていた。ここまでは同じなのですが、そこから先が違う。ビン・ゴリオンの『ユダヤ人の伝説』の中から孫引きますと、そこへカナーンがきて、父の裸を見ます。カナーンは父に近づいて父を去勢または割礼した。それから彼は外へ出て、市場にいたセムとヤペテにそのことを語り、またなおも彼らの父を嘲笑した、のだそうです。

これとは別のヴァージョンでは、ノアは生れながらにして割礼を受けていることになっています。これで何故旧約のハムが、父の隠しどころを見てから、わざわざ戸外の二人の兄弟にそのことを告げに行ったかが分ります。父親ノアの包皮割礼を受けた男根が異様に思えたからでしょう。

ノアの包皮割礼男根は彼の前史的エピソードと関係があって、ノアが出現するのに先立ってある予言がなされていました。エホバがアダムの耕地（畑）を呪ったのでアダムの畑はひさしく不毛になっていた。困りはてたアダムがエホバに「大地の不毛の呪いはいつまで続くのか」と問うと、主は答えて「生れながらにしてその肉の包皮が割礼されている者が生れるときまで、アダムの土地の呪いは続くであろう」。それからノアが生れてきたのです。生れながらにして割礼されたものとして生れてきた。そこでレメクは男根包皮の異常を一目見て、これこそは予告されていたあの者だと悟り、その者がエホバの予言どおり、われわれの労働と手仕事の苦労をやわらげてわれわれを慰めてくれるだろう、と考えたのです。事実ノアのやってくる以前、あるいは生れる以前と、ノアが生れたあととでは、農業の形態が完全に違ってしまいます。

もう一度ビン・ゴリオンの『ユダヤ人の伝説』からこの点に関するエピソードを孫引きしてみましょう。

「ノアが生れる前には、人びとはその蒔いたものを刈り穫らなかった。人びとは麦を蒔きながら茨とあざみとを穫ったけれども、ノアが来てからは、世界はその秩序をとり戻した。人々はおのれの蒔いたものを穫った。麦を蒔けば麦を穫った。大麦を蒔けば大麦を穫った。のみならずノアの来る前には、人びとはその労働を素手で行い、それゆえにまた手の苦労があったが、ノアが来ると、彼らに鋤と鎌と斧とあらゆる仕事道具を作ってくれた。」

以上に明らかなように、ノアははじめて金属農具を人びとに贈与し、農業にそれを導入したわけです。ということはおそらく彼は鉄器時代最初期の金属呪術師的なシャーマンだったのです。ノアはまず金属を加工する鍛冶師であり、したがって金属加工技術を農業に導入した農芸家であり、おそらくはまた魔術的な呪医でもあったのでしょう。

するとノアは単に箱の形の船を造って大洪水を免れたというエピソードのみによって記憶されるべき人ではない、ということになります。そもそもが箱舟を造るということも、足萎えのために通常の歩行が困難なので自分の義肢《プロテーゼ》をこしらえなければならなかったという悪しき必要から生れた発明だったわけです。ノアがその一例であるように、神話の中の足萎えや跛者たちは、その身体的欠陥そのものを補うべく考案された義肢であるところの船、車輪あるいは飛行機の発明家でした。そのことは後にも申し上げますが、さし当ってはもうすこしノアの場合を見てみましょう。

さきほどもちょっと申しましたが、ノアはエホバの洪水の予言を聞いて、その命に素直に従った。旧約には一応そのように記されています。しかしつぶさに考えてみると、ノアはかならずしも「素直」ではなかったかもしれません。同じ旧約の中でも、ソドムとゴモラの滅亡の予言を聞いたアブラハムは、その場で跪いて主にひたすら許しを乞います。劫罰はやむを得ないとしても何とか手加減をしてはいただけまいか、せめて被害を最小限に留めて下さい、と神に赦しを乞います。しかしノアは赦しを乞わないのです。洪水の予言を聞くと、ただちに家に帰って自力で箱舟を造る。自力で逃れようとする。そこにはおのれを恃んで神をないがしろにするいささかの傲慢が垣間見られないでしょうか。このように人工発明の精神には、どこか自らの力を恃んだ傲慢というものがつきまとうのです。とすれば発明家たちは、その輝かしい発明を足萎えという障害から得ながら、同時にあらかじめ懲罰を受け足に障害を蒙ることによって、輝かしい発明を可能にしているということになります。

さて、ノアはこのようにヘブライ神話に登場する足萎えの発明家ですが、では他の神話では発明家はどんな障害を足にもっているでしょうか。

ギリシア神話の発明家といえば、この世ではじめて車輪を作り、武器や人造人間を作った鍛冶神ヘーパイストスの名が思い浮びます。ところでヘーパイストスは神々の一人でありながら、神々の住むオリュンポス山から追放されて、海の向うの島に生きていました。ヘーパイストスのいたこの島はレームノス島です。そしてレームノス島といえば、ここは親指人間のようなカベイロイという小人神が、海の女神に仕えて蟻のように群がりながらせっせと手仕事に精を出している職人《アルチザン》の鍛冶神の島です。彼らの父にあたるヘーパイストスは、かつてその卓抜な鍛冶の技術を海の女神から授かった。鍛冶の技術を九年間海底で修業して、海の女神から授かったのです。そもそもヘーパイストスは、ゼウスの子でありながら生れながらにして醜い神だったので、母親のヘーラーが、そのあまりの醜さに驚いて海中に突き落してしまう。ヘーパイストスは殺されこそしなかったが、海中に突き落されたときに足を怪我して、そのために足を痛めて不具になってしまったのでした。

神話のもうひとつのヴァージョンでは、ヘーパイストスは父のゼウスに逆って母のヘーラーに味方をした。そのためにゼウスが怒ってヘーパイストスのかかとをつかみ、さかさまにして、オリンポスの宮殿から外にぶんなげたということです。そのかかとをつかまれたときにかかとに傷を負って足萎えになってしまったのです。

この二つのヴァージョンをみると、ヘーパイストスは母親の側に立つかと思うと母親を忌み嫌いもする。つまり母性に対して憎悪と愛の両価性の感情、アンビヴァレントな感情をもっています。

　母親に呪われて足に欠陥を負うという誕生神話は、フロイトのエディプス・コンプレックスの発想のもとになったオイディーポスにもつきまとっています。オイディーポスという名は、古くはオイディファロス（勃起男根）を意味していたといいます。それではあまりにもなまなましいので、後代の表現でオイディーポスと修正したわけです。オイディーポスというのは「はれた足」の意味ですから、ここで勃起男根《オイディファロス》がはれた足《オイディーポス》になったのです。オイディーポスはデルポイの神託によって父親殺しの予言のもとに生れてきた子どもでした。そこで未来を慮った両親、とりわけ母親のイオカステが、冬の最中にこの子を壺のなかに入れて捨ててしまう。それもただ捨てるだけではなくて、足のかかとに穴をあけて、そこに金輪をはめて捨てた。ですから生涯にわたってこの男は足が悪かったはずです。

　面白いのは、オイディーポスの血統は先祖代々足に欠陥があったことです。彼の父親はむろん彼に殺されるライオス王ですが、ライオス王は別に足そのものに欠陥はないとしても、ギリシアで最初に少年愛を創始した人です。つまり女性との接触が不能だった人です。またその二代前にランブダという名の祖先がいました。ランブダといえば、ギリシア文字の十一番目の文字で、この字はいまではΛと書きますが、古形では∧と書いていました。

片方の足が短い「びっこ」です。テーバイの二代目前のランブダ王はどうやら跛者だったのです。

C・G・ユングは、足は大地に一番近い人間の器官であるために、永遠に女性的なもの、あるいは母たちの国ともっとも直接に接触する器官であると言っております。したがってまず大地と女性的なものから呪われているということが人工と発明の神たるひとつの条件であるとすれば、彼らには、足にも、女性的なものとのもうひとつの接触器官である男根にも、なんらかの肉体的な、もしくは同性愛者ライオスのように心理的な欠陥があるはずです。

ギリシア神話のなかからもう一つ跛者の形象をとり上げてみましょう。ところも先程申し上げたヘーパイストスのレームノス島を舞台にして、ピロクテーテースという英雄が典型的な跛者の運命を演じます。ピロクテーテースは、ホメーロスの『イーリアス』では、ヘラクレースの強弓を遺贈された弓の名手として登場してきます。またトロイア戦争が始まった最初期に、ギリシアのアカイア軍を連れて、アカイア人たちをトロイア広域圏に案内していく英雄です。トロイア広域圏に入って最初に、ギリシアの戦士たちは彼に導かれてクリューセー島に上陸します。そこで戦勝の祈願をして、島の女神の宮殿にお祈りを捧げるのですが、この島を宰領している女神は、やはり島の名と同じクリューセーという名前の女神でした。ここでピロクテーテースたちが女神クリューセーに供物を捧げていると、そのとき突然、宮殿を守護する女神の蛇がピロクテーテースの足に嚙みついた。足に負傷したピロクテーテースは、そこからレームノス島に運ばれてヘラクレースから譲り受けた弓と一緒にそこに置き去りにされてしまいます。ギリシア軍はそれから、トロイア軍と闘うために彼を置き去りにして戦場へ行ってしまう。ところがギリシア軍はそれからどんどん敗色が濃くなってきて、もはやこれまでというときがきます。このときにようやくレームノス島から蛇に嚙まれた足の傷を養っていたピロクテーテースが呼び出されて、ヘラクレースゆずりのその強弓でパリスを射って戦局を一挙に挽回させるのです。

戦争最初の負傷者でそのままに捨て置かれていた不具の人が、戦争の最後に出てきて戦局を一挙に味方に有利に導いてしまうわけです。そういう英雄戦士が、ではなぜ女神の蛇に嚙まれたか。実を言うと、ピロクテーテースは、クリューセー島からトロイアに撃って出る前に女神のクリューセーから言い寄られていたのです。戦争へ行かずに私と結婚してここにおいでなさい、と。それをすげなく断った。その復讐のためにクリューセーが蛇に嚙ませたのでした。

C・G・ユングは『変形の象徴』(一九一二年/『変容の象徴』野村美紀子訳　一九八五年)の中でこのエピソードを取り上げて分析しています。ユングによれば、女神クリューセーの愛はピロクテーテースのアニマだったというのです。アニマは男性の魂に宿る女性の元型的なイメージです。とすると、戦争に行くという男性的な能動的意志にかられているピロクテーテースを彼の永遠の女性像であるアニマが引きとめたことになります。それを、とめてくれるなおっかさん、とばかりふりきって行こうとした。それで相手がヒステリーを起してガバッと足をやっつけた、というわけです。

女神クリューセーの愛がアニマの姿をまとって現われた無意識の要求であるとすれば、その無意識の要求の拒絶は、拒絶をした側に芳しからぬ結果を引き起こさないわけにはいかない。「本能の力は顧られなければ敵対態勢に入る」（C・G・ユング）からです。顧られなかった本能の力たるクリューセーは復讐の毒蛇に変身するのです。無意識に対する意識の介入が拒絶的に働くとき、無意識はそれだけ一層危険なものとなります。それゆえにクリューセーの呪いは、ピロクテーテースが彼女の祭壇に近づいたとき彼自身のヘラクレースの弓の致命的な毒矢で自分の足を傷つけるというふうに、また別のヴァージョンでは、毒蛇に足を噛まれるというふうにして、実現された。ユングはそういうふうに解釈しています。いずれにせよその結果が、足の不具な弓の名人という形象となって現われたわけです。

ギリシア世界ではディオニューソスも、その名からいえば「ニューソス」とは跛を意味するので神話的跛者といえましょうし、あのギリシア最大の工人であったダイダロスも、彼の兄弟を通じて足の不具性と無関係ではありません。ダイダロスは、彼自身よりも工学技術に秀でた兄弟のターロスを嫉妬のあまりアクロポリスの上から突き落しましたが、この突き落されたタ一ロス（かかと）の方は異名をタンタロスと呼ばれ、タンタロスは跛を意味しているのです。

ゲルマン神話では鍛冶屋ヴィーラントがやはり足萎えの工人でした。鍛冶屋ヴィーラントは飛行機械を発明したことで有名です。鍛冶屋ヴィーラントの工作技術が器用なのを見込んだニドゥング王は、彼を召し抱えてそのアキレス腱を切り、足萎えにしたうえで塔の部屋に閉じ込め、無敵の武器をつくれと命じます。すると彼は人間の皮でつくった空中飛行服をこしらえて、これに鳥の羽根をつけてその塔からまんまととび立ってしまう。問題は飛行服をだれの皮でつくったかです。ヴィーラントは自分の弟エイギルを殺してその生皮を剝いで飛行服を作ったのです。ダイダロスの場合と同様、彼も分身または兄弟を殺してはじめて、反重力的に虚空をとんだのでした。

ここでちょっと申し上げておくと、神話的な発明家には往々にして兄弟殺しの犯罪がつきまとうようです。ヘブライの武器鍛冶師・音楽家トゥバルカインがカインの末裔であることを思い出していただきたいと思います。発明家は自分の兄弟を殺すことで発生してくる。ということは、自然の側を殺戮することによって、人工、発明、あるいはひろく文化一般というものが生成してくるということが、文化というものの避け難い宿命のように思えます。

では、足に不具性のある神々や英雄たちは、どうして鍛冶神や金属呪術シャーマンとして、あるいは近代の概念でいえば工学的発明家として、ほとんどあらゆる文化圏の神話のなかで表象されてきたのでしょう。

ミルチャ・エリアーデの『鍛冶師と錬金術師』（一九五六年）によると、片目、片足の神々、グリム童話の中の白雪姫の小人のような異常に小さいイニシエーション童子、あるいは何らかの身体的疾患を負った神性者《ディヴィニティ》は、とりわけ「神的な鍛冶師」として現われ、また詩人、音楽家、薬師、歌い手、鋳掛け屋としても現われる、ということです。一口にいえば、こうした文化英雄たちはその身体的欠陥の現存において（いまだ不完全な）世界に対して文化創造を贈与するのだ、と申せましょう。

彼らの大きな特性は、生れながらにして非常に醜いということです。母親すらも目をそむけるような醜悪な不完全性が持ち前であった。それでいてその発明の才能のために人びとに人工物、あるいは世界を変える道具である農具や乗物を贈与する。自らの不具性においてそれ自体としてはいまだ不完全な世界を完全化するためのさまざまの道具を贈与するが、半面ではそのために、世界をかくあるように造った造物主である神に反逆することになる。そこであらかじめ畸形として生れてくるという懲罰にさらされている、とも考えられましょう。神話的思考のなかではしばしば原因と結果があべこべになり、罰が罪に先行します。『不思議の国のアリス』（一八六五年）のハートの女王が言うように、「(罪の) 宣告が先で評決はあと」という事態がしばしば起り、カフカの『審判』（一九一四—一五年）

のKのように、何も身に覚えのないのにある朝逮捕される、ということもここでは珍しくありません。

エリアーデはまた、日本の神話のなかの不具の神々（片目、片足の神）にも言及しておりますが、ここでは、記紀における足萎えの蛭子《ひるこ》や「山田の中の一本足の案山子」のプロトタイプである、動けずにいて何でも知っているあの久延毗古《くえびこ》のような不具神が、同時に共同体にこれまでになかった文化創造を贈与する福神であったことを指摘するだけにとどめたいと思います。また鍛冶神と一つ目や一本足の関係については、すでに柳田國男の「一つ目小僧」（一九一七年）や谷川健一のいくつかの業績からして、ここであらためて申すまでもないと思います。

さて、古代世界の不具の足の神々は、その後どういう歴史的変貌を遂げたでしょう。発明や工学技術にすぐれた不具者という表象は、かならずしも神話や古代世界だけで消滅してしまいはしません。たとえば中世の錬金書にしきりに登場してくる、一本足の王や獣の足をした悪魔のような表象は、中世や近世を通じてくり返しよみがえってまいります。ただし古代ギリシアと違って、キリスト教中世は、公的な建て前としては人工性というものを認めておりません。世界は神の御心のままに造られたのですから、病気になればそれも神の御心であり、死ねばそれも神の御心でありますからして、なまじ薬を使ったり、何か人工的な措置を施したりして、苦痛をやわらげる必要を表向きは認めないわけです。したがって古代以来の神話的発明家たちは、神の慈悲を説く教父たちの裏にまわって、魔女、妖術師、錬金術師のような卑賤な姿に身をやつしてキリスト教中世を生き長らえないわけにはまいりません。

一方の造化神の造り給うた自然のままに従う態度と、自然秩序の不完全性を告発しつつ自然に反逆して人工の完全な王国を造ろうというコンセプトの対立は、端的に言えば、創造の現場における女性的原理と男性的原理、あるいは水の原理と火の原理、水成論と火成論の対立と申せましょう。誰でも知っているように、女性は自然に子どもを産出することができます。一方、男性は、生ませることはできてもみずから生むことはできない。そこで機械の発明家たちは、自己産出する男性的な精神のよろこびを覚えつつ、自然の不完全な産出力に対立しつつ完全性の独裁する人工のユートピアを夢見る。発明家たちがしばしば同性愛者であったことも、それと無関係ではないかもしれません。

けれどもこの反自然性は、神の自然に対する反逆を意味しますから、彼らはしばしば神々の棲まう天上界から懲罰的に突き落されます。そしてこのとき地上に足から衝突したので足に不具が生じたと考えられ、ここから発明家＝跛者の表象が醸成されたものでしょう。悪魔が跛を曳いているのも同様です。要するに跛者は堕天使という前史から派生してきたのです。

悪魔や錬金術師の一本足の王としてキリスト教的中世をかいくぐってきた神話的発明家

は、それでは近代になるとどこに現われるか。一口にいえば、足に欠陥のある主人公の登場するいくつかの近代小説の中に現われてきます。たとえばルサージュのピカレスク・ロマン『びっこの悪魔』(一九〇七年)では、悪魔がびっこの学生の姿になって人びとの家の内幕をのぞきあるきます。またゲーテの『ファウスト』第一部(一八〇八年)では、メフィストフェレスが片足が獣足であるのをアウエルバッハの学生酒場で学生たちに見破られてしまう。

もうすこし近いところでは、ロマン派作家E・T・A・ホフマン最晩年の作に「従兄弟の隅窓」(一八二二年)という小説があります。短い小説なので、ざっとストーリーを紹介しておきましょう。主人公の従兄弟は、足萎えで外に出て行けないのでいつも広場に面した隅窓の椅子に坐って、オペラグラスで広場の市場に集まってくる人々を観察しています。オペラグラスのなかには向うにいる民衆が見えます。けれども彼は民衆との接触が不可能なままに、彼らを見るだけなのです。ゲーテの『ファウスト』に塔の番人リュンコイスというのが出てきて、「見るために生れ、すべてを見ているよろこびはたとえようもない」と歌いますが、しかし見るだけの、行動することができない人間は、見るよろこびの代償として現実との接触不能という代償をあらかじめ負わされている。純粋観客としての類いないよろこびは、人びととの共生という幸福をあらかじめ諦めていてはじめて成立するのですから、見るという快楽の一方では、行動することができず、現実との接触が不能である、という呪われた運命に見舞われてもいるわけです。

しかしホフマンが、エリアーデのいわゆる身体的疾患のある神性者《ディヴィニティ》をまっこうから取り上げた作品といえば、やはり「砂男」（一八一七年）ということになります。ご存じのように「砂男」という小説のなかの乳母の夜話では、夜になると砂男がやってきて子どもの目の中に砂をなすりつけ、すると子どもは目が重くなって眠ってしまう。そういうフォークロアに精神的外傷を受けた主人公のナタナエルが成長して、かつて父の書斎にきては錬金術の実験をやっていた弁護士コッペリウスの再来のようなスパンツァーニ教授という物理学教授がつくった人工美女オリンピアにぞっこん惚れてしまいます。ために彼は自然の恋人であるクララを捨てて人工美女オリンピアにのめり込み、はては狂気のうちに大聖堂の屋根から身を投げて死ぬ。

フロイトにこの小説を分析した「不気味なもの」（一九一九年）と題する論文があることは、どなたもご存知と思います（E・T・A・ホフマン、S・フロイト『砂男　無気味なもの』種村季弘訳、河出文庫、一九九五年）。小説の主人公のナタナエルは砂男に眼を盗られて人工美女であるオリンピアの眼にそれをはめられてしまうのですが、フロイトによれば、眼を盗られるというナタナエル少年の恐怖は去勢不安にほかならないということです。

もともと眼と男根との間には深いつながりがあります。そもそも私たちは、夢の中で去勢不安の夢を見るとき、直接に男根が切られるというふうには見ない。切断される男根はたえず別の器官に翻訳されて、眼をつぶされるとか、足が萎えるとか、あるいは鼻がどこかへ飛んでいってしまう（ゴーゴリの『鼻』一八三六年）とか、夢言語は男根を別の器官に仮装させて男根切除の不安を物語るのがふつうです。ですからホフマンは「砂男」では眼の喪失＝去勢不安として語り、「従兄弟の隅窓」では端的に足萎えのテーマで男根不能の不安を語った。足の不具者をテーマにした他の小説家たちはこれを足に置きかえて、鼻の逃走を語った作家（ゴーゴリ、芥川龍之介）は鼻に置きかえて、去勢不安を語ったことになります。

次にエミール・ゾラの『居酒屋』（一八七六年）という小説があります。ゾラといえば自然主義作家であって、そういう作家の作品に神話的な表象があるということはよもやあるまいと思われるかも知れませんが、実は『居酒屋』と『ナナ』（一八七九年）は、夥しい神話的な表象にみちみちた小説です。ちなみに『居酒屋』の主人公は屋根職人クーポーですから、さきほど来お話ししてきた神話的職人《アルチザン》の典型と申せます。鍛冶師のような神話的職人の近代的な形象といえば、たとえば屋根職人のような職人、機械労働者がそれだからです。ご存知のように、クーポーはジェルヴェーズと結婚をして彼女との間にナナを生み、このナナは続編『ナナ』の女主人公として造花女工から女優になり、パリの社交界の銀行家やナポレオン三世の侍従ミュファ伯爵のような、お偉方をことごとく陥落させてしまう凄腕の女優に成長してゆきます。

けれどもまずだれよりも先に彼女が最初に陥落させるのは、自分の父親のクーポーなのです。『居酒屋』では三歳か四歳の幼女ナナがよちよち歩きながら、屋根の上で仕事をしているクーポーに「パパ、こっちを見て」と呼びかける。すると、ふっとそっちを向いた瞬間にクーポーは足を踏み滑べらせて屋根から転落し、そのときに足を折って跛になってしまう。しかも足の怪我を治療しに病院（サナトリウム）に入っている間に酒を飲むことを覚えて、退院してくると完全なアル中になってしまっています。ここでようやく、神話的アルチザンとアルコール中毒あるいは酩酊との関係が明るみに出てきました。

そもそも神話的なアルチザンたちが、シュペングラーのいわゆるファウスト的衝動、男性的な自己産出の衝動に鼓舞されている間は、燃えさかる火として表象されています。火は事物や世界を変えるエレメントです。火の種族の間から発明家が出、革命家が出るのはそのためです。彼らは自然に反抗する反逆児であり、神が定めた自然の秩序のほかに、それを変形し組み変えたもうひとつの秩序、人工秩序を造ろうとする反逆精神の持主です。

だが反逆の火の燃えさかっている間はいいのですが、陶酔の空から失墜するとどうなるか。地上の水の中に落ち、水棲動物のようにからだ中がなよなよとしてしまう結末を迎えるでしょう。私たちが酔っぱらっているときがまさにそうです。酩酊のゆらぎは、水中に浮んでいる、あるいは子宮の羊水の中に漂っている感覚ときわめてよく似通っています。ハンガリーの精神分析家サンドール・フェレンツィは『タラッサ』（一九二四年）の中で、大洋的退行、巨大な海に反進化論的に戻っていく身体感覚について述べていますが、クーポーもまた、アル中になってアルコールの大洋的退行に身をまかせる悪癖に誘惑されたのでした。そしてついにはパリのポンヌフからセーヌ川に投身自殺をして、（一時は助かったけれども）そのために死んでしまいます。

屋根職人という神話的アルチザンは、まず傲慢の象徴たる高い場所（屋根）にのぼって人工の仕事をしている。次に女の子の姿を見て天上界から失墜する。ために跛になりアル中になって、末は水に呑み込まれて入水自殺。発端から結末にいたるまで、これが神話的アルチザンのお決りの運命であることは、後ほどまたふれることになりましょう。

ところで、さきほどお話ししたホフマンの「砂男」は、マネの「オリンピア」（一八六三年）（オリンピアは当時フランスでよく読まれた「砂男」の人工美女の名）というタブロー（絵画）を媒介にして、ゾラの『居酒屋』に間接的にコンセプトを提供しました。ホフマンでは主人公のナタナエルが、一時は自然的な女性であるクララに慰められて反自然的なオリンピアへの憧憬感情を鎮められますが、町の大聖堂にクララと一緒に登ったときに弁護士コッペリウスの姿を見たような気がして、その瞬間にふたたび火のようなファウスト的衝動が蘇ってオリンピアに対する思いが強烈に湧いてくる。そして遂にオリンピアに向ってはばたくように大聖堂の屋根から身を投げてしまいます。身を投げれば重力の法則で落下するので、彼としては飛んだつもりでも、広場の敷石の上に叩きつけられてぐしゃぐしゃにつぶれてしまいます。ゾラはこの結末を、ナナを見て屋根の上から滑り落ちる場面と、最後のセーヌ川入水自殺の場面の下敷に借りたのではないかと思われます。

実際、ゾラのナナとホフマンのオリンピアの間にはたしかに明らかな血縁関係が認められます。小説『ナナ』はナナが女優として劇場にデビューする場面からはじまります。このとき観客たちがいろいろと彼女の演技を批評しますが、その未熟さを評して、「これた機械のようだ」とか、「機械のようにギクシャクしている」とかいうささやきが会場を満す。ということは、ナナもまたオリンピアのように機械人形的な女だということです。

もともと女優というのは生《なま》の人間ではなくて、人工美女として訓練された反自然的な女性です。その典型は、ギリシア神話のパンドラです。パンドラは、ゼウスが自分を裏切ったプロメテウスを罰するためにヘーパイストスにこしらえさせた人工美女でした。アプロディーテーが愛のテクニックを教え込み、ヘルメースが嘘のつき方を教え、お化粧とか、男性を欺くテクニックをみっちり仕込んで、プロメテウスの許に派遣したのでした。ところがプロメテウスもさる者で、そんな奸計にはひっかからない。けれどもプロメテウスの愚鈍な弟エピメーテウスがまんまと計略にひっかかって、兄があけてはいけないと命じていたパンドラの箱をあけてしまう。するとそこからうようよと怪物が出てきて、それから世界に悪が蔓延したといいます。

いずれにせよ女優とか高等内侍《クルテイザン》は人工的な女性であることがこれでお分りかと思います。

人工の傲慢な天上界から大地の重力の復讐に遭って地上に落下する主人公の運命は、こうしてホフマンの主人公からゾラのクーポーに受け継がれました。

足の不具である主人公は、のみならずそれからもくり返し近代小説に登場してきます。たとえばハーマン・メルヴィルの『白鯨』(一八五一年)の、白鯨モービー・ディックに足を食いちぎられて一本足になったエイハヴ船長。子どものときに読んで、だれもが知っているスティーヴンソンの『宝島』(一八八三年)の一本足の舵手ジョン・シルヴァー。

なかでもエイハヴ船長は近代におけるピロクテーテースの再来と申せましょう。彼はヘラクレースの強弓のような銛《もり》を手にし、片足はモービー・ディックに食いちぎられていま す。ユング風にいうなら、モービー・ディックはエイハヴにとってまさに破壊的なアニマだったのです。なぜなら彼は、妻子のいる緑なすナンタケット島に帰りとどまるべきなのに、ファウスト的衝動にかられて幻の白鯨を追いながら、アニマの求愛の声に耳を傾けようとしなかったからです。そのためにアニマは復讐の牙をむき出しにして、クリューセー島の蛇のようにモービー・ディックが彼の足を嚙みちぎったのでした。

ライオンに足を嚙まれたノア、母に足を傷つけられたヘーパイストスやオイディーポス、クララやジェルヴェーズの声を聞かずに機械人形や女優に憧がれたナタナエルとクーポー、妻の傍らを離れて白鯨を追うエイハヴ——神話的アルチザンの末路には、かならずアニマの復讐とその結果たる足萎え、アル中、入水という悲惨が待ち構えているようです。

マドロス小説の主人公になぜ足に欠陥がある人間が多いのか、それも足に欠陥のある海洋冒険家たちが往々にして同時に酔いどれであるのはどうしてなのか、以上でほぼお察しがついたと思います。そのうえで、足萎えのノアが、ぶどう酒に酔った折に息子たちに隠しどころを見られて嘲笑されたことが思い合わされます。あのギリシア最高の鍛冶神へーパイストスもまた、アーレースにだまされてお酒を飲まされてうっかり醜態をさらし、そこをオリュンポスの神々に嘲笑されるという逸話の持主でした。彼らは火を扱う職人でありながら、からだに入れる火の水であるアルコールの大洋的退行性の効果にからめとられるとぐんにゃりとしてしまう。男性的能動的な意志で火のように燃えているときには男根のように虚空に直立しているのに、ひとたび水のコンプレックスにさらされると手も足も出なくなるのです。

いましがた『白鯨』という小説にふれましたが、これは、作中いたるところに、鍛冶神もその一種であるところの神話的始原児が登場してくる小説です。主人公エイハヴ船長が一本足であることはだれでも知っていますが、これとは別に、乗組員の中に鍛冶師のパースというのがおります。パースは『居酒屋』のクーポーとまったく同様にもとはすぐれた鍛冶屋で、妻子を抱え、人もうらやむ健全な市民生活を送っていました。ところが、この男もある日魔がさしたようにアルコールで身を持ち崩して、幸福だった市民生活から失墜してしまう。アル中のために女房子どもを失い、独り身になって港町で偶然に拾ったピークォド号の船鍛冶の職についた。この老鍛冶師がまたいみじくも跛者なのです。彼はほんのわずかながらヨーイングする（船首がぶれる）ような、独特の歩き方をするのです。千鳥足ですね。浮浪生活の間に凍傷にかかって足指を全部落してしまったための歩き方です。彼もまたエイハヴ船長と同じように足に欠陥があったのでした。

『白鯨』には、もう一人、なんでもかんでも造ってしまう万能の大工が出てきます。船の修繕だけではなくて、なんでもかでも造ってしまって、はてはマドロスたちの病気や怪我まで治してしまう。この大工も火を使って万物を造るヘーパイストスの末裔である鍛冶神であると同時に、呪医＝魔術的な医師なのです。この男について作者のメルヴィルはほぼ次のように書いております。

「考えてみると、人間を造ったとかいう昔のギリシアのプロメテウスがやはり鍛冶屋で、人間に火をもって生命を吹き込んだというのも大いに意味のあることだが、火で造られたものは、当然火に帰属せねばならぬ。とすれば地獄というものもあり得るわけだ。」

ことほど左様に、大工は、暗い地獄のような船倉の奥にうずくまって仕事をしているのですが、たしかに鍛冶神は、メルヴィルも言うように、地獄に、なかんずく地獄の火に、無関係ではありません。地獄に燃えているゲヘナの劫火。火を扱う者はどこかで地獄に関係しないわけにはいかないのです。『白鯨』の人物たちが乗組んだピークォド号は、こうした神話的鍛冶師、インディアンのクィークエグ、この小説全体の語り手の詩人イシュマイル、のような、シャーマンや文化英雄で構成された集団を乗せて太平洋の上を走っています。太平洋というとてつもなく大きな水の上に浮んでいるこの船は、あたかも鍛冶師集団を乗せた島なのであります。

この点を『白鯨』よりも明快に書いているのは、メルヴィルが『白鯨』以前に書いた『マーディ』（一八四九年）という小説です。『マーディ』にはその名も「一本足の島」という島のことが書かれています。ここにはむろん、一本足の人間、というよりは神話的形象が住んでいますが、それだけではなくて、世のあらゆる不具者という不具者が住んでおり、その中央にヨーキー王、またの名をひんまがり王という不具の王が君臨しているのです。ヨーキーは、唖でつんぼ、腕が二本あるだけで、足なしで、いざり、あとはなんにもないというまことに奇妙奇天烈な形象です。この最大不具者を囲んで、片輪、不具、ちんば、せむしの聖域である「一本足の島」が形成され、いざりの小人や、一本足だけでくるくるまわっているコマ人間や、ひれ足のあざらし男、ボールみたいにごろごろころがる手も足もない球体人間、めくら、どもり、唖者、聾者、ありとあらゆる不具と畸形がその島に集まってきているのです。

ここでは人間の住民はむろんのこと、風景も家や植物も、丸木や家々の屋根にいたるまで、すべてのものが火山に噴き上げられたように異様にひん曲り、よじれ曲っています。実際、この島自体の起源が噴火によるものでした。とはつまり、鍛冶神でもある火山《ヴルカン》の神ヴルカヌス（ギリシア神話のヘーパイストス）が造った島なのです。

ゆくりなくも私たちはここでゲーテの『ファウスト』第二部（一八三三年）のファルサロス島（ファルサロスの野）の場面を思い起します。そこにも親指のように小さいカベイロイだの、ミュルミドンだの、のような極小の造化神たちが太洋の中で、海の女神に奉仕しながら営々と創造の作業に従事していました。あるいはヘーパイストスのレームノス島。そしてまた、あらゆる動物を集めた一個の動く島であるところのノアの箱舟。

要約してみましょう。神話的発明家たちは島や船のような、あるいは洞窟や海底のような、この世を離れた隔地《ディスタント》に生息しています。ということは連続的な大陸《コンティネント》（＝連地）の住人ではないということです。その非連続性が身体的不具としても表現されているのですが、しかしこの不具性はそれ自体として完結された形象ではなく、不完全性とはさまざまに可能な完全性へ向う生成過程そのもののメタファーにすぎません。孤島に生きている彼らは、大陸の住人がその「正常」の身体においてすでに実現し固定してしまった一つの完全性のイデーには汚染されていない。ちょうど子どもがおさなく未成であることによって生成過程を体現し、それゆえに大人の完結してしまった進化過程を越えているように、身体的不完全はたえず変形しながら一つの形態に固定されることを嫌う生成のメタファーであり、だからこそ発明的な神々はある形態の量産的コピーである生産や生殖とは無縁であります。彼らは人びとに生産のための道具を贈与しはするが、みずからは生産に（また生殖にも）携わらない。彼らが火山の住人であるのは、彼ら自身が火の変形する力によってたえず造り変えられている途上の一つの形態であるからであり、また彼ら自身がすでに完全に達したと思い込んでいる思い上った世界の不完全性を指摘して、それを変える火のエレメントだからです。不完全なのは彼らではなく、彼らを一つの完全性の視点から不具と見なすこの世の方なのです。だからこそ、その固定し硬化した一つの完全性を壊して、それを別の次元へと変えるための道具を彼らは次々に提示してくれる。たとえばノアがやってくるまで、この世の大地は不毛だったではありませんか。

神話のなかでは、蛭子もヘーパイストスも、その身体的畸型ゆえに海の彼方の島＝隔地に追放されます。あるいはピロクテーテースのように無情にも島に置きざりにされる。けれども連続性の世界たる大陸の人びとは、その連続的思考が行き詰ると、かつて法則の例外として排除した彼らに救いを求める。非連続的思考によってしか越えられない局面があることにそのときはじめて気がつくのです。ですから連続的思考によっては越えられない亀裂をとぶ非連続的思考、これが発明というものの意味でしょう。身体的不具はこの思考の非連続的飛躍のメタファーにすぎません。大地を連続的に移動する歩行ができない身体構造の持主であるからして、非連続的に空間の諸点をつなぐ船や車輪の発明を思いつく。歩行が満足に可能な人間は、そもそもそういうものの必要を思いつきようがないのです。

そういえば、今世紀のはじめにアルフレッド・ジャリという詩人がおりました。彼はパタフィジック大学なる架空大学を創設しましたが、パタフィジックとは、ジャリの定義にしたがえば、あらゆる法則の例外を法則化するところの学なのだそうです。それが島や船であろうがなかろうが、こうした例外のみを総合して打ち立てたパタフィジカルなコスモスこそが、発明家の棲む場所と申せましょう。ついでながらジャリは自転車狂で、アブサントの常用による強度のアル中でした。つまりヘーパイストスとそっくりに、車輪マニアでだらしのない酔っぱらいだったのです。

今日の大学がジャリのパタフィジック大学のように、非連続的思考を総合する知の集団であるかどうかは、皆さんのご判断におまかせするとしましょう。ただ大学というものが連続的思考のみによって構成されているのなら、とりも直さずそれは世間と地続きであり、つまりは連地的思考の場であって、殊更に隔地される理由はなくなりますから、自然に解体して世の中に呑み込まれてしまうことになります。発明的な知はどこにどういう形で存在するか。

世界の果ての海で、法則の例外であるために追放された例外者たちが、例外の集合体たるユートピアを造営しながら、その創造物をせっせと世界に贈与している光景が目に浮かびます。彼らが私たちに贈与してくれるのはこの世の外、絶対的な外部にほかなりません。ですから彼らとその作品を通じてこそ私たちはときおりまだ見たことのない異界を、その国引きの現場を垣間見ることができるのです。

ついでに申せば、私たちの身近にも、炭焼き小五郎や弥五郎の説話があり、また近代文学作品では芥川や谷崎の鼻や目の不具者の物語、三島由紀夫『金閣寺』（一九五六年）、三木卓『野いばらの衣』（一九七九年）、大江健三郎『新しい人よ眼ざめよ』（一九八三年）のような、足の不具性に取材した小説があることを指摘しておきましょう。指摘だけにとどめて、これを論ずるのは別の機会をまつことにします。

怪物の作り方

神あるいは神々が人間を創る創造行為と、人間が人造人間や人工の怪物を造る行為との間には、なにかしら無気味な、その終局に得体の知れない虚無がとぐろを巻いて待ち受けていそうな並行関係があるのではなかろうか。そもそも神は、その肖像《すがた》に似せて人間を創り給うた。この創造の原形からして、神の被造物たる人間は、造られた存在であるおのれの肖像《すがた》に似せて何物かを造ろうとする。そのためにはまず、原形である神の創造の秘密を盗まなくてはならない。それゆえにこそ最初の人間アダムがいかにして造られたかを探究し、神の創造を理論的－実践的に追体験することが、グノーシス派やカバリストや錬金術師の重要な課題だったのである。

いうまでもなく、人間が神の秘密を盗んで人工の怪物を造ることとは、神に対する反逆である。反逆はすでに神々の間にはじまっていた。オリュンポスの神々の間では、最初に人間を造ったのはプロメテウスである。プロメテウスは異母兄弟たるゼウスの全能の力に反逆して、粘土と水から人間を造り、あまつさえゼウスの稲妻から盗んだ火を人間にあたえた。神の許しのない人工物制作と盗み、反逆と火は、そもそものはじめから密接に関連しているのである。メアリ・シェリー夫人がその『フランケンシュタインの怪物』の傍題を「近代のプロメテウス」としたのはゆえないことではない。

「われはここに坐り、わが肖像《すがた》に似せて人間を造る。わが身にひとしく、苦悩し、泣き、享楽し、はたまた歓喜し、われとひとしく汝を物ともせぬ種族を。」

プロメテウスは、彼が「汝」と呼びかけているゼウスに向ってそう語るが、ここにプロメテウスの反逆もしくは世界分割支配の意図は火を見るより明らかである。ゼウスが神々の世界の至高者として君臨するのなら、自分は神々とそっくりの、人間という種族を人工的に発明して、オリュンポスの天上から分離された独立の地上王国の統治者となろう。人間という被造物を造り、それに火をあたえて天上の縮小模型《ミニアチュール》を工作することによって、プロメテウスはゼウスの世界支配を分割し、それをパロディーの形で簒奪しようとするのである。ひょっとすると父のイアペトスから巨人族《ティターン》の血を継いでいるプロメテウスは、オリュンポス神に斃《たお》されたかつての巨人族の栄光を、人間というミニアチュールにおいて人工的に復権しようと夢見ていたのかもしれない。

この文字通り神を怖れぬ盗みと反逆に対するゼウスの報復は、毒をもって毒を制するの譬《たとえ》通り、当方もいっそう精巧な人工物を造って相手方の鼻を明かすことであった。ゼウスはヘーラーとの間に生れた息子で鍛冶の神であるヘーパイストスに命じて泥と水とから絶世の人工美女パンドラを造らせた。ついでアプロディーテーとミューズが彼女に女の魅力を仕込み、ヘルメスが嘘のつき方、媚びを売る話し方、奸計をみっちり仕込んだ。専門家を総動員してこしらえあげた人工の美女は、首尾よくプロメテウスの愚かな弟エピメテウスを誘惑のとりこにしてしまう。しかもエピメテウスが愚かにもパンドラの持参した筐をうっかり開けてしまったために、ゼウスがそのなかに詰め込んでおいたありとあらゆる禍と不幸が人間世界のいたるところにひろがってしまった。いくつかの点でゼウスがプロメテウスに下した報復は、アダムの受けた懲罰を思わせるだろう。アダムもイヴの誘惑に乗じて堕落するのに先立って、知慧の樹の実を盗んでいるからだ。神々の秘密を盗む業《わざ》である人工は、そもそもはじめから禁じられた行為もしくは傲慢《ヒューブリス》であり、神の怒りにふれないではすまないのである。周知のようにプロメテウス自身は、創造の純粋な火である稲妻を盗んでいかがわしい人工の贋の火に変えたために、コーカサスの山巓に縛りつけられて鷲に肝臓をついばまれなければならなかった。

プロメテウスのように粘土人形と火による公然たる反逆の挙に出ないまでも、一般に、人工の魔法に精通してともすれば人を煙に巻く鍛冶屋や鉱山技師（つまり山師）は、古くからことごとに胡乱《うろん》な眼でながめられていた。エリアーデも言うように、鍛冶屋こそは古代における悪魔の化身であった。ゼウス公認の下に人工美女パンドラを造ったとはいえ、鍛冶の神ヘーパイストスにしたところで、生れながらにして罰当りの足萎えで、実の母ヘーラーでさえ顔をそむけるほどの醜貌の持主であった。そのあまりの醜さに、ヘーラーは彼をオリュンポス山から海のなかに突き落した。ヘーパイストスが天与の自然であるおのが醜貌を憎んで悪魔と手を組んでまでも人工の天才となったのも、思えば当然であろう。のちに彼は母ヘーラーに黄金の椅子を贈った。だが、ヘーラーがこれに坐ると、巧妙な仕掛の鎖にがんじがらめにされて動けなくなるのである。ヘーラーが椅子から解放されるには、ヘーパイストスがディオニュソスの手を通じて陶酔に陥らなくてはならない。ここでは自然に対する人工の復讐が語られているのである。

このほかにもヘーパイストスはオリュンポスの神々のためにありとあらゆる工作物を造った。ヘーリオスの日輪も、アキレスの甲冑も、エロスの矢も、もとはといえばことごとく彼の手になる作品である。しかしなんといっても彼の傑作は、足萎えの自分自身のために造った二人の黄金の娘たちであろう。不具の天才は動くときには彼女たちにつかまって歩き、また不自由な身辺の雑事をも片づけてもらった。「黄金《こがね》もて造れる、人を魅する若々しき優美を装うがごとく生きている下女。そは心に悟性を持つのみか、話す声をもそなえ、力を持ち、神々の技術《たくみ》をも学んだ」とホメーロスは唱っている。ヘーパイストスはパンドラをもこの調子で泥と水から易々と作り上げたにちがいないのである。

ヘーパイストスが造ったもう一人の人造人間は巨人ターロスである。ターロスはゴーレムと同様、その怖るべき膂力《りょりょく》を買われて護衛や家番に使われていたが、鍛冶の神の工作物にふさわしく、材料は粘土ではなくて鉄または青銅である。ゼウスの命によりエウロペーからクレタ島のミノス王に贈られたこの鉄の巨人は、プラトンにしたがうなら、年に三度、ミノス王の法律告知板を持って島中を巡回し、法律が遵守されているかどうかを見届けるのであった。他の報告では、彼は頭の天辺から爪先まですっかり青銅ずくめで、身体には脳天から踵まで一直線に唯一本の血管が通じており、血管の出口にあたる踵のところには栓が詰めてある。ターロスは、王家はいうまでもなく島全体の護衛者であった。彼は日に三度クレタ島の海岸に出て、島に侵入しようとする異邦人を見ると石を投げて撃退し、万一相手が上陸してこようものなら、鉄の腕《かいな》で羽がいじめにしてから全身真赤に灼熱して焼き殺してしまうのであった。だが、アキレスのように踵に弱点のあるターロスは、アルゴナウタイが上陸戦を敢行したとき、はじめのうちこそ投石で戦いを有利に進めていたが、ポイアスの射手に踵の急所の血栓を射抜かれ、一本しかない血管から全身の血を流して死んだ。ちなみにターロスとは「踵」の意味である。

ギリシア神話にはもう一人ターロスの名を持った人物が登場してくる。しかも面白いことに、このターロスも巨人ターロスの父ヘーパイストスにひけを取らない天才的な工人であり、かつまた史上最大の工人ダイダロスと密接な関係にあった。現代のダイダロス研究家マイクル・エアトンの言う「プロメテウス以来、技術の最大の神話的父祖」であるダイダロスの登場とともに、ここに始祖プロメテウスを加えて四者は微妙な遠近関係のなかに入ってくる。それでは、もう一人のターロスとは何者か?

一言でいえば、タ－ロスはダイダロスの影、もしくは分身といえよう。彼は神話ではダイダロスの甥にして従弟であった早熟な工人とされている。タ－ロスの発明の才はめざましく、幼にして轆轤《ろくろ》や鋸をつぎつぎに創案して叔父の才を凌いだ。そのためダイダロスは彼に嫉妬して、アテネのアクロポリスの崖からタ－ロスを突き落してしまう。異説では、ダイダロスがアクロポリスから突き落したのはペルディクス（山鶉《やまうずら》）という名の姉であるともされている。だが、タ－ロスの母ペルディクスの名は、鋸の発明者タ－ロスの別名であるとも信じられており、彼は墜落してから山鶉に変身して空を飛んだ。ちなみに甥殺しの後にアテネを逐電したダイダロスの行先はミノス王の宮殿であった。故郷を追われたダイダロスは、こうしてクレタ島のミノス王の許で有名な迷宮を作り、多淫な王妃パーシパエーのために牝牛の皮を剝いでかぶせた性交機械を作り（パーシパエーは牝牛の皮をかぶってその女陰におのがものを合わせ、牝牛とばかり思い込んだ精力絶倫の牡牛が近づいてきてくり返し挑む突撃を、嬉々として受け入れたわけである）、腕も足も首もメカニカルに動く最初の自動人形を作り、また息子のイカロスとともに蜜蠟と鳥の羽根でこしらえた人工の翼を操って空を飛んだのであった。ピンダロスがクレタ島やロードス島で見かけたという「さながら生きて歩むもののような機械」は巨人タ－ロスの末裔だろうか、それともダイダロスの自動人形であろうか。あるいはこの地方に、関節人形状の動く偶像に対する崇拝儀式が強固に蟠居していたという意味であろうか。ジョン・コーンはその『ゴーレムとロボット』のなかで、ダイダロスに殺されたタ一ロスとへ一パイストスの人造巨人ターロスとを同一視しているが、これが牽強付会であるとしても、タ一ロスの同名とすべての因縁がクレタ島に絡んでくる暗合は、さまざまの想像の余地を残している。

ところで、これら一連の、ギリシア神話の才たけた、残忍にして悪魔的な工人にまつわる逸話は、ゲルマン神話のなかにもほぼそっくりの形でくり返されている。ゲルマンのダイダロスは鍛冶屋ヴィーラント *Wieland der Schmied* である(アングロサクソンでは *Wēland.* 古代スカンディナヴィアでは *Völundr*)。ひろくアイスランド、イギリス、ドイツ、フランスで古代詩人に唱われた伝説中の鍛冶屋ヴィーラントは、ダイダロスをも、巨人ターロスをも同時に髣髴《ほうふつ》とさせる形姿を具えている。彼は無敵の武器を造るすべを知っていた。その技芸が禍いして、ニドゥング王がこの稀代の武器製造人を専属に召し抱えようと思い立ち、ヴィーラントの足のアキレス腱を切って足萎えにした上(へ一パイストスを想起せよ)城から一歩も出られなくしてしまった。ちょうどミノス王がダイダロスを迷宮に閉じ込めたのとそっくりであるが、その後の経過もほぼ同様に進行する。すなわち、工人ヴィーラントは一計を案じるや、鳥の羽根をつけた服を着て王の城のいちばん高い塔から飛翔し、空路故郷のゼーラントに帰ったのだった。

私がとりわけ面白いと思うのは、地中海のダイダロスと同様、この北方の発明家にも血みどろの兄弟闘争もしくは分身殺しの影がつきまとっていることである。ヴィーラントはその空中飛行服を造るために弟のエイギルを生きながらにして皮剝ぎにした。「海象《せいうち》の骨で作ったアングロサクソンのさる小筐（八世紀）には」、とジョン・コーンは書いている、「ヴィーラントの弟のエイギルが鳥のように生皮を剝がれ、その剝皮《はぎかわ》でヴィーラントが空中飛行機を縫っている場面が描かれている。」

そもそも技術（人工）は、その兄弟である自然を離脱し、自然と敵対することによってはじめて成立する。アベルを殺してエデンを追われたカインが、エデンの東に住んで生んだ末裔のなかからは、三種の職業人が発生した。都市建築家、音楽家、それに鍛冶屋である。反自然的な人工の徒は、その悪魔の業を兄弟（分身）を殺してはじめて手に入れるのである。あるいはこう言ってもいい。自然からの二元論的分離によって兄弟の双極へ分裂した一方の極を形成するにいたった文明は、プロメテウスにおけるエピメテウスのような愚かな片割れに伴われて挫折するか、そうでなければ自然＝大地を否定して虚空に飛翔するために凄惨な兄弟＝分身殺しに通じるかである、と。

それにしても、この何でも作れないもののない神話のなかの工学家たちに一つだけできないものがあったとすれば、それは何だったろうか。答は簡単である。何も作らないこと、人工の枠を凝らすことができもせず、またその必要もないようなことをすること、である。という意味はすなわち、自然的な生殖を通じて子供を産むことである。さもあろう、反自然的な人造人間の制作者である彼らにとって、なんの苦もなく生き物を産み出せる女性の生殖能力ほど嫉妬と羨望に価し、憎悪と敵対の対象たるべきものはなかったはずであるからだ。工学家たちは例外なく男神であった。女たちは、ヘーラーのように彼らを忌み嫌ったか、人工的な倒錯性欲の具に変えられて正常の子供のかわりに怪物を産ませられたか（パーシパエー）、存在そのものを人工化されて薄情な手練手管ずくめの女にされてしまうか（パンドラ）であって、彼らの幸福な伴侶になどなってくれはしない。それゆえ彼らはかりに女性と関係しても、ヘーパイストスやピュグマリオンのように、自分で造った人形と人非人《ひとでなし》の恋にでも耽るか、石女《うまずめ》を相手に実りのない愛を交換するかなのである。ダイダロスが唯一人ウマが合った女友達アリアドネーは石女であった。現代の性心理学者が彼らの精神分析をしてみれば、典型的なオナニストの症例を発見するにちがいないのだ。

母性であったヘーラーがわが子ヘーパイストスの性的不毛を看破して忌み嫌った直観は正しかったのである。性的シンボリズムの観点からするなら、神話の人工的発明家たちがいずれも足や踵に弱点を持ち、アキレス腱を切られたり、迷宮や塔に閉じ込められたり、生れながらの足萎えであったり、高山の岩に金縛りになったり――要するに、歩行の自由を奪われるような状態に陥るのはまことに意味深長である。必要（＝欠乏）は発明の母。不具性がそれを補う義手義足の、はては黄金の娘たちや空中飛行服や翼の発明を促したのだが、ついには本来の四肢の運動の自然な感覚より、人工物のもたらす反自然的な感覚の方がはるかに形而下的条件に限定されないひろがりをもたらすことを知るにいたるだろう。

こうして彼らは不具になり、足や踵をやられて身動きができなくなり、性的にはおそらく去勢者や不能者や未熟者になりながら、しかも飛ぶのである。

　しかし、性的不毛から生殖を忌避して人工の人間を造り、これを支配したり道ならぬ契りを結んだりする発明家たちは、父性からは大人のお株を奪う早熟な子供さながら断罪されたが、同時に自然＝女性からも残酷な報復を受けないわけにはいかない。プロメテウスは、愚かな、つまりは反自然的人工意志において欠けるところのある弟をパンドラに誘惑されて失い、ダイダロスは息子イカロスを海に奪われる。極度に人工的なものはそのなかに一点の自然の残渣《ざんさ》でもあれば、これがアキレスの踵となってたちまち野生状態の自然へと喚び戻され、夢想の透明な大空から泥土や水のなかへ無惨に失墜してしまわなければならないのであるらしい。

　それにしても、これまで述べてきたギリシア神話のなかの発明家たちは、原創造の追体験を志向してはいるが、かならずしも原理のみには固執せず、応用科学的な道具を作ることもしばしば試みている。啓示宗教におけるように、神と被造物との間の距離《へだたり》がほとんど絶対的であるために原創造を人間が模倣することは完全に不可能であるか、それとも神にいたる道とは正反対の道（悪魔との契約）を通ってでなければ秘密を盗むことはできない、というほど厳酷な境界は存在しない。むしろ人間は神々と共棲しつついくつかの能力を分ち合っているように見える。ユダヤ－キリスト教系の人造人間とヘレニズムのそれとの微妙な相違がここにあるだろう。後者は人工技術をかなり人間的に解釈しているのである。ヘルムート・スヴォボダの分類によれば、古来、人造人間の作り方には三通りの主要な系列がある。第一に、もっとも早い人間創造の報告に関するもので、その淵源は創世神話にはじまり、アダム、イヴ、ゴーレム、金牛の仔などがこの系列に属する。要するに魔術的‐神話的な系列であって、この種の人間造型には例外なく神もしくは半神の助けが関与しなければならず、あらかじめ超人間的な力が介入しなければ何事もはじまらない。概してそれは、呪文、魔法、カバラの秘密知識、誓言などによって調達される。近世のカバリストが腐心したゴーレム造型はその典型といえよう。

第二に、メカニカルな精巧や技術的進歩を眼目とする系列である。ここではじめて技術が超自然的な力から分離して、現実的なものの地盤の上に移植され、技術文化史や造型芸術史の問題となる。ヘロンや、ビザンチンのプィロンやクテシビオスの古代科学から、十七世紀の時計仕掛の工芸品を経て、アンドロイド、ロボット、コンピューターの発明にいたるのがこの系列である。

最後に、生物学的系列がある。マンドラゴラ信仰やパラケルススのホムンクルス造成などが潜在的に用意していた人体の生物学的変革は、進化論や突然変異理論や染色体理論の発見を通じて今世紀の現実の課題となった。ナチスの人種改良論、ノーベル賞生物学者ミュラー博士の提唱する人工授精による人体改造、ロボトミー、心臓移植、人工胎児など、多かれすくなかれ自然的な人間を「合目的的」に修飾《モディファイ》もしくは機能増幅する試みは、すべてこの系列に発している。

むろん「魔法、メカニカルな精巧、手品、純粋のファンタジーは、相互に区別をつけ難い」とヘルムート・スヴォボダも言うように、右の三系列はそれぞれを截然と切り離すことは不可能で、相互に複雑に交流し合っている。たとえばマンドラゴラは、植物であるからには第三の系列に属するとしても、魔法の一面もそなえている。中世の「話す首」はメカニカルな工作物ではあるが、その目的は予言の魔法である。しかし、右の三系列の分類法は、むしろ人造人間の作り方の歴史的発展を物語っていると解した方が意味がある。古代では魔術的 - 神話的な第一の系列がもっぱらであった。黄金、青銅、鉄、粘土のような死せる物質に超自然的な息気《プノイマ》が吹き込まれて、それが生けるもののように動きはじめる――物質と精神、肉体と魂の結合術が、もっぱら人造人間製造法の秘密であった。この超自然力とは、神、天使の力であるが、場合によっては敵対者たる悪魔や堕天使の魔力でもあった。そして、こうした超自然力を喚び寄せるのが、司祭でも、工人でも、詩人でもあったシャーマンの呪文である。時代が下るにつれて超自然力を喚び寄せる技術（祭祀的装置、呪文）がそれ自体として独立して、しだいに超越的存在との関連から遠ざかる。これが第二の純技術的局面である。第三の系列は、技術的発展の高成長の局面で顕在化してくる。シェリー夫人のフランケンシュタインの怪物が出現する頃には、すでに生物学的人体改造のプランが日程に上っていた。要するに、第一の系列では神が人間を造り、第二の系列では人間が物（人造人間）を造るのであるが、第三の系列では人間に造られた物が——ちょうど第二の系列で人間が神のきずなを離れたように——人間から高度に独立して、フランケンシュタイン博士の怪物のようにひとり歩きしはじめるのだ。神‐人間‐人工の怪物の序列が怪物‐人間‐神の序列へと力関係を逆転し、創造の神聖秩序が破壊の神聖秩序へと大転位して、人工の怪物が人間を、人間が神を破壊しはじめるのである。しかもみずからを産んだものを殺すこの文明史的な父親殺し《パラサイト》の大破局が医学の名において迫ってくるのは皮肉ではないか。生物学的人体改造は、いずれは多かれすくなかれ、物質の法則に基づく人間的自然の総体的破壊に通じるのであろうからだ。人工の真の意味が原創造の追体験であり、中心につながる追憶の糸であった日々はもはや取り返しがつかないのである。

ギリシア神話の発明家たちは、右の分類でいえば、第一の系列と第二の系列との間を往還している。魔法と技術がまだ未分化であるような薄明のなかを浮遊していたと言ってもいい。それだけに発明的な神々はヘレニズムの実在の発明家たちにさまざまの技術的啓示をもたらすことができた。逆に古代科学者の発明品は純粋技術のみの所産ではなくて、多少とも魔術的‐神話的性格に彩られていると言えよう。その例を、人造人間を中心に二、三——

紀元前三世紀のエジプト王プトレマイオス二世フィラデルフォスは、世界七不思議の一つであるアレクサンドリアの灯台の建設者として有名だが、動く彫像を作ったことでも知られている。かつてこの王はアレクサンドロス大王の栄光をことほいで大祝典を催したとき、ディオニュソスの乳母ニーサの彫像をみずから作った。彫像は高さ八フィート、六十人の男が引く山車《だし》の上に乗せられて行進に加わった。彼女はギリシア風の衣裳を着て山車の上に鎮座していたが、ときあってやおら立ち上り、黄金の壜のなかにミルクを注ぎ、それからまた腰を掛けたという。また雄弁家のカリストラトスは、大理石と金属でできた十本以上の彫像が動くのを見たと語っている。歴史家のポリビオスによれば、紀元前三〇七年、デメトリオスの凱旋を記念する祝賀行進のなかにはメカニカルに動く蝸牛《かたつむり》がいた。ディオン・カッシウスの報告している幾体かの彫像はさらに精巧で、血を流したり、苦痛のあまり脂汗をかいたりすることもできた。これらの彫像のあるものは禍が迫ると一定の身振りをして警告し、人びとの問いに頷いたり、首を横に振ったりして答えたともいう。

身動きこそしないが、エジプトのテーベのメムノンの彫像は、太陽の光が当ると竪琴の音を思わせる響きを発した。伝説ではアキレスに殺されたメムノンは、ティトノスとエーオスとの間に生れた男子であり、母エーオスが彼の死を悼んで涙を流すと、それが朝露となったと言われている。エジプト人がアメノフィスと呼んでいたテーベの彫像がギリシア人によってこのメムノンの彫像と同一視されたのは、はるか後代に入ってからのことである。フィロストラトスの語るところでは、メムノンの像は「太陽の光の方を向き、無髯で、黒い石で作られて」おり、「坐っている人がいまにも立ち上ろうとするときのように」両手を腰掛けの上についていたという。メムノンの影像は朝日がちょうど口元に射すと、何か物を言うように思えた。太陽光線熱で膨脹した空気が狭い孔を抜けるとき笛のように鳴るからであろうが、時経るにしたがって人びとはこの音響から予言の言葉を聞き取ったようである。

魔術的な話す‐動く影像の科学的根拠は、古代でもある程度知られていた。ちなみにアリストテレスは、ダイダロスが造ったというアプロディーテーを象《かたど》った自動人形は水銀を体内に仕込んでその膨脹係数を利用して四肢を動かしたにちがいない、と推定している。

メムノンは、ちょうどエジプトのトート神がギリシア化されて、トート＝ヘルメス・トリスメギストスとなったように、本来は太陽崇拝儀式もしくは占星術のための装置として用いられていた影像であった。メムノンの影像はおそらく多くの点でエジプト人の予言する影像と密接な関係がある。

エジプト人の予言する影像は、首と両腕が紐で動く関節人形で、今日のマリオネットの前身である。しかし使用の目的は見世物ではなくて、本来はバッカス祭や占卜予言の神事のために用いられた。バッカス祭では――ヘロドトスが報告しているように――女たちが頌歌を合唱して村々を練り歩きながら紐の操作で手足を動かすのである。バッカス祭のマリオネットは五体よりも巨大な勃起男根を生やしたプリアポス神の原形であった。予言用の関節人形は、芸術文学や錬金術の神でオシリスの書記、トート（ギリシアではヘルメス・トリスメギストス）が発明者であると信じられている。この彫像は、先にも言ったように、一般には首と手足が紐仕掛で動かされたが、蒸気や火力、水銀などを早くも動力源にしていたともいう。像は質問をすると首を動かして諾否の答を返した。この動きはハヌーと称され、聖なるハヌーの身振りとともに像は妙音を発するのであった。ハヌーと像の発する音響は、彫像のなかに宿っているカー、すなわち神もしくは死者を意味する分身（影）の所業であった。秘儀に通じた司祭が呪文を唱えて神の魂を彫像のなかに封じ込めると、彫像は生けるもののように動き、話し、未来を占い、凶事を警告し、病気を癒したり、逆に疫病に罹らせたりもするのであった。彫像の言葉は神々からやってくるものである以上、無謬であった。テーベの司祭たちが南方に新しい王国を建設すべくアンモンの像の告知にしたがって新しい王を選出したとき、これを忌避した王家の男たちが像のかたわらを通って逃げようとしたことがある。すると像は、「その猿臂を伸ばして彼らのなかの一人をむずと摑みながら、警告の言葉を語りかけた」（G・マスペロ『古代エジプトの話をする彫像』のJ・コーンによる引用）ということである。ちなみにこの彫像はもともと一体の神の分身が宿って生きるので、分身が複数であれば他の都市の動物や鳥人の彫像にも同時に魂が宿ることがありうる。こうしてエジプトの諸都市には同じ一体の神が同時に住むことができ、寺院は無限に増殖するさまざまの神の彫像で埋めつくされ、その予言の声が一晩中すさまじい音響を発して内陣に谺《こだま》したのであった。

もうひとつの予言する彫像はユダヤ-キリスト教系のテラピム（偶像）である。テラピムは、創世記のなかで、ヤコブが逃げた行先を知ろうとしてラケルが父ラバンのテラピムを盗むくだりに言及されている。ラバンはテラピムの盗人がヤコブとばかり思い込んで、ギレアデの山まで彼を追跡して問いつめる。

「汝今父の家を甚《いた》く恋て帰《かへ》らんと願ふは善《よけ》れども何ぞわが神を窃《ぬす》みたるや　ヤコブ答へてラバンにいひけるは恐《おそら》くは汝強《しひ》て女《むすめ》を我より奪《とる》ならんと思ひて懼《おそ》れたればなり　汝の神を持《もて》る者を見ば之《これ》を生しおくなかれ我等の兄弟等《たち》の前にて汝の何物我の許にあるかをみわけて之を汝に取れと其《そ》はヤコブ、ラケルが之を窃みしを知ざればなり／是《ここ》に於てラバン、ヤコブの天幕《てんまく》に入《い》りレアの天幕に入りまた二人の婢《しもめ》の天幕にいりしが視いださゞればレアの天幕を出《いで》てラケルの天幕にゐる　ラケル已《すで》にテラピムを執《とり》て之を駱駝の鞍の下にいれて其上に坐しければラバン遍《あまね》く天幕の中をさぐりたれども見いださゞりき時にラケル父にいひけるは婦女《をんな》の経《つね》の習例《ならはし》の事わが身にあれば父の前に起《たつ》あたはず願《ねがは》くは主《しゅ》之を怒り給ふなかれと是をもて彼さがしたれども遂にテラピムを見いださゞりき。」（31・30―35）

テラピムは首をミイラ化した話をする像で、舌の下に魔法の呪文を書いた黄金の薄板が貼ってある。助言を乞うと答えるこの偶像は、慣習にしたがって殺された初生児のミイラの首であったらしい。カバラの律師たちは、これを聖書の巫術師が持っていたオブ（オボト）やイッデオニ（イッデオニム）と同じものではなかったかと解釈している。両者はいずれも天界に感応する亡霊で、人間と話をしたり助言をあたえたりする力をそなえているのである。ジョン・コーンは述べている。
「オブは頭部や肱関節から話をする像であり、またイッデオニはイドオア（野獣または鳥）の骨を口のなかに入れるとみずから語り出す像である。他の解釈によれば、オブは髑髏《どくろ》に助言を訊ねる人間であるとともに、予言や神託の力をかりて死者を喚び出す者である。」

テラピムが初生児の首をミイラにしたものであるとすると、それほど大きなものではなさそうである。アタナシウス・キルヒャーの『エジプトのオイディーポス』の挿絵に見えるテラピムは、実際わが国のこけしのような恰好の小さな人形であるように見える。ラケルが駱駝の下に隠したというのも道理であろう。だが、テラピムはときとして等身大の大きさであったこともあるらしい。サムエル前書（一九章）には、サウルに命をつけ狙われたダビデの身代りに、サウルの娘ミカルがテラピムをベッドのなかに入れてダビデを逃がしてやる逸話が語られている。

「斯《かく》てミカル像《ざう》をとりて其牀《そのとこ》に置き山羊の毛の編物を其頭におき衣服《ころも》をもて之をおほへりサウル、ダビデを執《とら》ふる使者《つかひ》をつかはしければミカルいふかれは疾《やまひ》ありと　サウル使者《つかひ》をつかはしダビデを見させんとていひけるはかれを牀《とこ》のまゝ我にたづさへきたれ我これをころさん　使者《つかひ》いりて見たるに牀には像《ざう》ありて其頭に山羊の毛の編物ありき。」（19・13―16）

このテラピムと、エジプトのトートの作品と信じられている予言する彫像と、プロメテウスの造った粘土の人間が同一のものにほかならないことを指摘したのは、『ジョルダノ・ブルーノとヘルメス学の伝統』の著者フランシス・イエイツ女史であった。イエイツは、ブルーノの『像の構成について』（一五九一年）が右の三つの像を模像《シムラクルム》（*simulacrum*）の力の例と解釈していることに注目して、天上の神々の恩寵が人間的事物と神的事物との間の類似《シミリトゥディネス》（*similitudines*）を通じて喚起される消息を述べている。神それ自身は見られず知られないが、その模像、象徴を通じて私たちに了解されるのである。ブルーノはこの秘法の解釈においてヘルメス・トリスメギストス以来の錬金術思想の伝統に忠実であった。イエイツ女史はまた、トート＝ヘルメスの著作と考えられているヘルメス文書『アスクレピオス』の偶像《イドラ》に関する一節をも想起している。すなわち、ヘルメス・トリスメギストスによれば、これらの予言する彫像は魂を吹き込まれ、感覚と精神とを具有していて、未来を予告したり、人間を病気にしたり、また病気を癒したり、いろいろなことをする霊能があるのである。神々の真の本質を発見した人間には神々を模造することができる。彼らは偶像《イドラ》の聖なる実体と自然の客体とを組み合わせ、混ぜ合わせる。しかし人間には魂を創造することはできないので、悪霊や天使の魂を喚起して彫像にそれを注入する。こうして彫像は、善や悪をなす力を獲得するというのである。

この予言像の製法が多くの点でゴーレムの作り方と符合していることは、あらためて断

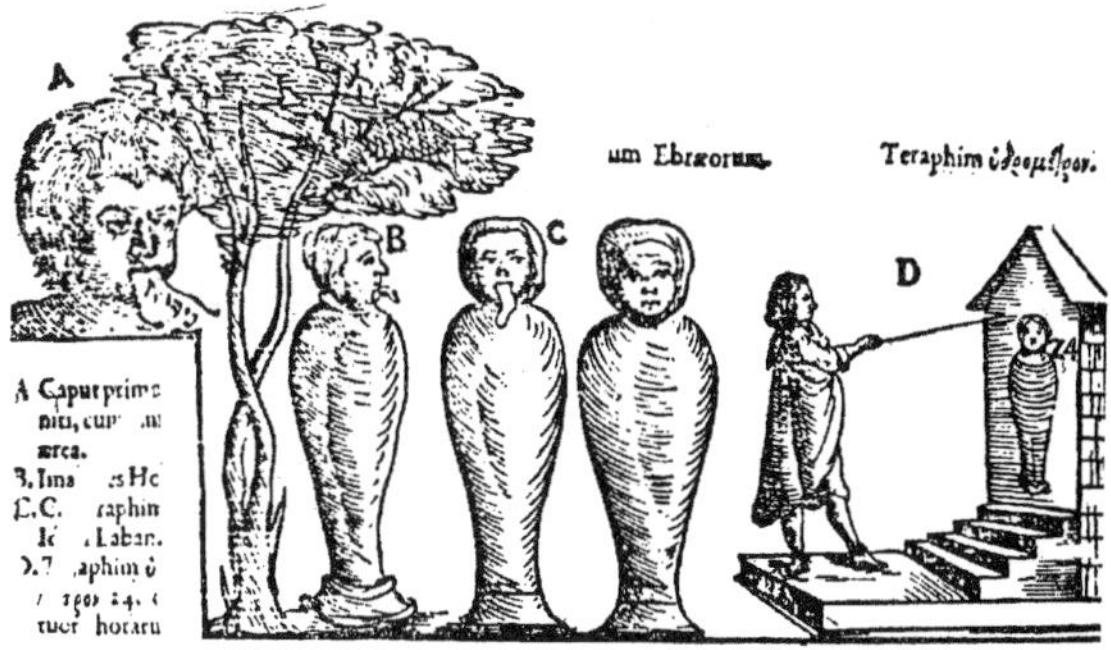

テラピム（キルヒャー『エジプトのオイディープス』1652より）

るまでもあるまい。ゴーレム制作者もたんに技術的に人間に似ている粘土の模像を彫塑するだけではなくして、瞑想の恍惚のうちに分身（影）を内識しなくてはならない。錬金術の基本原理たる瞑想と経験、魂と手との結合が、ここでもあらためて強調されているのだ。注目すべきことはしかし、この結合が正の方向と負の方向と、いずれの方向に対しても実現される可能性があることである。三世紀のグノーシス主義者ゾシモスのテクストを分析しながら、C・G・ユングはキリストとアダム、プロメテウスとエピメテウスがひとしく外部の人と内部の人の番《つが》いとして相寄って全一を構成すべき秘密を叙述した。両者の結合が「無限変容の能力」と神的息気《プノイマ》を付与されるなら、その「全となる能力」はコスミックな神の子を誕生せしめる。さもなければ両者は分裂して、イヴやパンドラのような罪の誘惑のうちに紛糾する葛藤状態を招くだろう。この紛糾を一身に具現する出来損い、すなわち神の子の悪魔的な原像がアンチミモス〈模倣者〉である。「模倣者であり、悪の原理であるアンチミモスは神の子の敵手として出現する。アンチミモスも自分自身を神の子と考えているのである。神性のうちなる相反する内容が彼にあっては截然と切り離されている。私たちはこの悪霊に概して〈偽わる精神〉の相の下で出遭う。アンチミモスは人間の肉体のなかにさながら暗黒の精神のごとくひそみ、人間の魂をしてその邪悪な側面を満足させるべく余儀なくさせるのである。」(『心理学と錬金術』)

神の化身は、こうしてまかりまちがえれば神の化身を詐称する悪魔の申し子となり、神像が怪物となる。あらゆる人工の像や人形が、神聖な畏怖の感情と同時に悪魔の無気味さを、聖性と怪物的な卑賤を、厳粛な絶対性と同時にペテン臭いいかがわしさを感じさせるのはそのためなのである。

洋の東西怪談比較

私たちの心と身体には、意識ではコントロールできない領域があります。不安や恐怖もそのひとつです。そしてそれは、胸苦しさや消化不良といった、身体的不如意とも大いに関係があります。意識がコントロールすることのできない、あるいはしにくい、概して不愉快な心身状態――どうやら怖い話、怪談は、このあたりに出所がありそうです。

しかし個人の身体の不快感ばかりでは、怪談が物語として成立し持続する根拠にはなりません。共同体や集団の体験がこれに重なるとはじめて物語として語り継がれることになります。共同体の体験として最も制御しにくい歴史的体験は、戦争や内戦、その結果としての王朝交替劇でしょう。ひとつの王朝が怨みをのんで滅びる。通常は新しい秩序がその怨念をコントロールしていますが、現秩序が何らかの理由で弱る瞬間がくると、抑圧されていた旧体制が頭をもたげてきます。

農耕社会だったわが国では、これが御霊信仰に基づく虫送りのような夏の年中行事と結びつき、歌舞伎の夏狂言や納涼怪談やお化け大会といった夏場の庶民的娯楽へと世俗化されてきました。都市化の歴史の――上方や中国・ヨーロッパと比べれば――浅い江戸では、どうしてもこうした農村共同体的フォークロアに近い怪談が主流だったようです。怪異が自然や自然の中の小動物と結びつき、坂の途中で悪さをするむじなとか、王子の狐とか、本所の狸囃子とか、川の近傍に出没する河童やうなぎのお化けの話がよくあります。

上方のように平家滅亡、大坂城をはじめとする戦国の城の落城にまつわる、大きな王朝交替劇こそ目立ちませんが、江戸にもそれなりに元禄忠臣蔵や各種のお家騒動などの小さな王朝交替劇がありました。とりわけ近代に入ると、徳川体制の瓦解、関東大震災、東京大空襲、高度成長とその結果のバブル崩壊と、いくつもの瓦解・崩壊を繰り返しました。東京の土には、その度毎に排除され、廃棄された古い時間と記憶が、層をなしています。その古い層に沈んだ江戸・東京が、現在のピカピカのテクノ都市を覆しにやって来はしないか。そうなったら終末の恐怖風景ですが、同時に子供時代が帰ってくるのですから郷愁を誘いもします。怪談にはどうやら恐怖と郷愁の二重構造があるようです。

幽霊が坂、川、橋のような空間的境界に現れることは、これまでも民俗学者によって指摘されてきました。時間的にもたそがれのような昼と夜との境目が危ない。そういう場所や時間の境界に出る怪異のほかに、物（器具）が化ける怪異現象もあって、これはボッシュやブリューゲルの絵にもありますが、わが国の土佐絵の方が本家本元です。またよく言われるように、わが国のお化けには足がありません。あちらのお化けには足があって、歩くと舗石にぶつかるので不気味な足音がします。こんなふうに東西の怪談は不安や恐怖の点では共通していても、文化や風俗習慣による差異もまたあるようです。そのあたりを追々話題にしてゆきましょう。(「第十一回 江戸東京自由大学 怖い、見たい、面白い――ミステリアス江戸」パンフレット、一九九九年十月二日、財団法人東京都歴史文化財団)

＊

怪談の両洋 (江戸東京博物館講演原稿)

今日は怪談の両洋、つまり日本、殊に江戸東京の怪談とヨーロッパの怪談の比較といったテーマでお話をすることになりました。といって比較怪談学というような学問分野があるわけでなく、たとえそういうものがあるとしても私はその専門家ではなく、アマチュアの怪談愛好家があれこれとりとめのないお話をするということでご勘弁願います。それに話を進めているうちに、意外に怪談には西も東もなく、ただ怖い話が西にも東にもあるだけだということになるかもしれません。

その前に怪談とは何かということをざっと申し上げておく必要があるかと思います。辞書を見ると怪談は「不思議な話、あやしい話、特に幽霊や妖怪変化の話」となっています。このへんがまあ日本と西洋の違いということに関わってくるかと思われます。たぶんこれは日本の、あるいは中国の怪談のことを言っているのだと思います。しかしユーラシア大陸を西に行くとキリスト教国になりますね。するとキリスト教徒の場合怖いものは、幽霊の代わりに悪魔、妖怪変化の代わりに妖精ということになって大分話は違ってきます。

そこでとりあえず西のほうの怪談をざっと片づけておきましょう。キリスト教国であるヨーロッパ人の恐怖の対象は、やはり悪魔、あるいは魔王《サタン》です。では悪魔はどこにいるか。地下世界、つまり地獄にいて、どうやらそこから夜な夜なはい出してきては人間を不安と恐怖のどん底に陥れる、ということになっています。一例が小説や映画でおなじみの「吸血鬼ドラキュラ」です。ドラキュラ（スラブ語でドラコーレ、すなわち悪魔の意）は地下の墓場の棺の中からギィーと棺の蓋を開けてはい出してくる。棺の中には故郷のトランシルヴァニアの土が入っていて、棺はつまり持ち歩きのできる地獄なわけです。ドラキュラはそれを持って東欧の山奥のトランシルヴァニアから世界都市のロンドンに出てきて、ロンドン市民に悪さをはたらくわけです。

これだけのことで見ると、悪魔ドラキュラは前々から地下の土の中に住んでいるように見えます。しかしそうではありません。悪魔や魔王はもともとは天上の住人である天使でした。天上の住人であった天使は翼がはえていて空を飛べました。しかし神の掟に違反して天上から落ちてしまった。それ以来遠隔飛行能力を失って、翼はまったくの無用の長物ではないが退化してマントのようなものになっています。まるで飛べないわけではないが、ドラキュラは蝙蝠《こうもり》のような羽根をあやつって低空飛行するだけですね。もう天上に帰るだけの飛翔能力はなくて、よたよた地上を低空飛行ではい回るだけです。それもどうもギクシャクしてぎごちない。というのも悪魔は大抵、天から落ちた瞬間に地面にぶつかって足に打撃をこうむっている。ですから『ファウスト』に出てくる悪魔のメフィストフェレスみたいにびっこを引いている。高いとこから落ちてきたので足を骨折、または捻挫したのですね。だからびっこを引いている。

しかしいくら悪魔だっていいことずくめではないこの地上にいわば流謫されているよりは、自由に空を飛んでいられたもとの住まいの天上に帰りたい。天上に帰るための体質改善の特効薬がドラキュラの場合には人間の血だったわけです。

「吸血鬼ドラキュラ」によく似た怪談に、ドイツの作家ホフマンの「砂男」(一八一六年/E・T・A・ホフマン、S・フロイト『砂男 無気味なもの』種村季弘訳、河出文庫、一九九五年)という小説があります。ここに出てくる「砂男」と呼ばれる悪魔の正体はもとは吸血鳥で、夜ねむらないでいる子供の目をついばんで、自分の巣まで運んでは雛鳥の餌にする凶暴な鳥です。しかしそれが今では砂男という悪魔のような怪物になって、なかなか寝ないでいる子供の目に砂をかけに夜な夜な家の階段をごとりごとり重い足取りでやってきます。砂男も昔は鳥で、空を飛べたのですが、今は重い足取りで地べたをはい回っているわけです。

「砂男」の場合は精神分析学者のフロイトが「不気味なもの（無気味なもの）」（一九一九年）というエッセイで砂男の怖さを分析しています。人間は誰でも第一次ナルシシズム（自己愛）の中で全能感を経験する時期がある。しかしこの自分には何でもできるという全能感は、たとえば両親のように幼年期の自分を支えてくれるサポートがあってはじめて成立するのです。幼児を手で持ち上げて「高い高い」とあやしている大人を見かけますが、子供が空を飛んでいると感じるのは、実際は大人に飛ばされているわけですから、成年期に達して自分で飛ぶ、または歩かなければならなくなれば、当然失墜感を味わいます。自分は自由に空を飛べる鳥どころか、地べたをはいずり回る虫けらにすぎない。成年期に達した人間は誰しも同じような感情を持ちます。今まで家庭や地域で年長者や周囲の人たちに保護された相対的自由のなかで、あるいはパソコンゲームのヴァーチャル・リアリティーのなかで全能感を味わっていた若者がいきなり社会に投げ出されて、広い世界の中では自分はたかだか一匹の虫けらにすぎないのだという無能感にまみれる。不況のリストラ待機の中で起きた、最近の無差別殺人の動機にも、この無能感ゆえの焦燥が感じられます。

第一次ナルシシズムから失墜して、自分の無力無能を思い知ると、そこからふたたび天上を自由自在に飛べた、あるいは飛べるように思えた全能感を回復したくなります。また吸血鬼の話に戻りますが、吸血鬼は英語でヴァンパイアといいますね。これはスラブ語のウピール、ピールは飛ぶという意味で、ウはその否定詞ですから「飛べない」「翼を失ってもう空を飛べない」のが吸血鬼の吸血鬼たるゆえんです。砂男もかつては鳥でした。悪魔もその前身は天上界を自在に浮遊していた天使でした。われわれもかつては大人に支えられて万能の自在感を味わっていた子供でした。しかしそこから落ちた。地上に落ちて足を折って虫けらのようにもがいている。もう一度あの空を飛ぶ自由感、第二次ナルシシズムを獲得したい。そんなことができるのか。

それにはいくつかの手段がありそうです。二、三のものを挙げてみますと、飛行機械を発明して空を飛んだらどうか。レオナルド・ダ・ヴィンチのような天才はいきなりそういうプランを立てて、おかげで人類は天上界までは行けないにしても、月や火星までは飛んで行けるようになりました。もうひとつはドラッグ（幻覚剤）のようなもので陶酔状態に入って、飛行幻覚を味わうことです。箒に乗って空を飛ぶ魔女なんかがこういう「魔女の膏薬」などというのを使いますね。ドラキュラは人間の血をこの種の幻覚剤としてあさっているわけです。しかしそういうものを使ってめでたく天上に復帰してしまえば、これはハッピー・エンドのサクセスストーリーのようなものになってしまって怪談にはなりません。怪談は天上復帰の試みが手前で挫折して、またしても地べたにたたき落とされ、いやな目つきで次の獲物を狙う、というのでなくてはおもしろくありません。

しかしここらで西洋の怪談の話は一度お休みにしましょう。ただ中間的なまとめとしていっておきたいのは、ドラキュラが良い例ですが、悪魔はマントをひるがえしながら風に乗ってやってくるということです。ドラキュラは高くは飛べないので、横方向に低く風のように動きます。映画のドラキュラなどを見ていますと、まず風が窓を開けカーテンをひるがえしてからサーッとドラキュラが入ってきます。ヨーロッパ大陸の外敵は横方向からやってきます。だから建築構造も壁が石で分厚くこしらえてあります。隣の国の軍隊がすぐに攻めてこられる。それよりも風に乗ってペストやコレラのような疫病が運ばれてきました。四方を海で囲まれた日本のような島国とちがい、風に乗ってたちまち蔓延する疫病が大敵であり、最大の恐怖だったのです。

それに対してわれわれは何が怖いか。水でしょう。ヨーロッパ人が水平方向で疫病やアジアの軍勢の恐怖におびえるとすれば、われわれは垂直方向で足下にある水が怖い。水の中に引きずり込まれるのが怖い。ここでは江戸東京の怪談にかぎりますが、日本の怪談には水にまつわる怪談がどうも非常に多いようです。幽霊はたいがい水辺の柳の下か何かにうらめしやと出るのが相場です。

江戸東京で水に縁がある土地といえば下町です。山手は洪積台地という五本の指を広げたような高台になっていて、さほど水に縁がない。もちろん山手にも怪談はありますが、森や武蔵野を後背地にした山手の怪談にはそういうところに住む動物にまつわる怪談が多い。狐（王子の狐）や狸、ラフカディオ・ハーンの貉《むじな》などです。もっとも、いわゆる狐狸の類というこの種の化け物は幽霊にはなりません。さきほど怪談を「幽霊や妖怪変化の話」と申しましたが、幽霊と妖怪変化ははっきり違います。妖怪と変化にも違いがあります。簡単にいえば、幽霊は今はやりのストーカーみたいなもので、死んだ人が生前の姿のままで特定の人の前にかぎって出るのが幽霊です。一方、妖怪は人間以外のものが化けて出るので、狐、狸、貉、鼠、化け猫といった動物の化け物や、古くなった器が化けるというのもあって、この器が化けるのは器怪とか付喪神《つくもがみ》とかいっています。動物も化け猫と同じく、古狐とか古狸とか、年を取ると化けて出ます。これは単に古くなり、老廃物化して人びとに相手にされなくなったのがうらめしいのですから、特定の人物にではなく、特定の場所の通りすがりの誰にでも化けて出て悪さをします。どちらかといえば特定の人間に憑いているのではなくて、特定の場所に憑いています。ですから王子の狐、麻布の狸といった具合に、たいがい出てくる土地の地名とこみになっています。いわば土地の精霊、ゲニウス・ロキが動物や器物の姿を借りて化けて出るのです。ですから東京には、「本所の七不思議」とか「麻布の七不思議」とか、特定の土地にまつわる怪異現象がたくさんあります。しかもそのなかには「本所の狸囃子」といったような動物が主役の妖怪談が割合に多い。映画にもなった泉鏡花の「陽炎座」（一九一三年）という小説は初出の題名は「狸囃子」といって、本所の狸囃子の話です。泉鏡花はこの頃大塚辻町に住んでいましたが、当時の東京では、遠くの音が電離層だかに反射屈折して、本所の祭囃しがかえって大塚あたりですぐそばに聞こえたといいます。

さて、ここで江戸東京の水辺に出る女の幽霊の話になりますが、それには江戸東京の成り立ちからして話を始めないといけません。菊池山哉の『五百年前の東京』（一九五六年）という本によると、五百年前の東京は洪積台地の崖下からすぐ海というのではなくても、目の前の海に江戸前島、浅草後島、佃島といったいくつかの島を浮かべた狭い帯状の海浜が続く土地だったそうです。江戸前島は日本橋川から海に注ぐ流れに乗って上流の土砂が堆積してできた三角州、浅草後島は利根川（現隅田川・荒川）の土砂が堆積してできたもの。こうしてできた沖積地が上げ潮に固められて島になり、これが核になって家康の江戸入り以後どんどん周囲に埋立地を作っていった。たとえば深川、日本橋から永代橋を渡ると深川ですが、ここはつい先頃まで永代島という島でした。護岸工事が徹底しなかったために、深川の一郭はよく洪水に襲われたようです。

泉鏡花の『芍薬の歌』という洲崎《すさき》遊廓を舞台にした小説に「遊女《おいらん》の胸まで水が来た」津波・洪水のエピソードが出てきます。小説は大正七年（一九一八年）の作ですが、その前年大正六年にも出水があり、それより前の明治四十三年（一九一〇年）には「天明の大洪水以来」の洪水があった。その翌年明治四十四年にも洲崎遊廓を直撃した出水があり、この時には洲崎弁天町遊廓の南側海岸堤防約三百間（五四五メートル）が津波のために破壊され、「約三尺（〇・九メートル）ないし八尺の高さで海水が人家を襲って死者約四十九名、云々」（江東区史）とあります。これでは遊女の胸まで水が来て溺死しても不思議はありません。死者四十九名の内訳もほとんど溺死でしょう。とすると厭世自殺なども含めて、つい八、九十年前までの東京の川や海には、大げさにいえば溺死体がうようよしていたわけです。江戸時代にも土左衛門が珍しくなかったのは、幸田露伴の怪談「幻談」(一九三八年)の本所あたりで大川(隅田川)に釣りに出ていた旗本が同じ溺死体を二度も釣り上げる話を読むとよくわかります。しかし関東大震災(一九二三年)以後はこの問題も解決に向かいました。他でもない先に名を挙げた菊池山哉が、前田侯爵から依頼されて深川の護岸工事を行い、明治大正規模の出水はなくなったようです。

幽霊のお決まりは白衣乱髪。つまり白い着物を着て髪をさんばらに乱し、手を前に垂らして「うらめしや」。白い着物は大抵裾のほうがすぼまって漏斗状になり、それに髪が流れるように解けています。このお決まりはそれほど古いものではなく、例の円山応挙の幽霊画あたりからだといわれていますが、一見して女の厭世自殺の果ての溺死体そっくりではありませんか。女性が恨みをのんで、しかも大量に入水自殺をした事例となると、これは平家物語の壇ノ浦の安徳帝を囲んで宮廷の官女たちが大量に入水した故事が思い出されます。入水自殺者の姿をリアルに描けばどうしても白衣乱髪になる。

戦乱で負けた側は自分たちの土地を失って、国々をあてどなくさまよいます。そうして生きていくには、生産手段の土地がありませんから、芸能や売春のような、土地がなくても一枚の莫蓙、舞台の大きさの板があれば糊口をしのいで行けるなりわいにしたがうほかありません。壇ノ浦まで追いつめられた平家の女御たちにしても、生き残った上﨟のなかには花を摘んで売る女が出てきて、しだいに花と一緒に芸や色も売った。それが女郎の語源ともいいます。農民のように大地に密着していない生き方をしている人。これは足がいらないというのでもないまでも、まあ使わないでだんだん退化していって、しまいに幽霊みたいに足が頼りなくなる。負けると確固とした大地からゆらめく水の中に落ちる、というか落とされる。そして水死するか、それとも落とされた水の中で生きて行くしかない。平家の滅亡で大量の遊女が出ましたが、幕末から瓦解後の東京でも旗本、御家人の娘たちが大量に芸者になり、なかには政府の大物の夫人として活躍した人もいたことは、山田風太郎の『エドの舞踏会』(一九八三年)などでご存じでしょう。この間の敗戦でもずいぶん良家の子女がいわゆるパン助とか赤線の女とかに身を落としました。いわゆる水商売に身を落として先祖伝来の土地を離れざるを得なかった。その恨みは深い。いまに出てきます。

うち続く戦乱と敗戦の結果、一家は全滅してたった一人生き残った娘がいる。世をはかなんでその場で入水自殺するのでなければ、屈辱を忍んで水商売で生き永らえ、いつか機を見て、源氏や(豊臣の残党から見た)徳川体制や薩長やGHQのような新しい支配者を覆してやりたい。それができないうちは、恨みを晴らせぬまま魂魄はそこらを徘徊してなかなか成仏できない。それを歌舞伎や怪談噺でやるとカタルシスがあって、大向こうから手が来るわけです。世の中一見平和そうに見えて、やっぱり晴らせぬ恨みつらみが鬱積している。だから怪談の話となるとこれだけの皆さんが来て下さる。というのは冗談ですが、怪談が好まれるのは概して新旧勢力が交代する時代です。材料もたくさん転がっている。瓦解の後、東京は場所によっては人口が半分近くまで減ってしまった。地方の大名小名がみんな国元に引き上げてしまったからです。お屋敷町はがらがらになり、丹精して手を入れた庭園が自然に還り、それこそ五百年前の東京が戻ってきて狐狸の類が跳梁する。家も武家屋敷はなかば廃屋化している。それが怪談の舞台になります。明治の東京が舞台なら岡本綺堂がそんな怪談小説をいくつも書いています。たとえば高輪の空屋敷《あき》に入った一家が先住者の幕臣の奥方と瓦解のごたごたで旧主人の奥方をわが物にしたうえ、旧主の埋蔵金ねらいで奥方を殺してしまう「穴」（一九二五年）という小説。数年前になくなった日影丈吉――この作家は日本橋で生まれて本所で育った人ですが――が、やはり自分の子供時代の本所の廃園化した元大名屋敷を舞台に「泥汽車」（一九八九年）という小説を書いています。こういういわば化け物屋敷にまつわる怪談は西洋にもたくさんあって、たとえばポーの「アッシャー家の崩壊」（一八三九年）とか、昼間出る幽霊を書いたヘンリー・ジェイムズの『ねじの回転』（一八九八年）、それにもっと古いゴシック小説という怪談小説のジャンルのなかにもたくさんあります。廃屋とか化け物屋敷というのは先祖代々人が住んでいて、今住んでいる人より（特に石造りの西洋の建築では）家のほうが古い。住んでいる人が家をコントロールできる力のあるうちはいいが、管理能力がなくなると初めからあった家のほうが主然《ぬし》としてきて、果ては住んでいる家族を取り殺してしまう。これも日影丈吉が「ひこばえ」（一九八三年）という小説に書いています。それから森鷗外の「鼠坂」（一九一二年）という小説。これも戦争成金が鼠坂に新築した家に招かれた仲間の客が、満州の同じような構造の家で女を犯して殺した記憶につきまとわれて、突然脳溢血の発作を起こして死んでしまう。大岡昇平という作家もこれと同じ趣向の小説を「車坂」（一九六〇年）という小説で書いています。いずれも虐殺した女の恨みがモティーフです。

しかし女の幽霊で怖いのは、なんといっても男に捨てられて入水自殺したうらみで出る幽霊でしょう。「四谷怪談」のお岩は田宮伊右衛門を隣家の若いお梅に奪われたのがうらめしくて、それが全部ではないにしても、大きな動機になって化けて出ます。

歌舞伎十八番のひとつに「嫐《うわなり》」というのがあります。「嬲」なら一人の女を複数の男が寄ってたかっていじめ、強姦する事態ですが、一人の男に女が二人。まあ男としては両手に花で悪くないはずが、これがそうはいかないのです。むかしから古女房のことをこなり（前妻）、新しい女房をうわなり（後妻）といいました。現在のように一夫一婦制ではなく、一夫多妻制の時代の話です。男が古女房に飽きて、これをたたき出して新しいのを家にいれて――なんてのは現代ではあべこべになりましたが――鼻毛を伸ばしていると、そこへこなりが近所のおばさんを二十人から八十人も集めて攻めてきて、新居を箒や長刀《なぎなた》を持ち込んでめちゃくちゃにしてしまう。そういうことが室町時代から江戸時代の初期にかけてはまだしきりに行われていたらしく、『昔々物語』（新見正朝、一七三二年頃）という享保時代の本に登場する八十歳のお婆さんなどは若い頃には十六回も加勢を頼まれたといっていますから、この女の戦争はかなり派手な見物だったらしい。

それが江戸も諸制度が固まってくるとなにかとうるさくなり、うわなり打ちも下火になって、天保年間を最後に歌舞伎の上演も行われなくなる。女の戦争で嫉妬やうらみつらみを発散していればカラッとして後に残らなかったのが、うわなり打ちまかりならぬと来ては、感情が内にこもるしかない。そこで陰火どろどろと青白く燃え、正面攻撃が御法度なら裏へ回ってと、お百度を踏んでみたり、呪いの人形を五寸釘で打ちつけてみたりする。やることが陰気臭くなる。

それではやりきれないから、いっそ幽霊、妖怪変化を見世物にしてしまえというので、歌舞伎の夏狂言や林家正蔵みたいな噺家が怪談噺をやる。内にこもったものはこうして外にイメージとして表現してしまうとスカッとします。怪談なんて陰気な話はいやなものですが、しかし名優や噺の名人が独特の演技や語り口で表現すると、まったく暗さがなくなって逆に花が咲く。現代の怪奇小説家にしても同じです。怖い話、暗い陰気な話なればこそ、それを芸でおもしろおかしいものに仕立てて行く。ですから怪談はどうかすると落語になりやすい。「のざらし」とか「粗忽長屋」とか「三年目」とか（これは現代作家の山本昌代さんの『居酒屋ゆうれい』（一九九一年）のネタ元ですが）、みんな元はといえば怪談噺の翻案です。

最後に現代東京の怪談をひとくさり。最近、春日武彦さんという松沢病院の精神科医の書いた『屋根裏に誰かいるんですよ。』(一九九九年)という本を読みました。もちろん江戸川乱歩の「屋根裏の散歩者」(一九二五年)をもじった題名なのですが、屋根裏の散歩者とは違って、これは散歩者に見られる側の、屋根裏の天井からこちらの日常生活を覗かれている被害者、というかむしろ被害妄想家についてのレポートです。「屋根裏に誰かいるんです。そしてストーカーみたいにこちらの一挙手一投足を細大漏らさず覗いては嫌がらせをする人がいるんです。」そう訴える患者というか、まあ大体はご亭主に先立たれて独り暮らしをしている女の方に多いらしいのですが、そんな症候群に罹っている人が非常に増えている。隣人のお豆腐屋さんならお豆腐屋さんという特定の覗き魔が窺っているというのもあって、一一〇番に通報したり、訴訟にまで発展した例もあるらしいのです。それで患者のふだん住まいが別の息子や娘の一家に引き取らせると、妄想そのものはだんだん下火になるのですが、同時になんだか張り合いをなくして元気がなくなってしまう。ということはどうやら覗かれている被害者は覗かれて迷惑ではあるんだけれども、覗いている誰かとの間にある種のコミュニケーションが成立しているかぎりでは孤独を解消できる。妄想の上のストーカーがいるかぎり外界と関係していられるわけです。だから医者があながちに治療してしまうと今度は耐え難い孤独が襲ってくる。不気味な屋根裏の散歩者はお婆さんにとっては迷惑でありながら、いなくなってはちょっと困る、妙な親密感もなくはない、正体不明の何者かなわけです。ゴミを集めて家のまわりに砦を築くご老人がいますが、これも同じで、何者かが押しいってくるのを防ぐようでもあり、これ見よがしの過剰防衛の姿勢を見せてかえって呼び寄せるというか、ある種のサインを送っているようでもある。なんといっても孤独は怖い。怪談より怖い。ですから自分用の怪談を「屋根裏の何者かの恐怖」という形であらかじめ作って孤独をまぎらわしている。

怪談などは科学万能の今日の世の中では無用の長物と思われがちですが、こんなふうに意外なところに使いみちがあるのかもしれません。「屋根裏の覗き魔」のような妄想は都市伝説といって、コンクリートのマンションなんかに屋根裏の余地がないではないかといっても、これは伝説、つまりうわさのようなものですから根拠薄弱でも構わないのです。学校の便所に何かがいると小学生が考えているのと同じで、そういうものが立ち入る余地がないほど殺菌され、徹底的に抗菌物質だけで構成された、怪談のつけこむ余地のない空間だけで都市を埋めつくしてしまうと、屋根裏に散歩者がいる家をむりに退去させられたお婆さんみたいに、妖怪はいなくなってもご当人がだんだん元気がなくなってしまいにボケたりしてしまいます。人生、怖いものがあるうちが花です。幽霊の正体見たり枯尾花、みたいに幽霊や妖怪変化を科学的に分析するばかりではつまりません。怖いものは怖いものとしてまるごと受け入れて、それを文化として楽しむ、それが都会人の器量というものではないかと思います。

参考

文中の怪談、怪奇小説は、私の編集した『日本怪談集』上下二巻、河出書房新社（一九八九年）に大体はいっており、幸田露伴については国書刊行会の『日本幻想文学集成8 幸田露伴』（種村季弘編解説 一九九一年）、岡本綺堂については同じく『日本幻想文学集成23 岡本綺堂』（種村季弘編解説 一九九三年）、日影丈吉については河出書房新社『日影丈吉選集』全五巻（種村季弘編解説 一九九五年）に。

少女人形フランシーヌ

哲学者ルネ・デカルトには奇妙な噂がつきまとっていた。彼はつねづねフランシーヌという名の、見たところ五歳位の少女の人形をトランクに入れて肌身離さず持ち歩いており、クリスティナ女王の招きに応じて海路スウェーデンに渡るときも、この人形を船室に持ち込んで、さながら生ける者を相手にするように話しかけたり身の回りの世話を焼いたりしていた、というのである。たまたまドアの外で囁き声を耳にとめた船長が、デカルトの留守に船室を調べてみると、そこには薄気味の悪い少女人形がガラスの眼玉をぱっちり開いて寝かせられているではないか。と、折から荒天《しけ》が起って船ははげしくローリングしはじめ、あわや沈没するかに見えた。船長は、これこそはあの悪魔の造った人形の呪いにちがいないとばかり、哲学者の船室からフランシーヌを持ち出して海中に投げ捨てると、嵐は嘘のようにピタリと凪いだという。

デカルトの人形については、十八世紀の高名な自動人形《オートマット》制作者ジャック＝ドローズ父子の伝記作者であったペルゴー／ペローのように、「この分野（自動人形）の最初の創造の一つとしては、十七世紀におけるデカルトのメカニカルな作品、〈彼の娘フランシーヌ〉

を挙げなくてはならない」と少女人形フランシーヌの実在を信じている例も絶無ではないとしても、大方のデカルト伝記作者は巷間の伝説として受け取っているようだ。『方法序説』第五部において動物を一個の自動機械として論じたデカルトが、かりに人間そっくりの自動人形を作ったとしても、当時の人びとには当然のことのように思われたかもしれない。伝説が真実と受け取られかねないような言説を、デカルトは事実しばしば彼の著作のなかで洩らしているからである。有名な生体と死体の区別に関する『情念論』の一節を読んでみるがいい。

「それゆえこの誤りを避けるために、死は決して霊魂の去るためにおこるのではなく、単に身体のある要部が破壊するためにおこることを考慮しよう。かくて、生ある人間の身体が死体と違っているのは、時計その他のオートマット（すなわち自動機械）が発条《ぜんまい》を捲かれ、それが造られた、本来の目的たる運動の物的原動力、およびすべてその活動に必要なものを内に備えている場合と、その時計または機械が壊れ、原動力が活動を停止した場合との差に等しいのである。」（第一部六、伊吹武彦訳）

精神から肉体が完全に切り離された彼の二元論の文脈からいえば、肉体の死は時計におけるゼンマイの故障のごときものにすぎないのだから、故障箇所を修繕すれば（肉体としては）ふたたび甦って動き回ることも不可能ではないわけである。デカルトが原理として論じたことを、世人がすでに実験ずみの事実と見做すことは大いにありうる。彼は死者を蘇生させる魔術師のように思われていたかもしれないのだ。少女人形フランシーヌ伝説がまことしやかに流布されたのには、世人の側のそういう呑み込みも与って力あったのであろう。しかもそれを裏づけるような事実があった。デカルトにはフランシーヌという名の娘がいて、五歳のときに死んでしまったのである。

デカルトの生涯には不明の部分がすくなくない。みずから「仮面をつけた哲学者」と名乗り、「ヨク隠レシモノハヨク生キシナリ」を生活信条としていた彼は、二十三回に亘って転々と住居を替え、保護者《パトロン》や軍職も何度も変えて、まるで何者かの身許証明請求から逃《のが》れるように、生活の細部を容易に打ち明けない姿勢を執り続けている。著作や公職活動が明らかにしている彼の貌は、「仮面」とはいわぬまでも一面にすぎず、水面下には隠された厖大な深部が澱んでいる。なかでも伝記作者を嘆かせているのは、一歳のときに弟を身籠ったまま早逝した母ジャンヌ・ブロシャールと隠し子フランシーヌに関する言及が書簡のなかに極度に乏しいことである。顔も知らないうちに早逝した母親については語るべきことがないのも不思議はないとしても、実娘フランシーヌは、ともかくも五歳までは彼の傍ら近くにいたのだから語るべきことがなかったわけではあるまい。

わずかにわかっている事実は次のごとくである。フランシーヌは、デカルトが自家の女中ヘレナ・ヤンスに産ませた子供であった。デカルトは実子認知こそしていなかったが、フランシーヌを常時手元に置いて溺愛していた。身分道徳の厳しい当時として、これだけでも世人の指弾の的になる危険は充分である。見かねた彼の保護者の一人が子供を引き取ろうと申し出た。彼も教師としてその家に入り、ヘレナは女中として同家に住み込む。一種の偽装家族が形成されるはずであったが、後にデカルトは考えを変えてフランスにいる伯母の家にフランシーヌを預けることにした。その直前に子供は死んだのであった。デカルトの喪の悲しみは大きく、生涯最大の痛恨事だと嘆き悲しんだということである。

死んだ少女フランシーヌが少女人形フランシーヌと混同されて、伝説が作られたのであろうか。彼の理論によれば、死んだ少女のある要部を修繕すれば、彼女はすくなくとも肉体的には甦るはずなのである。しかし肉体は甦っても霊魂が伴っていなければ、これは人間ではない。『方法序説』の動物機械論はまだラ・メトリーの『人間機械論』ではないのである。周知のように、デカルトは次のように論じている。

「……もし猿あるいは何らかの理性を持たない動物の器官や外形をそなえた機械があるとしたら、われわれはこれらの機械がどんな点でも前記の動物と同じ本性を持っていないかどうかを認識する何らの手段も持たないだろう。これに反し、われわれ人間の肉体に似ていて、道徳的にも可能なかぎりわれわれの行為をまねる機械があるとしても、われわれはやっぱりこのような機械が、だからといって真の人間ではないということを認識するふたつのきわめてたしかな方法を持っている。」（小場瀬卓三訳）

二つの方法とは、「言語」と「理性」である。逆に言えば、言語と理性を吹き込めば自動人形は人間になりうるのである。ここではカバリストの言語によるゴーレム復活の魔術とのあり得べき関係を考察するゆとりはないけれども、両者が無関係であるとはかならずしも断定できまい。デカルトがカバラの予言術による世界改革を企てていた薔薇十字団に属していた可能性は絶無ではないからである。だが、それはさて措き、ここで私は、別の理由からデカルトが自動人形（それも女性の！）を作った、のではないまでも、なんらかの形で作ろうとしていたのではないかという仮説を提出しておきたい。それは行き着くところ、実在の生きている一人の女性を永久運動機械 *perpetuum mobile* に仕立て上げてしまうことと見分けがつかない作業となるかもしれないが、とまれ私は、謎にみちた彼の生涯から一人の不滅の理想の女性を、未来のイヴさながら浮び上らせる推論を以下に試みてみようと思うのである。

ところでしかし、その前にちょっとした回り道をしておかなくてはならない。デカルトの生涯におけるもう一つの気がかりなエピソードが、なにやらあの曖昧な少女人形とどことなくつながりがあるような気がするからである。当のエピソードというのは、一六一九年十一月十日、南ドイツ、ウルムの炉部屋で、あの存在の一切を普遍的数学によって解明せんとする構想（「驚クベキ学問《スチエンティア・ミラビリス》ノ基礎」）を発見した、大袈裟にいえば善くも悪くも現代の機械文明の出発点となった記念すべき日（ジャック・マリタンによれば「合理主義の聖霊降臨祭の日」）の夜、彼が見た不思議な三つの夢のことである。伝記作者バイエが述べている三つの夢のあらましから検討してみよう。

驚くべき学問を発見した日の夜、デカルトは眠りにつくとすぐになにか幻像《ファントム》を見たように思い、その幻に慄然とした。彼は道を歩いているようなのだが、幻の威力がすさまじいのでたえず左側に投げ出されるような感じがする。「右側が大層弱い感じで、立っていられない」のである。なおも勇を鼓して進んで行くと、今度ははげしい風が吹き起ったように思われ、そのために左足を軸にして三、四回くるくると回転した。歩行はますます困難になり、一足毎につんのめりそうである。すると行手に神学校の建物が見え、彼はなんとか神学校の教会のなかに逃げ込み、そこで祈りを捧げてこの難渋を逃れようと思う。このときふと知人が通りかかって彼に挨拶をしたので、振り向いて挨拶を返そうとするが、風が教会の方に向って吹いているので思うようにいかない。一方、神学校の校庭には別の男がいて、名指しで彼を丁重に招きながら、N氏に会いに行くと向うが何かくれるはずだ、と言う。その何かというのは、デカルトの感じでは、異国から運ばれてきたメロンにちがいないような気がする。風はいくぶんおさまっていたが、それでもデカルトは歩行にまだ困難を感じている。ところが、驚いたことに校庭で先の男と一緒に彼を取り囲んでなにやらお喋りに興じている大勢の男たちは、直立しているのになんの努力もいらないようなのである。

第一の夢はここで途切れる。同時にデカルトは目が覚めて、ある痛みを現実に身体に感じた。それから、これは悪霊どもの仕業にちがいないと考えて神に祈り、これまで左下で寝ていた姿勢を右下に寝返りを打ってまた眠り込んだ。つづいてすぐに第二の夢が訪れたが、これは短かった。はげしい物音が聞こえたように思い、愕然として飛び起きたのであった。物音は雷鳴のようだった。

第二の夢と第三の夢との間には夢とも現《うつつ》ともつかぬ不思議な体験が挿入されている。バイエは述べている。

「眼を開けると、部屋のなかにおびただしい火花が見えた、彼は前にもこういうことは度々経験しているし、夜中に目が覚めて近くの物を知覚するだけの視力があるというのも、彼には別段異常なことではなかった。しかし今度はついに、哲学から引き出した説明に拠りどころを求めようとし、眼を閉じたり開《あ》けたりして眼前に現れた事物の状態を観察しながら、彼の認識に役立つ結論を引き出した。すると恐怖は消え去り、安心して彼はふたたび眠りに落ちた。」

それから第三の夢を見たのである。夢のなかで机の上に誰が置いたとも知れぬ一冊の本が彼の目にとまる。めくってみるとどうやら辞典であるらしく、役に立ちそうなものなので夢中になる。すると手元にもう一冊これも見知らぬ書物が見つかり、此方は詞華選らしく、「詩人大成《コルプス・ポエタルム》」の表題が読める。開いたところから読みはじめると *Quod vitae sectabor iter ?*（ワガ生ノ道ハイズレニ従ウベキカ?）という句が目にとまる。このとき見知らぬ男が一人いるのに気がつくが、男は*Est et Non*（然リト否）という言葉ではじまる詩を彼に差し出して、これは傑作なのだとしきりに賞めたたえる。デカルトはそれがアウソニウスの牧歌の一節であることを知っており、例の詞華選のなかにもそれが入っているはずなので、男にそう言って自分で本のなかを探しはじめると、相手がその本はどこで手に入れたのかと彼に尋ねる。彼は、どうやって手に入れたかは言えないと答える。

ところで、彼は一瞬前までもう一冊の本も手にしていたのだが、誰が持って行ったか、その本はいつのまにか消えている。だが、相手に詩集の入手経路の件を答えているうちに、それがまた机の向う端に現れてきたではないか。しかし辞典はなにがなし前とはちょっと様子が変っているように思えるのである。さて、デカルトはその間中なおも*Est et Non*ではじまるアウソニウスの詩を探しているのだが、それがどうしても見つからないので、男に向って、アウソニウスのもっと美しい詩を自分は知っている、それは*Quod vitae sectabor iter ?*ではじまる詩だ、と言うと、相手はそれを見せてくれないかと応じる。そこでデカルトはまた本のなかを探しはじめるが、どういうわけかどの頁も人物肖像の銅版画がびっしり印刷してあるだけである。そこでデカルトは、この本は大変美しいけれどもどうやら自分の知っている版とは違うようだ、と説明しながらなおも問題の箇所を探し続けているうちに、いつしか本も男も消え去り、そこでようやく目が覚めたのであった。

夢は三つともここで終るのであるが、この直後、夢とも現《うつつ》ともつかぬ状態のなかでデカルトはみずから夢の意味の解釈を試みている。バイエによれば、彼は二冊の本のうち辞典の方を「すべての科学の関連」と考え、詩集の方は「哲学と知との内的つながり」と解した。「なぜなら彼は」、とバイエは書いている、「哲学者の著作のなかによりも、詩人や馬鹿げた気晴らしばかりやっている人の書くものの方に、はるかに真剣で分別があり、表現も上等の思想が見出されるとしても、驚くには当らない、と考えていたからである。脱魂状態の神性や想像力がこうした驚異を生み出すというのである。そういうものの方が、哲学者の理性にできるよりはるかに容易かつ豊饒に知の種子（それはあらゆる人間の精神のなかに燧石のなかの火花のように存在しているものだ）を開花させる、というわけなのであった。」

昼のデカルトは「あらゆる真理は科学的探究を通じて発見されうる」という合理主義のスローガンを掲げた輝ける旗手だが、一転、夜に入ると、詩と想像力が上位に立つロマン派的熱狂を容認し、あまつさえ夢から神託を聴こうとする、非の打ちどころのない非合理主義者に変貌しているのである。この夢の象徴言語の解説はすこぶる興味津々で、たとえばジョルジュ・プーレをして「デカルトの夢」（『人間的時間の研究』）を論じさせ、フロイトをしてなぜかこの夢の分析を尻込みさせた（そのことがふたたびフロイト分析の緒口になるであろう）が、そのすべてを論じる余裕はないので、ここでは一つだけ顕著な特徴に注目しておこう。くり返し現れる、左側と右側、風すさむ路傍と隠れ処の家、辞典と詩集、理性言語と詩的言語といった、二元論的対応構造である。しかもそれらは対立項が平衡しているのではなくて、一方が強まると一方がどこかへ消えてしまうように見える。昼のデカルトにおけるように物質と精神が明快に切り離され、見られるものと見るものが整然とそれぞれの持分を演じているのではなくて、迷宮のなかの鬼ごっこのように消えたり現れたり、見たり見られたりして、対立する両者がはてしない不安な紛糾に入ってくる。合理主義的二元論は、デカルト主義者にとってはともかく、デカルト自身にとっては、その明快の仮面の背後に恐ろしい不安の渦をとぐろ巻かせていたかのようだ。

デカルトの対女性関係も奇妙に分裂していた。彼が持続的な性関係を持った女性はおそらくヘレナ一人であった。だが、一方にはおびただしい数に上るプラトニックな女性対象がいる。エギヨン大公夫人、アンヌ－マリ・ド・シュルマン、エリザベート王女、クリスティーナ女王――彼女たちは肉の接触なしに、幾何学と形而上学を論じ合うだけの「冷たい女神」であった。一方には、肉とスキンシップで盲目的に彼を包んでくれたヘレナとフランシーヌ、それに自分の死後の生活保障までもしてやった乳母といった、蒙昧な女たちに保護された「家庭」があり、一方には男性的な論理の甲冑に身を固めた知性的な女たちの構成する公的世界がある。暖かい暗闇である前者のなかにまどろんでいればデカルトはデカルトにはならなかったであろうが、同時にデカルトの不安も生れなかったはずだ。しかし早晩、彼はメカニカルな機械人形のように動き喋る、怜悧な女神たちの世界に招かれざるをえない。というのも、前者にはあらかじめ埋め合わせのきかない欠如が存在していたからである。本来なら彼がもっとも愛し信頼しえたはずの（一歳の嬰児には環境そのものをさえ意味する）母の不在であり、その残酷な再現のように訪れたフランシーヌの死である。いわば母の早すぎた死によって彼は過去（家庭、故郷）を、フランシーヌの死によって未来を失い、不可避的に無情冷酷な現在のみの支配する荒涼たる世界へ、公的環境へと押し出されたのである。

しかし事はそれで落着したわけではない。失われた母を求める彼の願望はほとんど体質化していたからだ。ラ・フレーシュ学院時代、デカルトはジェズイットの教師たちから特別に十一時までの朝寝坊を許可されていた。外界との接触を避けてなるべく長時間うつらうつらとまどろんでいなければ、身体が承知しないのである。デカルトはつねづね自分の病身（胸穿症）を母からの遺伝のせいにしていたが、『女からの逃走』という本のなかでデカルトの精神病理を論じたカール・スターンによると、それは、今日の医学では染色体の影響よりはむしろ母の死を「身体で悲しむ」ほかないような、早すぎた離乳体験の後遺症であることが確かめられているという。母の顔も知らないうちに母の胸から放り出された彼は、失われたまどろみを類推的に長時間睡眠や炉部屋や人眼に隠れた隠栖地で再現しようとするが、もともと原体験が稀薄なのだから満足すべき状態を計る尺度がないも同様であって、あれでもないこれでもないと転々とせざるを得ない。生命を精密時計に譬えた

『知能指導の法則』の哲学者の生活は、ケーニヒスベルク市民に時計がわりにされていたカントとは正反対に支離滅裂に不規則だった。「方法《メトード》の発見者の周囲には、不確定と冒険好きの雰囲気があった」（K・スターン）のである。

哲学と生活の分裂は裏返しに彼のオプティミスティックな二元論の形成に通じていた。ここに母（*mater*）と物質（*materia*）の語源を同じうする相関関係が、両者の親和と分裂の要因として浮び上ってくる。デカルトが批判した彼以前の物活論や生命論的自然哲学は、たしかに *mater* = *materia* の臍の緒につながっていたが、同時に母なる客体からの慈しみの眼に見られているという体験を知っていた。このプリミティヴな体験は詩的であり、かつ瞑想的であった。

「詩や瞑想にはそれ自体、なんらかの神秘があり、包括的存在に根ざしており、すなわち隠れ処にも恐怖にも親密であるという個人的関係が具わっているのだとすれば、それはただたんに、科学によって抑圧さるべき物活論でもなければ、漠とした情緒でもない。まったく逆に、一種のデカルト的理念が完璧に実現され、全自然が数学的に表現されるもののうちに汲みつくされた暁には、私たちは世界をあの疎外という恐ろしい感情、いつの日か分裂病患者となるはずの子供が母親を見るときに覚えるあの極度の現実喪失の感情によって眺めることになろう。」（K・スターン『女からの逃走』）

デカルト主義のその後の展開が逢着した機械文明の荒廃の診断としては、右の言葉は正しい。しかしデカルトその人の批判としてはいささか酷であろう。人は対象を見るためには対象からの距離《へだたり》を保っていなければならない。母＝物質を見るには、そこに埋没しているのでは駄目だ。対象が対象（*Gegenstand*）であるためには、それと対面していること（*Gegen-stand*）がまず前提になる。しかしこの母からの孤立は、本来ふたたび母を見出すための方法という名の迂回路であるにすぎない。デカルトがニーチェとともに「仮説」を絶対化し、方法を目的に祭り上げた、と非難したのはヤスパースであるが、この主語は正確には「デカルト主義者」でなくてはなるまい。デカルトの場合には、彼がみずからそう望んで包括者から離反したのではなくて、むしろ母の方が彼を見捨てたのだ。幼児期に形成される母性とアナロジカルな身近の物質への感覚的親密は、あらかじめ彼には遮閉されていた。記憶や感覚に対する彼の不信と違和がそこから生ずる。存在との一体感を、たぶんデカルトは生れ落ちてから自覚的に体験したことが一度もなかった。それゆえに彼は、母が死ぬまでの盲目状態の一年間——それは無に等しいが、完全になかったのではない——の隠された記憶を、ほとんど無きに等しい最小限の痕跡から数学的‐論理的に再構成しようとする。犯罪者が本能の祝祭として密室で流した血のかすかな痕跡を、本能とは正反対の論理によって追跡する探偵のように、である。実際、デカルトにおける「方法」の意味はそういったものではなかったろうか。方法を通じて発見しようとしていたものが方法であるわけはないのは自明ではないか。エリザベート王女があるとき彼の二元論の孕《はら》む本質的な矛盾を問うたことがあった。思惟にほかならない魂は、物質にほかならない肉体にどうして働きかけることができるのか？　そうだとすれば、魂には一種の物質的延長が具わっていなくてはならないのではないか？　デカルトは即座に答えた。そんなことに頭を使うのはお止しなさい、それよりはまず――

「精神をあらゆる種類の悲しい考えだの、あまつさえ学問に関するあらゆる種類の真面目くさった考究からさえも解放して、ひたすら、繁みの清涼だの、花の色だの、鳥の飛翔だのといったものばかりを打ち眺めて、自分は何も考えていないのだと思い込んでいるような人たちの真似をするように……」（一六四五年五月または六月、書簡二九三――スターンの引用より）

デカルトが希求していたのは手づかみの直接性、自然との無媒介の一体感にほかならなかったのである。王女のようにそれが可能な人間は素直にそうなさるがよい。方法の迂回路を取らなくてはならないのは、もっぱらデカルトの個人的例外的な不運にすぎないのだ。彼の普遍数学《マテシス・ウニヴェルサリス》の構想は、彼の例外的な孤児性（捨て子状況）を普遍化するための方法ではなく、ふたたび普遍と合体するための例外者の道なのである。*Quod vitae sectabor iter?* ――だがその鍵言葉がどうしても見つからないのだ。なぜか？　目的に確実に辿り着くための「方法」をとぎすませばそれだけ、方法の王国が光輝を帯びて目的の影は薄くなり、たえず遠のいて行くように思えるからだ。

ああ麗わしい距離《デスタンス》、
つねに遠のいてゆく風景……
(吉田一穂)

しかし、十七世紀の哲学者には、わが孤高の詩人のあの驚くべき転調(「悲しみの彼方、母への、/捜り打つ夜半の最弱音《ピアニッシモ》」)、不毛の砂漠そのものを光被する期待の驚異はついに訪れない。

幼い彼から無情に引き揚げていった母性は、晩年にいたって彼方の北の地平からやはり残酷な女王の姿をまとった反母《アンチ・ムッター》として迎えにくる。すなわちスウェーデンのクリスティーナ女王である。グスタフ・アドルフに幼時から男子服を着せられて男として育てられたクリスティーナは、知能においてばかりではなく態度においても一種の超男性であった。デカルトを彼女に引き合わせたフランス大使シャニュを、彼女が早駆けの競技で馬上から突き落した逸話はよく知られている。そもそものはじめからクリスティーナはデカルトに強圧的な態度で臨んだ。オランダに残ろうとする彼に軍艦の迎えを送ったのもクリスティーナであった。スウェーデンに着くともう容赦はなかった。嗜眠症の哲学者を、あろうことか毎朝五時に叩き起して講義をさせ、早期離乳者にあり勝ちの食事の好みに気むずかしいデカルトを連夜長々とつづく夜宴に侍らせて、彼の大嫌いな肉料理を六種類も強要した。

睡眠と食餌療法という最後の人工保護膜を破られたデカルトは北国の孤独な寒気のなかで素裸で不安にさらされた。反母クリスティーナは、母の三対、すなわち温かさ、食べ物、眠り、をすべて恐ろしい不在の相において与え、最後にその総括として死を授けるのである。

　詩的転調なき母からの遠ざかりは子を無限に男性化する。その極点で母の側からのむごたらしい報復が訪れるのだ。カール・スターンは合理主義が思惟の一種の男性化にほかならぬことを指摘しながら、こう書いている。

「もはや人間の視線のなかで子供っぽい要素が完全に払拭される。母なるソフィアである知の手は突き返され、誇らしげな知性が全権を請求する。ゲーテはこの消息のうちに狂気と破壊的要素を認めた最初の人だった。歴史を喪失した、根無し草の、自己確信的な覇者である近代の人間は、じつは難民であり、棲家なき人なのだ、と。」

　デカルトもすべてを三つの夢のなかで予知していたのである。しかし「哲学と知との内的なつながり」を成就すべき詩語はついに見つからなかった。「驚クベキ学問ノ基礎」発見の日は、その崩壊の予見の夜につながっていたのである。

　デカルトの夢想は、母なるソフィア（霊知）が立ち去った後の空白をその模像たる純粋女性によって埋めることにあった。だが全一的な知のではなく感覚から遊離した知性《インテレクト》の産物であるこの純粋女性は、精密化されればそれだけソフィアから遠ざかり、外形上の相似が完璧に近づけばそれだけ内的なつながりを喪失して、ついにはカタカタと無気味な音を立てて動き回るメカニカルな自動人形と化してしまうのである。少女人形フランシーヌとそのむごたらしい末期は、母なるソフィアに無限に接近しながら無限に遠ざかって行く純粋女性の悪運の比喩であった。

貴婦人たちと形而上学と幾何学の言葉で対話を交したデカルトは、その理想の教育によって彼女たちに内在する純粋女性を抽出しようとしていたのかもしれない。しかし、愛の言葉で純粋女性からソフィアを再生させることのできる詩人や馬鹿げた気晴らしをする人間を羨んでいたデカルトは、哲学者の言葉が純粋女性の観念を永久運動的ｰソフィア的な自動人形に接近させはしないことを、思惟《コギト》においてはともかく、夜の夢のなかでは誰よりも知悉していた。幾何学と形而上学の精密な仕掛《からくり》を内蔵した純粋女性は、それ自体として完成されればそれだけ恐ろしい破壊的要素を蓄積し、人造美女、宿命の女《ファム・ファタル》、無慈悲な美女、反母であるところの素顔をむき出しにしはじめるであろう。デカルトではクリスティーナとの関係においてこの真相が生身にもろに炸裂した。そして以来数世紀に亘って、美女人形コッペリアを描いたホフマン、『ベレニス』のポオ、『未来のイヴ』のリラダン、『ロリータ』のナボコフにまでいたる黒いロマン派が、デカルトの夜の夢の部分の記述を引き受けなければならなかった。

真物の自動人形も、デカルト以前と以後とでは様相を一変する。デカルト以前最大の自動人形蒐集館は、プラーハのマニエリスト皇帝ルドルフ二世の宮廷であったが、アウグスブルクやニュールンベルクの時計職人、人形師、金銀細工師が皇帝のために献上したそれらの自動人形は、メカニカルな精巧さにもかかわらず、どこまでもソフィアの加護の下なる「子供っぽい要素」の面影をとどめていた。アウグスブルクにはハンス・シュロットハイムを筆頭に、ザムエル・ビダーマン、アヒレス・ランゲンブッヒャー、マティアス・ヴァルバウム、ハインリヒ・アイヒラー、クリストフ・トレフラーがいた。ニュールンベルクではハンス・ブルマン、カスパール・ヴェルナー、ハンス・フライ、ハウチュ父子が活動しており、ウルムにはクリストフ・ブライクがいた。彼らはそれぞれ、振子仕掛の太鼓叩き人形や、ケンタウロスの上にディアナを乗せた自動時計（ケンタウロスは眼を動かし、

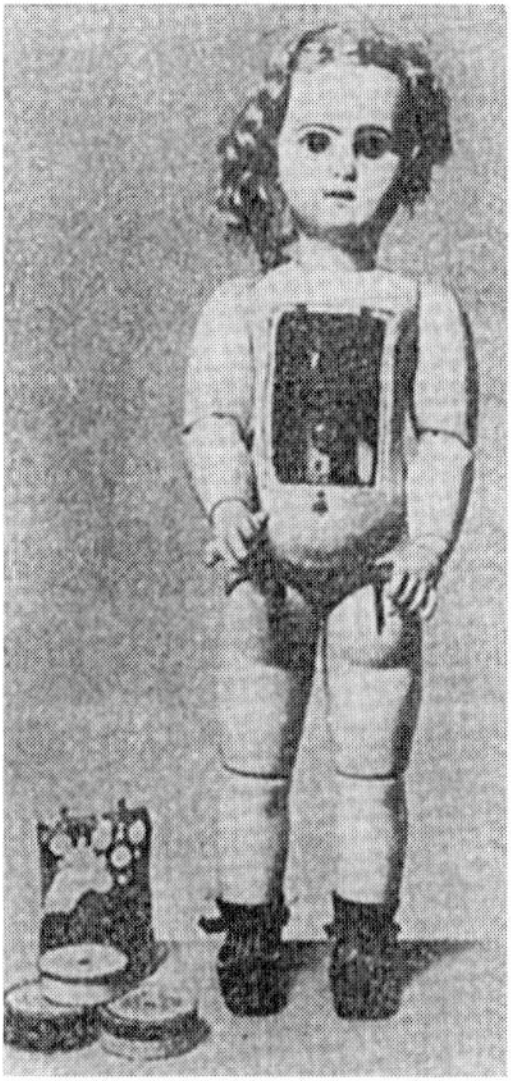
蓄音機と三つのレコード盤を内蔵した少女人形（1880 年頃）

矢を射る。ディアナと伴の犬は首を振る)、這い回る亀の背に乗ったネプチューン像のような、神話やフォークロアに取材した自動機械を制作した。デューラーの義父ハンス・フライも水力装置で動く銅製の自動人形を組立てた。アラビアの古い自動人形を模したそれは、葡萄酒や水を飲み、最後に飲んだものをふいに吐き出す仕掛を内蔵していた。十六世紀末から十七世紀初頭にかけて南ドイツ一帯に猖獗《しょうけつ》した自動人形熱に、当時フランクフルトからウルムにかけて移動していたデカルトが接触しなかったわけはない。『知能指導の規則』一三のなかで述べているタンタロスの水力自動装置の回顧談はおそらくその頃の見聞によるものだろう。

「また、いつか私が見たことのある水がめの構造がどうなっていたのかを問題にする場合も同様である。その水がめというのは、真中に柱が立っており、その上に、水を飲もうとする姿勢でタンタロスの像が置かれていた。水がめに注がれる水は、水面がタンタロスの口につくほど高くならない間はよく保たれているが、その憐れな唇の所まで達すると、たちまち全部流れ出てしまうのであった。」

ハンス・フライの水人形が葡萄酒や水を鱈腹飲んでは吐き出す中世謝肉祭の椀飯振舞の面影を残しているのにひきかえ、デカルトの書いている人形が永遠の饑渇に苦しむタンタロスの像であるというのも、まことに象徴的ではないであろうか。

では、デカルト以後の人形はどう変貌したであろうか。デカルト主義者ラ・メトリーが引き合いに出しているジャック・ド・ヴォーカンソン（一七〇九―八二年）は「笛吹く男」を制作し、マイヤールは「人工白鳥」（一七三三年）を造った。穀粒をついばんだというド・ジェーヌ将軍の孔雀は十七世紀後半の作であるが、アタナシウス・キルヒャーとカスパール・ショット共作の自動オルガン（一六五〇年頃）とともに、おそらくまだカルテジアニスムの汚染を蒙ってはいない。だが、十八世紀後半の予言人形のトリック（ミュンヘン博物館蔵）、ジャック＝ドローズ父子の「書記」、ケンペレンの「将棋指し人形」ともなると、魔術時代の面影をとどめながらも、もはや純粋に遊戯に耽る「子供」ではなくて、多かれすくなかれ実用機械の前段階もしくは副産物となる。遊戯以外のいかなる目的をも持たない、という意味はそもそも目的というものを持たない、性なき楽園に悦ばしげに戯れていたソフィアの子であった自動人形は、原理的にはデカルト哲学の登場とともに退場し、以後人形もまた、神経症的な性的闘争に苦悶する男性または女性の機械に「成長」してしまったのである。いみじくも「われわれの機械は鋼鉄製のロミオたちであり鋳鉄製のジュリエットたちである」と喝破したのは、J・K・ユイスマンスであった。

ケペニックの大尉

一九〇六年十月十六日午後一時すこし前のことである。ベルリンのプトリッツシュトラーセ駅の方からやってきた一人の制服の大尉が、プレッツェン湖水泳プール訓練場所属の哨兵小隊の一行を呼びとめた。下士官が一人、兵隊三人の小隊編成である。

「とまれッ」

型通り下士官が挙手の姿勢をとり、どこから来てどこへ行くかを報告する。報告が終ると大尉が命令を下した。

「下士官は兵舎へ向え。歩兵はこれより本官の指揮下に入る」

テーゲル射撃場の第二歩兵連隊兵舎に向わせた下士官には、さらに歩兵数名を加勢に呼び出すように命じた。やがて二人の下士官に引率されて七人の歩兵がきた。ここで大尉以下総勢十四名となる。

それから一行はプトリッツシュトラーセ駅から汽車で一時間のベルリン郊外ケペニック市に向った。ケペニック市、人口三万、大部分が急激に発達した工業労働者人口からなる自治管理都市である。兵営は無く、したがって市中に駐屯兵の姿は見られない。

昼飯時だったので、途中ルムメルスブルクで乗換えるとき大尉は駅のビュッフェで兵士たちにビールをふるまった。午後三時四十六分ケペニック着。兵士たちには午後の仕事にそなえて最寄りの小レストランでたっぷりと腹ごしらえをさせた。食事が終ると大尉は一行を整列させて銃に装剣を命じた。

「われわれはこれより重要任務においてケペニック市庁舎に特別出動する。これは遊びではない。真物の任務である。命令違反は許されない。捧げ銃《ツツ》ウ」

ケペニック市庁舎が小隊に占拠されたのはそれから数分後のことである。時刻午後四時半過ぎであった。市側にとっては予期しない出来事であった。ケペニック市長ランゲルハンス博士は不意打ちの衝撃をのちにこう語っている。

「四時三十五分から四時四十五分の間に私が市長室にいると、突然ドアが引き開けられました。ふり返ると、一人の将校が、重軍装をして銃剣を構えた歩兵二名を従えて部屋に入ってくるのが見えました」

市長と将校との間にそれから二、三の応酬があった。

「あなたがケペニック市長ですね」

「はい」

「皇帝陛下の命によりあなたを逮捕します。身柄はこれより即刻ベルリンへ移送します。ご用意を」

「何かの間違いでしょう。どういうわけです。理由を説明して下さい」

「私は知らない。私は命令を執行しているだけだ」

「逮捕状は」

「部下をご覧下さい」、大尉は装剣した兵士たちを顎でさした、「資格証明はこれで充分ではありませんか」

次に大尉は市の会計係フリードリヒ・フォン・ヴィルトベルクを呼び出して市金庫の勘定決算を命じた。ヴィルトベルク会計係は難色を示した。

「大尉殿、ご命令ですが勘定決算はいたしかねます。私に決算を命じることができるのは市長だけです」

「市長は逮捕された。あなたもだ。金庫は差し押さえられる。あなた方は市金庫現在高とともにこれよりベルリンへ護送される。留守の間、ここを無秩序のままに放置しておくことは許されますまい。では金庫の勘定決算を」

ヴィルトベルクは地下の金庫室に監禁されて勘定決算にかかった。その間、大尉は警備室に入ってケペニック警察署長を探した。警察署長は居眠りをしていた。大尉に起されて事情を聞くと、一瞬縮み上って目をみはった。

「ケペニック市は警察官に居眠りをさせるために給料を払っているのですか。庁内は部下が哨兵に立っています。庁外の野次馬の整理はそちらでお願いしましょう」

とこうするうちに市庁広場にはみるみる群衆が集まってきていたのである。ケペニック中の市民が集まってきたかのようだった。まず子供たちが装剣銃を担った兵隊行進のあとを追ってき、それから野次馬がどっと押し寄せてきた。正面玄関に衛兵四名、他の三つの出入口に歩哨一名ずつ。ものものしい警戒ぶりに市民は色めき立った。市会議員が報を伝え聞いて駆けつけ、庁舎内で二手に分れて緊急会議を開いた。市長代理が一同を代表して大尉に面会を求める。

「これは何事でしょうか」

「いまは申し上げられない。いずれお分りになる」

「ほかに何かご命令は」

「ない。用があればこちらで呼ぶ。もう行っていただこう」

警察署長に車二台を呼ばせた。逮捕者の護送用である。金庫室では勘定決算が仕上がった。総計四千マルク。これは大尉の責任において受納されることが了解され、二千マルクの金貨と銀貨は二つの袋に仕舞われた。残り二千マルクは紙幣で大尉の制服ポケットへ。領収書にサインをする。「一金四〇〇二・三七マルク。フォン・アロエザム。H・I・G・R（近衛連隊所属大尉《ハウプトマン・イム・ガルデ・レギメント》の略）」金庫にはまだ二百万マルクの国債がそっくり残っていた。

車がきた。市長、市書記、会計係、それに市長の世話のための同行を申し出た市長夫人を二台の車に分乗させ、二人の歩兵を護衛につけた。残りの兵隊にはなお三十分の間市庁占拠を続けるように命じた。三十分後には包囲を解き、最寄りのレストランで夕食をしたためてからベルリンに出て、ノイエ・ヴァッヘ（新哨所）の当番将校に「ケペニックより戻りました」と申告すれば任務は目出度く完了する。そう言い置いて大尉は一人でケペニック駅まで徒歩で行き、ベルリン行きの汽車に乗った。

次に大尉が姿を現わしたのはノイエ・ヴァッヘに近い夜間カフェの窓際だった。そこからはベルリンへ出入りする車馬の往来を一望の下に見渡すことができる。やがてケペニック市長を乗せた二台の護送車が街灯の下に現われ、ノイエ・ヴァッヘへの衛兵門にゆっくりと吸い込まれていった。それを見届けると大尉はプトリッツシュトラーセ駅に戻って物品一時預り所のロッカーからひとかかえの包みを取り出し、包みとともに有料便所に消えた。しばらくして便所からは一人の男が出てきたが、彼はもう大尉の制服を着てはいなかった。しおたれた上着によれよれのズボン、ボロ靴をはいた、ありふれた失業者のいで立ちである。男は前よりも一まわり嵩ばる大きな包みを抱えており、疲れ切った足どりで郊外のリクスドルフの方へと、そのまま大都会ベルリンの闇に吸い込まれた。

一方、ノイエ・ヴァッヘに送り込まれた市長一行はもう一度面喰らった。当番将校はそのような連絡は受けていないというのである。電話連絡が八方に飛んだが誰も心当りはない。「フォン・アロエザム大尉」なる近衛連隊所属大尉はいかなる軍関係書類の上にも記載されていなかったのである。衛兵所はおそるおそる皇帝の宮殿に照会した。侍従武官モルトケ伯がじきじきに逮捕者一行の訊問に当った。むろん当事者たちにはいかなる心当りもなかった。警視総監に連絡が飛んだ。総監にも心当りはなかった。もう一度宮殿に問い合わせが行った。皇子の一人が出て、父（ヴィルヘルム二世皇帝）と話したが、父は市長や会計係を逮捕して金庫を差し押さえる命令などを出した憶えは毛頭ない、と語った。それから続けて、「こんなことはドイツの歴史上でも前代未聞だ！」そう叫ぶと、皇子は腹の皮がよじれるほど笑いに笑った。

つまりケペニックの大尉こと「フォン・アロエザム近衛大尉」なる人物はこの世に存在しないのであり、したがって彼の発した市金庫差し押さえ命令もまたドイツ第二帝政のいかなる機関からも発令されていなかったのである。下士官と兵士は真物だった。大尉の制服も真物だった。しかしそれを着ている中身は帝国陸軍にいかなる関係もない人物であった。それでケペニック市庁舎襲撃という現実の事件が成立した。フォン・アロエザムという人間がではなくて（そんな人間はどこにもいなかったのだから）、制服がすべてを動かしたのである。

噂が乱れ飛んだ。市長と会計係は敵国フランスに内通するスパイとして厖大な内乱軍資金を隠匿していたのだとか、会計係ヴィルトベルクこそは老獪な悪党なのだとか。はては一味が社会主義者の反軍活動グループではないかとの推測もおこなわれた。けれどもそれよりも前に誰もがまず大笑いした。腹を抱えて笑いころげた。ベルリンの国民新聞《ナチオナル・ツアイトウング》は書いた、「もしもわれわれにまだオリュムポス山があったならば、神々といえども請け合って笑いころげたことだろう」。笑う神々はまだ生きていた。ヴィルヘルム二世皇帝がその一人だった。彼は大笑いをして言った。

「これが規律というものだ。何人《なんびと》もこの点でわが国の真似ができる者はおるまい！　これこそが制服の力だ」

ベルリンの子供たちも笑った。げらげら笑いこけながら流行歌を唄った。

ガニ股の大尉殿只今出発、
お銭《ぜぜ》をたんまりいただいて。
そうよ、まんまと大成功、
そうよ、これぞ制服のお蔭様。

人相書が市中いたるところに配布され、二千マルクの賞金が出た。ケペニック市当局がそれに五百マルクを上乗せした。殺人犯密告の懸賞金の相場が千マルクの時代である。ベルリンのお祭り騒ぎのほどは賞金額からして想像に余りあろう。人相書は謳っていた。

「ケペニック市金庫盗奪犯の特徴は次の如し。

　年齢四十五歳から五十歳まで。身長約百七十五。痩身、髪は半白、八の字の口髭、顎鬚なし。顔はがん広く、落ち窪み、蒼白く、顴骨が突き出し、ために顔面が歪んでいる印象。鼻は垂れ鼻。一方の肩がうしろに反《そ》っている。ために身体つきもいくぶん歪んでいるように見える。」

　けれどもケペニックの大尉は姿を現わさなかった。テンペルホーフの野原で制服の脱殻のズボンが見つかった。そこからすこし離れたところには軍帽が落ちていた。帽章は規定通りだった。プロイセンの黒－白の色とその下に黒－白－赤の第二帝政国章。順序は逆だがその他は正確に規定通りだった。泥まみれの制服の一部は見つかった。けれども謎のケペニックの大尉は依然として行方をくらましたままであった。


　以上が一九〇六年に起った「ケペニック事件」のあらましである。つけ加えるべきことはほとんどない。贋大尉の模擬軍人としての挙動はほぼ完璧だった。軍務規定に精通しているプロの将校として振舞ったのである。あまり例のない特徴としてはいくぶん優しすぎることだった。特に女性には甘かった。市長夫人がコーヒーを給仕したいと申し出ると許可し、連行までの間、市長室で二人で水入らずで過させた。ということは、市長夫妻はその気なら上級行政当局たるテルトフ郡庁なり州庁なりに電話で問い合わせることもできたのである。しかしそうはしなかった。通常の合法的な命令系統の外からいきなり割り込んできたこの超日常的な（皇帝の）至上命令のショックに気も顚倒して、たとえば火事場で枕を持ち出す人のように、公用電話を掛けずに、かえっておそろしく小市民的な私生活の配慮が前面に出てしまう。のち一九二四年にカール・ツックマイヤーが事件にほぼ忠実に構成した三幕喜劇『ケペニック大尉』の市長室の場を、参考までに以下に引いてみよう。劇中のオーバーミュラー市長夫妻は現実にはランゲルハンス市長夫妻である。

オーバーミュラー夫人　感謝いたしますわ。とてもお優しいのね。何だかおそろしいことですこと。何とかすることはできませんの？

フォイクト　残念ながら、何ともいたしかねます、奥様。将校として命令を受けますと、ご承知のように——個人的にはまことに遺憾なことになりますが——、そのための軍人です。（頭を下げる）

オーバーミュラー夫人　痛み入りますわ。（夫に向って）ねえ、大尉様のおっしゃったこと、お聞きになって。じゃあユングハンゼンさんにお電話しなければ。

オーバーミュラー　私には何が何だかさっぱり分らん——そうだな、電話してみるといい。

オーバーミュラー夫人　（電話口で）何を言うんだったかしら——ハイ、五一八番——

そう、ただ――ハイ、ユングハンゼンさま、奥様ね。ねえシャルロッテ、ええ、こちらマチルデ、有難う、そうよ、もしもし、シャルロッテ、ねえ、あなた一肌脱いで下さらないこと、いいえ、女中さんを貸してっていうんじゃないの、今晩家のパーティができないのよ、そう、突然なの、一口じゃ説明できないわ、急にベルリンに発つことになったの、夫も私もよ、そうねえ、四、五日は帰れないみたい――ええ公用よ、突然なの、面喰らっちゃったわ、だからリュートゲブリューネさんとコッホさんとクッツマンさんのお宅にお電話をして下さらない、今夜は駄目になってしまって、申し訳けありませんけどって――ええ、そうなの、公用なの、ちょっと長いことお留守になりそう、いいえ、いいのよ、いいの、お祝いだなんてそんな、じゃあね、有難う、ほんとに――（受話器を置く）あの奥様ったら、あなたが国会議員になったんだって思い込んでらっしゃるのよ――

社交、虚栄、偽善、昇進の夢――小市民の欲望がつねに変らずうごめいていながら、通常の地方都市行政のコントロールをいきなり外されたために、中間過程が省略されて直接《じか》に至上者と対面して、それ自体としては月並みな欲望が奇妙にグロテスクな変貌をとげる。中間過程のヴェールの蔭に隠されていた超越的な光がいきなり日常生活を照らし出して、思いがけない日常の顔を暴露するのである。

大尉に居眠りの最中を叩き起された警察署長も、署長の身分をいきなり上位存在に一時的に剝奪もしくは軽減された瞬間、すこぶる他愛のない幼児のような欲望を思わずむき出しにしてしまうのである。非常事態の只中で彼は是が非でも風呂に入らなければならないというやみくもな欲望の虜になっている。ツックマイヤーの戯曲ではこうだ。

署長　（歩兵と一緒に入ってくる）大尉殿、秩序は完全に回復されました。私の部下が事態を収拾しております。

フォイクト　有難う。ほかに何か。

署長　ハイ、大尉殿、お願いがございます、私の勤務時間はこれで終了いたしました、わが家では週に一度しか温水風呂を使いません、妻が家で風呂をわかしております。どうか、風呂に入ることをお許し下さい。

このエピソードは実際に起った。ケペニックの大尉が一九〇九年に事件を回顧して書いた『余はいかにしてケペニックの大尉となりしか』（ベルリン、ユーリウス・ピュットマン社）のなかにもちゃんと記録されている。このドキュメントの方では警察署長は外へ出ようとして大尉の部下に銃剣で阻まれ、もはや庁内がおのれの統括する警察権力下にはないことを見てとると、へなへなと裸の私人に還ってむしょうに風呂を欲しがるのである。ツックマイヤーの場面のオリジナルは、たぶん次の箇所にあたる。

「彼（署長）は出ていったが、正面玄関で哨兵に通行を阻まれ、すっかりベソをかき、おろおろして余の許へ戻ってきた。

哨兵が出してくれません、と弁明し、どうか賜暇《しか》の願いをお聞き届けいただきたい、と言った。風呂に入らなければならないのですという。

余の見るところ、これはまことにもって緊急の必要と思われ、かくて彼は賜暇にありついたのである。どうやら彼は実際に大洗濯をやってのけたもののようだ。何故なら余は彼の姿をそれから二度と見かけなかったからである。」

ベルリン市民たちが、ひいては報を聞いた世界中の小市民が笑ったのは、自分たちもいざとなればそうなるに違いない、この日常という固定観念の関節が外れて自己同一性が不確かになり、身分や威厳ではコントロールのきかなくなる自分自身の赤裸の姿だったのである。それはいわば突然訪れたカーニヴァルだった。大尉に仮面を剝がれたお偉方の醜態を見て、自分たちも浮かれ出したのだ。世界秩序は見かけ倒しだったのであり、そのなかに囚われていた自分たちも実は本来の自分ではなかった。そう見てとるや、市民たちはこの男を音頭の笛を鳴らすラッテンフェンガーに見立てて、ぞろぞろと浮かれ足の行列を組みはじめる。

人びとは陽気になり、やたらに気前がよくなった。単調な灰色のベルリンの冬に一時に花が咲いた。

ケペニックの大尉の人気は、じつは正体が割れてからの方が爆発的な沸騰ぶりを見せたのである。その活況を知るためにはここで一応彼の正体を割っておかなければならない。事件の日から数えて十日目の十月二十六日、ランゲンシュトラーセのアパートの一室で元靴屋のヴィルヘルム・フォイクトという五十七歳の男が逮捕された。すこぶる風采の上がらない、ガニ股の元靴屋。これが颯爽としてドイツ第二帝政の官憲の鼻を明かした謎の大尉の素顔だったのだ。落差のあまりといえばあまりのはげしさが、いやがうえにもケペニックの大尉の人気を押し上げた。

まず予審中にはやくも百三十通の結婚申し込みの手紙が殺到した。フォイクトはその齢になるまで独身だったのである。花嫁候補のなかには二人の若い、大金持のアメリカ娘がいた。ベルリンの女性百万長者のドリー・ピンクスはフォイクトに高額の終身年金を約束した。服役中に月々五十マルク、同じく釈放後に百マルクである。すでに予審中からフォイクトへの醵金は次々に寄せられていた。釈放後に支払われた一例としてベルリンのさる新聞が二千マルク、フランクフルトの新聞が四百四十マルクを読者醵金として彼に手渡した。

事件の直後に早くもケペニック事件を見世物に仕立てる当て込みも仕掛けられた。この年の十二月二十四日クリスマス前夜に、ある法務官吏がフォイクトの使った(ものと同一かどうか？）大尉の制服をベルリンの犯罪博物館に展示したのである。曰く、「犯行に使われた制服と白手袋一組」。官僚にしてはこの興行師的センスは正確だった。何故ならフォイクトは釈放後、事件当時の伍長クラップオールと組んでケペニック事件を再現する笑劇を上演してあるき、ヨーロッパ各地から引張り凧になったからである。

十二月一日の裁判当日には、この高名なぺてん師を見んものとベルリン高等裁判所に押すな押すなの野次馬がつめかけた。フォイクトは回想している。

「公衆の入れる平土間の座席は最後の一つまで満員だった。

世界中のジャーナリズムが、パリ、ウィーン、ストックホルム等々から最上の特派員を派遣してきた。ホールはすし詰めで、あるアメリカ人などは余をほんの五分間見るためだけに扉番人に百ドルの心づけをやったが、望みも空しく引き揚げなければならなかったほどだ。」（前掲書）

第三者の証言もほぼ似たようなものである。フォイクトの回想よりいくぶん細部が鮮明なあるジャーナリストの目撃談をここに併記しておこう。これはヘルムート・シュルツの『真物のケペニックの大尉』からの孫引きである。

「聴衆はモアビット（高等裁判所の所在地）には似つかわしからぬエレガントな印象を醸し出している。とりわけ婦人の数が目立ち、ご婦人方はその華やかな盛装から推して、明らかにわが国第一級の社交界の面々であろう。あらゆる階級の将校、もっとも高名な人物をも含む数多くの法曹家、芸術家と作家、一言にして言うなら、公衆に大都会的性格を与えるあらゆる要素が、法廷を隅々まで満たしている。」

さりげないレポートながら一つだけここには犀利な観察がはたらいている。フォイクトに入れ揚げた公衆の「大都会的性格」を云々したくだりである。たしかにケペニック事件はその本質上大都会犯罪の典型であった。大都会でこそ起り得たし、大都会でこそ犯人はまんまと足跡をくらました。フォイクトはいわば都市空間という劇場において大道具小道具を調達し、同じ大都会（とその衛星都市）を舞台にして、自身が俳優とも演出家ともなって大芝居を打ったのである。観客も大都会のなかにいた。このすべての人間が都市空間のなかにいるという事件の性格が、ケペニック事件をカルニヴァレスクな熱狂へと高めた。カーニヴァルでは観客もまたなかにいるからである。

本来なら謎のケペニック大尉は馬脚を現わすはずはなかった。制服だけが記号として動いて目立ち、本人の方は誰もがろくすっぽ見ていなかったからである。先のヘルムート・シュルツの引いたジャーナリストの記事でも素顔のケペニックの大尉を意外とする驚きを隠していない。明るみに出たこの男の裸の風采はいかにも大尉らしい大尉ではなかったのである。

「（中略）ケペニックの茶番じみた《ブリュメール》において憎めない喜劇として演じら

れた際の、あの大胆な決断の影はいささかもこの男には認められない。」

「その挙動には軍隊風のきりっとしたところがまるで感じられない。服装はかなりみすぼらしいとはいえ、清潔できちんとしている。」

そんな男なら、ベルリンの場末に掃いて捨てるほどいる同類のなかにまぎれ込んでしまえば、砂のなかの砂のように見分けがつかなくなってしまう。とすれば、事件は理論的には完全犯罪だったのである。フォイクト自身もそう確信していた。

「余は、警察の捜査によって余の正体が発覚するであろうなどと考えるいかなる素因も有しなかった。何故なら余は余が接触した人びとに個人的にそれまで一面識もなかったからである。余の住居の隣人たちでさえ、余がケペニックの事件に何等かの関係があろうとは露だに考えもしていなかった。」

しかし、その点は警察当局もおそらく同意見だったであろう。事件そのものから手がかりを探すことは不可能だった。手がかりはそれ以外のところに、たとえば共犯者の仲間割れにならあり得るかもしれない。しかしこの点でもじつは単独犯のフォイクトは絶対安全だったのである。シニカルな知能犯なら自我を二つに割って、当局に犯行を誇示したかもしれないが、フォイクトは生憎そのタイプではなかった。とはいえ捜査当局は共犯の可能性をそう簡単に諦めはしない。新聞に告示が出た。

「《ケペニックの大尉》の捜査は、もしも一人の《ユダ》が名乗りを上げなければ、当局は今日も徒労に終るであろう。」

賞金二千マルク。すなわち銀三十枚の二十世紀的相場である。新聞の告示は一人のユダの記憶をめざめさせた。ポーゼン出身の元強盗未遂犯カレンベルクというのがその男の名である。彼は七年前ヴォングロヴィッツの金庫破りで喰らったラヴィッチュ監獄服役中に共犯者がふと洩らした言葉を思い出した。その共犯者は、完璧な犯罪をやってのけるのにいかに仲間として信頼すべき人間を探すのが難しいかという話題になったとき、こう言ったのである。

「馬鹿を言え、そういう仕事をやらかす段になりゃ、おれならただ街頭にいる兵隊どもを集めるだけでいい」

共犯者はそれからロシアで起った実在の事件の話をして聞かせた。ツァーの将校の制服を着て、街頭で集めた兵士たちを煽動して金庫を破った男がいたというのである。ロシアで成功したことがどうしてドイツでやれないはずがあろうか。真物の武装兵士を何人か集められさえすれば、まあ金庫破りくらいは朝飯前だろう。

カレンベルクはその囚人の名を警察に届けた。ヴィルヘルム・フォイクト、ラヴィッチュ監獄で強盗罪十五年の刑を務めた刑余者。警察はたちまちランゲンシュトラーセ22番地のフォイクトの現住所をつきとめる。これが十月二十六日フォイクト逮捕のきっかけだった。制服の蔭に隠されていたガニ股の元靴屋の素性は過去の共犯者の裏切りを通じてようやく浮び上がってきたのである。

フォイクト自身はツァーの将校の先例のことには触れていない。代りに「ドイツの歴史」に似たような事件がある、と言っている。一つはブランデンブルク大選帝侯が夜蔭に乗じてケーニヒスベルク市長をその親衛隊から奪取し、ブランデンブルクに護送して、それから二十八年間牢獄に押し込めていたという故事。もう一つは、ハインリヒ・フォン・クライストの小説で有名な盗賊騎士ミハエル・コールハースの前例である。この先例はどうやら『余はいかにしてケペニックの大尉となりしか』を編集したハンス・ヒーアン、もしくはこの本が捧げられた判事ディーツが教え込んだ後知恵臭いとはいえ、フォイクトが懲役中に獄中で夥しい本を読んで独学の知識を蓄えていたこともたしかである。計画は明晰な頭脳の産物だった。いくつかの偶然が結果的には幸いしたものの、計画そのものも細部にいたるまで非の打ちどころがない。犯行当日の所要時間は十七時間。真物の将校ならかなりの激務にボヤくところだったろう。

大尉の制服はグレナディーア街の古着屋で仕入れた。犯行の前日、十月十五日のことである。値切りに値切って、二十マルクというのを十マルク以下にまけさせた。おマケに軍帽と銀の肩帯をつけさせた。仮装舞踏会に使うのだという。古着屋はこの客のことならよく憶えていた。どこから見ても軍服にやつして仮装舞踏会に興じる「貴族階級のタイプ」ではなかったからである。

制服はランゲンシュトラーセの部屋に隠した。翌朝は四時十五分前に部屋を出る。早起きのご近所の目にとまらないようにとの配慮からである。四時きっかりのケペニック行きの汽車に乗り込む。といってケペニックを最初から襲撃目標に決めていたわけではない。ベルリン郊外のいくつかの都市、フェルナウ、オラーニエンブルク、フュルステンヴァルト、ナウエン、ケペニックが候補地に上がり、このうちナウエンとケペニックにしぼられたのである。ナウエンには前日に下見に出掛けている。フォイクトはこのときベルリンへ帰る列車のなかで陸大の幹部候補生一行を引き連れた参謀本部総長に遭遇して顔色を失った。一行は当日新設された無線電信設備を見学しにナウエンを訪れたのである。

いずれにせよ大兵営のあるシュパンダウを間近に控えたナウエンは危険だった。「そこで余はケペニックを選ぶ決意を固めたのである。何故ならここは汽車を使って最短時間で行くことができたからだ。」

兵士はテーゲル射撃場の交替休息中の哨兵を使うことに決めた。兵舎の員数が足りないのを気づかれるまでに、すくなくともケペニックでの片はつく。そうと決って作戦は電撃的に実行された。

ケペニックでは市庁の周辺を下見した。六時にベルリンへ舞い戻り、人目につかない店で朝食をしたためる。プトリッツシュトラーセ駅の有料便所で制服に着替え、馬車を拾ってゼーシュトラーセに向った。そこで降りてテーゲル射撃場の哨兵が野営している場所をつぶさに観察した。それから腹ごしらえのために近くの庭園食堂に入ると早目の昼食を摂った。その間、ここへ来るまでの途中に彼は飛行船部隊の少佐とすれ違っている。少佐は大尉の制服を着た男にいかなる不審の目差しをも投げはしなかった。「これも、あれこれしきりにケチをつけられたあの制服がまことに申し分のない状態にあったことを保証するものである」とフォイクトは書いている。その通りであり、これで予行演習を通過したも同然であった。

昼食を終えたのが十一時三十分。哨兵たちを迎え出るべく席を立った。だが予期に反して兵士たちはもう射撃場を出発してこちらをさして行進してきていた。正面から鉢合わせの恰好になった。もう一つ意外だったのは、小隊が規定通り将校の前で歩行を停止して敬礼することをしなかったことだ。

「とまれッ」

大尉が発した号令は、ひとまず軍律違反の警告の意味を含んでいた。のちにフォイクトと組んでケペニック事件興行の相棒となったクラップオール伍長が指揮をとっていたが、クラップオールはこの瞬間、てっきり重営倉三日のうえ階級降下の罰を食《くら》うものと覚悟した。上級将校に敬礼する号令を省いて、相手を見ないふりをして通りすぎるつもりだったからである。

クラップオールの小さなありふれた怠慢は重大な結果を招いた。ささやかな軍律違反を自覚した哨兵たちは、以後二度と前者の轍を踏むまいとして通常以上に厳密に軍律に従ったからである。人間的関心を一切閉め出して、機械的に上級機関の命に従って動く、プロイセン国軍の模範的な兵士の役割を必要以上に演じることになった。ささやかな軍律違反に対する後暗さの分だけ、一切の違反を犯すまいとする緊張が全員に行き渡って、期せずしてドイツ最精鋭の小隊が出来上がってしまったのである。制服上官の命令以外の配慮は一切停止された。命令に疑いを挟む余裕はあらかじめ剝奪されたのである。そこへ次の号令が耳を打った。

「下士官は兵舎へ向え。歩兵はこれより本官の指揮下に入る」

下士官も兵士もその通りに動いた。面白いように動いた。この瞬間から、彼らは機械工の操作にしたがって正確に作動する一個の精密機械であった。あるいは催眠術師の誘導につれていかなる行動にも敢然と赴くであろうところの、被催眠性の夢遊病者であった。

地球空洞説

オイゲン・ゲオルクという人の書いた『人間と神秘』（一九三四年）という題名の奇譚集のなかには、世にも奇怪なアマチュア天文学者たちの宇宙観がまるで玩具屋の軒先の精密玩具のように極彩色に犇《ひし》めき合っていて、どこか悪趣味とアナクロニズムの骨頂を行く宇宙コレクションといった趣きを呈している。

科学史の常識では、プトレマイオスの球殻宇宙観が、胡桃割り器で胡桃をつぶすように、無限宇宙の出現によってパチンと音を立てて殻を割られてしまったあと、それから三百年経過して、ド・ジッター博士の膨脹宇宙説によって宇宙はふたたび有限な存在となった。ところが、オイゲン・ゲオルクの紹介しているいくつかの奇妙な宇宙構造は、どれもこれも、これら球殻宇宙、無限宇宙、膨脹宇宙のいずれの範疇に属しているとも思えない、不具《かたわ》の宇宙、畸形宇宙なのである。天動説という一つの命題が地動説という反対命題によって否定され、さらに相対性原理によって綜合されてゆくというのが科学史上の通説であろうが、こうした畸形宇宙の大博覧会のような奇観を前にすると、素人の気の弱さからか、ひょっとすると複数の天動説、複数の地動説が、命題・反対命題として公認の科学史の背後で人知れず対立し合ってきたのではあるまいか、と臆測したい気にさえなってくるのである。

ニューカムによれば、「われわれの結論の多くは、多かれ少なかれ、推測にすぎない。たった一つの発見がおこなわれる——するとそれらはことごとく根底から廃棄されなくてはならないのである」。

とすればプトレマイオスに先を越されたその他の天動説、ケプラーに名乗りを挙げられたために闇に葬られた地動説といったものがないでもなさそうである。ひょっとすると、間引きされ、堕胎児として闇に葬り去られた畸形宇宙の亡霊がいまもそのあたりを漂遊しているのではあるまいか。

さて、ゲオルクのコレクションによると、たとえばイタリアのルイージ・ベロッティという学者は、太陽なるものはそもそも存在しないのだ、という説を立てているという。ベロッティ教授によれば、天文学が太陽という名で呼んでいるものは「宇宙の孔」であって、宇宙から流出される原エネルギーの異名にほかならない。望遠鏡で覗ける星たちにしても、あんなものはたんに映像にすぎなくて、実在ではないのだ。ただ月だけは例外で、これだけはまあ実在の天体と認めてやってもよろしいというのである。

また十九世紀初頭のフランス人レビーは地球空洞説を提唱した。レビーの考えでは、地球は中味の空っぽな巨大な中空球体で、その内部空間には、二つの輝く惑星、プルートーとプロセルピーナが、円環軌道を描きながら回転しており、そして地上北緯八二度の地点には地球内部の暗黒室に通じている無限に深い峡谷がうがたれていて、われわれ地表の生息者も、その気ならここを通って暗黒世界に降りて行くことができるのだという。

レビーとほぼ同じ頃、すなわち一八一八年、アメリカの陸軍大尉ジョン・クリーヴス・シムスもやはり地球空洞説を唱えた。シムスは自説を『同心圏と極地の空洞帯』という著書にまとめ、そのレジュメをヨーロッパとアメリカのあらゆる大学と研究所、さらに個人としてはアレキサンダー・フォン・フンボルトに宛てて発送したが、この回状は冒頭次のような文句ではじまるものであった。

「諸君！　余は地球の中味が空洞であり、内部に人間が住めるものであることを証明する。地球は幾重にも層をなす球体圏を内蔵しており、かつまた極地は十二度から十六度ほどぱっくりと口を開けているのである。余はこの説の証明のために生命を賭し、世人が余のくわだてに助力を惜しまないなら、この空洞の研究に身を捧げるであろう……」

シムスの推定では、地球内部は無数の同心円状の球体が重なっていて、それらの間は空洞となっているが、わずかにところどころ土塊でつながっている部分もある。この迷宮のように入り組んだ内部空間に植民すれば、したがってたやすく領土拡張もできるわけである。

シムスはアメリカ全土を行脚して、いたるところで講演会を開催した。しかし聴衆は当然のことながら山師の大法螺と思い込み、金が目当てではあるまいかと疑りはじめたので、たちまち講演会は閑古鳥が鳴いた。シムスは仕様ことなく合衆国議会に駆け込んで自説の支持を求めたが、合衆国大統領はこの壮大な地球内部領土拡張案にてんから興味を示さなかったようである。

しかし、レビーやシムスの地球空洞説では、あくまでも、地球の内部が空洞なのだが、ここに奇想天外とも荒唐無稽とも、なんともつかないもう一つの地球空洞説が出現してくる。提唱者はアメリカの学者C・R・T・コーレッシュ博士だが、コーレッシュの地球空洞説では、そもそも地球が凸球体であるという見解自体が俗論として一蹴されてしまうのだから痛快である。

コーレッシュ博士によると、従来の天文学はことごとく出鱈目である。太陽系とか銀河系とか、中心の天体をめぐって回転する惑星とか、あるいは無限の宇宙とか、こうした概念はすべて間違いであり、外道なのだ。そういうものがまったく存在しないというのではないが、存在の仕方がまるで違う。すなわち、太陽系も、銀河宇宙も、月も、惑星も、はては地球それ自体も、ちょうど胡桃の殻にくるみ込まれるように一つの球体のなかにそっくり閉じ込められてしまうのである。しかもこの球体の大きさはそれほど大したものではなく、直径がちょうど地球のそれときっかり同じ一二、七五〇キロメートルの円球だというのだ。そして、太陽や惑星の運行のような宇宙の森羅万象一切が、この円球内部の空洞のなかで起っているのである。

つまりコーレッシュの考えでは、驚くなかれ、地球の表面は凹状なので、ちょうど地球儀を裏返しに内側に引きずり込んだように、球体の内壁に沿って海や大陸がへばりついているわけである。円型劇場の観客席を立体化したものが凹んだ地球で、その内部の空虚な舞台で演じられているのが眼に見えるかぎりの宇宙現象だと考えてもいい。当然のことながら、太陽をはじめ宇宙内の天体はすべて地球よりはるかに小さい。そして人間は凸球体状の地球の地層に住んでいるのではなくて、凹球状地球の内部にすでに住んでいるのだ！たんに仮説として構想された逆宇宙ならともかく、「すでに住んでいる」などと脅迫がましい言い方をされると、いくつかの切実な心配に襲われないわけにいかない。地球が動いている、と聞かされて、それではふり飛ばされてしまわないかと不安になった人がいるようなもので、かりにコーレッシュのいう通りだとすると、凹面球状の地表に中心の空洞宇宙に向かって逆さまにぶら下っている人間は、空に向かって真逆様に墜落してしまわないか。ところがそんな心配は全然ないのである。

なぜなら、彼の意見では、それは重力の法則を基盤とした従来の誤った宇宙解釈だからだ。コーレッシュの宇宙では、引力が天体の運動を支配しているのではなくて、遠心力が宇宙法則の中心原理なのである。空洞宇宙の中心には無重力地帯があり、そこから遠ざかるにつれて「重さ」が発生してくる。つまり重力とはとりも直さず遠心力なのだ。その証拠に、地表近くには重い金属が埋蔵され、地表には水、地上には空気と、（彼の）宇宙の中心に近いところほど軽い物質が存在し、遠ざかるにつれて物質は重くなっているではないか。したがって人間も、遊園地の遠心力室で壁にぴったりへばりついているように、遠心力がはたらいているかぎり、地表から墜落するはずは絶対にない。この筆法で行くと、ニュートンの林檎は、じつは重力の法則によって落ちたのではなくて、「遠心力の法則」にしたがって地表に吸着されたのである。

さらにコーレッシュによると、太陽とか恒星とかいうようなものは、物質的な意味での天体としては全然存在しないのである。空洞宇宙形の中心には空洞内の万物の養い親である眼に見えない太陽があって、地表のすべての物にエネルギーを供給しているが、このエネルギー源の流出が一定の条件下で燃焼点を形成し、これが眼に見える太陽として人間に

コーレッシュの宇宙論図

仮象しているにすぎない。同じく「星」も「空」も、中心近くに回転しているエーテル状の発光球体の表面に光学的錯覚として起る光点で、物質として実在するものではない。たしかに物質的な実在として存在するのは、わずかに地表近くに層をなしている、空気、水、大地、重金属などによって形成されている感覚的に確認できる地帯だけなのである。

これはいわば超経験主義的実感にもとづいて宇宙構造を統一的《コンシークエント》に解釈しようとしたために結果した逆立ちした宇宙像に違いない。したがって、一見そう思われるほど机上の空想の産物ではなくて、むしろ一種の糞リアリズムの所産と見るべき一面もある。それかあらぬか、コーレッシュは一連の「実験」によってこの偏執狂的地球空洞説を実証しようとしてさえいるのだ。

一九二五年、コーレッシュとその一党は、フロリダの海岸で奇妙な実験をおこなった。数箇月かかって、海中に全長十三キロに及ぶ水平の橋を架けたのである。彼らのつもりでは、それは「地球の接線」なのであった。

橋の中心、つまり地球との接点には、厳密に垂直な杭が建てられ、これが同時に橋の支柱でもあった。それからこの垂直線を水平に横切る橋を左右へしだいに延ばして行く。中心の杭は海面から三メートル一〇センチ突き出していたが、にもかかわらず水平線（接線）は左右とも、中心から六・六キロの地点で水中に没したのであった。これが、地球が内側に彎曲した空洞球体であることの証明でなくて、そもそも何であろうか！

「霊の巡礼が別世界を発見する」

それにしても海がポオのメールシュトレームのように漏斗状に凹形彎曲しているとなると、たとえば水平線の彼方からあらわれる船が、帆、煙突、船体の順で眼に見えてくる周知の経験的事実をどう解釈すべきだろうか。コーレッシュ一派は、それは光が地球の重力（遠心力）によって受ける曲率に関する理論を導入すれば簡単に解けると、ここではややご都合主義に新物理学を援用したりもするのである。

コーレッシュの地球空洞説を聞いていると、どこか近代天文学の無限宇宙を中世の球殻宇宙の殻のなかに強引にすっぽりと封じ込もうとしているような印象が感じられないでもない。そして近代人にはあまり馴染みがないが、中世にはこれに似た宇宙模型図の構想がいくつもあったのではないかという気がしてくる。たとえば、十七世紀の作とされている無名画家の「霊の巡礼が別世界を発見する」と題する銅版画には、半球体の殻宇宙が平坦な地表の上空にちょうどプラネタリウムの夜空のようにかぶさり、太陽と月、惑星、恒星が同時にうららかな地上を照らしている図が描かれているが、画面左端にはこの殻宇宙から首だけ外部《い》につき出して「別世界」を覗いている巡礼者の姿が描き込まれている。ユングによると、この画は薔薇十字団の啓示の秘蹟を描いたもので、巡礼は霊の啓示を受けて別世界の幻視のさなかに突出したのである。

十二世紀の女流神秘家ビンゲンのヒルデガルトの手稿『スキヴィアス』のなかにも、卵形の球体内部に聖母が横たわり、その胎内に透視されている胎児キリストの身体に接続された管《くだ》状の器官が殻の天頂から外部《い》に延びて、霊気《プノイマ》(父)を象徴する眼ばかり描かれた正方形につながっている寓意図が描かれている。卵形の内部にはほかに手に手にチーズをもった人びとと悪魔がいて、あきらかに地上が象徴されている。ヒルデガルトでは、聖母受胎がそのまま、殻宇宙内部にはぐくまれて、悪にも聖にも誕生しうる地上の人間生活の同心円的な象徴と化しているのである。そして見よ、人間はやはり凹形の空洞地球内に地表に密着して棲息しているではないか。

十七世紀の薔薇十字団画家の殻宇宙では、太陽や月は宇宙内部にあって、外部は霊の秘蹟の世界である。ヒルデガルトでは内部は地上を包含するのみで、星の世界は卵形の外側にある。そしてコーレッシュの空洞地球の外側もしくは裏側には、おそらく何も存在しないのであろう。だが、これらの神秘家やアマチュア天文家に一貫した共通項がもしもあるとするならば、地球の外側にではなくて、地球に掛け布団にくるまれてその内部に棲息したいという、まごう方ない閉鎖傾向であり、地球を裏返してまでもそこに還帰すべき巨大な母胎を見出したいと熱望している人間のあくなき母胎還帰願望ではあるまいか。

地球空洞論者の多くは、客観的科学にその構想の支持を求めたというよりは、むしろ神秘学と詩からその夢想の模型を借りてきたのではないかと思われる節がある。レビーの地下空洞はダンテの地獄の構造を思わせるし、シムスの多元的な地下迷宮は十七世紀のイエズス会士アタナシウス・キルヒャー師が地球内部を構成していると推定した大迷宮を連想

ビンゲンのヒルデガルト『スキヴィアス』より母胎内の胎児に魂を吹き込むの図

させる。コーレッシュの閉鎖的な、徹頭徹尾外界から孤立した空洞地球は、どこか『さかしま』のデ・ゼッサントの逆球体宇宙を思わせはしないだろうか。事実、この誇大妄想と偏執狂が奇妙に交錯した宇宙模型をデ・ゼッサントの部屋の寸法にまで縮寸することが許されるならば、外道にまで逸脱したこれらの母胎還帰の宇宙的夢想は、郵便屋シュヴァルやわが二笑亭の、あの夢想の壁によって蟻の這い出るすきまもなく包囲された完璧な自家用の牢獄の形にまで凝結されてしまうはずである。究極のナルシシズムは、地球や宇宙をさえ、アメ細工のようにおのれの周囲にくねくねと彎曲させてしまうものであるらしい。

落魄《らくはく》の読書人生

若いときのある時期は、人様からヘンパだと思われるものに熱中することも大切かも知れないね。子どもから大人になる、社会的なメンバーになっていく通過儀礼としては、現存の社会からできるだけ遠く離れたところに飛び出していって、いろんな試練を受けて帰ってくることが必要なんだよ。

それはどんな未開社会だってそうだろ。今の社会の基準から見れば、好ましくないといわれるものに、熱中してほしいね。常識的なものばっかり選んでちゃ、困るわけだ。

僕は高校から大学にかけては、シュールレアリスムの詩を読むとかね、今は珍しくもないけど、カフカの小説読んだり、あまり人が読んでいないようなものを読んだよね。それは一種のペダントリーもあるんだけど、そういうものは、若いときには避けなくてもいいと思うんだよね。人様に得意がるために、虚栄心とか見栄のために本を読んだって、何かしら残るもんだからね。

若い人って、新しいもの、今までになかったものに関心持つでしょ。ただそういうものの中には、マスコミとかがお膳立てしたガセネタが当然あるわけだよ。それをどうやって見分けるかは、詐欺師の勉強をやればわかる。

詐欺師の勉強っていうのは、生きる上で大いに役に立つ話じゃないかな。例えば、トーマス・マンを読むには、ぺてんの知識は必要ですよ。『詐欺師フェーリクス・クルルの告白』とかね。トーマス・マンは詐欺師みたいな人でしょ。人生を普通の人と同じように生きながら、違うレベルでも生きているというのは立派な詐欺だからね。

本音と公の生き方の間にズレがあるのは当たり前。人前では普通の人と同じように振舞って、腹の中では全然違うことを考えるのは、今の社会で自分の好みを守っていくための、最低の原理だよ。その関係をどう調整するか。それを一番うまくやっているのは、完全な詐欺師ですよ。

国家とか社会とか会社とか組織はね、個人を使おうとするわけでしょ。逆に制度を、個人が使うものだと逆転していく方法もある。対決するだけじゃなくね。だから大学に入っても、大学に使われちゃったんじゃ月謝はパーですよ。向こうが与えよう、押しつけようとしているものをいかに自分のものにし、それ以上の得をするか。

そういう意味では、本を読むことだって、目的化しない方がいいと思うんだ。

幸田露伴って人は大変博学な人で……氷っていうのは、いっぺんに凍るんじゃなくて、水の上にゴミが浮いていて、それがまず凍る。それがいくつもできて、それが線でつながって、一気に氷になるわけ。だから知識っていうのも、本なんかを点々と読んでいくんだけど、ある瞬間にそれがバッとつながるってなことを言ってる。

僕は深く何かをやるっていうのが性に合わなくて、飽きたらすぐどこかに行っちゃうんだけどね、ブラブラと無目的に歩いて、ああこれはこうだったんだなぁって、あとでわかればいいと思うんだよ。

読書の世界というのは、どんな入り方をしても、つながっていくからね。自分が面白そうだと思うものを読んでいったら、必ず同じようなタイプの作家に触手が伸びていくし、解説なんか読むと作者の系譜がわかったりするよね。

本を読むっていったって、読む程度というものがあるわけで、精密に読むのが嫌ならざっと読めばいい。イギリス人だってシェークスピアはすらすら読めないですよ。さーっと読んで大体わかったたって言ってるだけでね。

深く読みたいんだったら、細部のいろんな知識や背景を知ってなきゃいけない。フォークロアや、辞書にも載ってないこととかね。泉鏡花を読むんだったら、金沢の民話とか中国の怪談集を調べたりね。好きになれば、そういう暇ができるんじゃないですか。

ただまぁ、青年時代に何もかもわかっちゃうのは考えもので、多少抜けててもいいから、いろんなものを読み漁った方がいいと思う。何が好きかっていうのも、ある程度読み漁らないとわからない。そのうちどういう作家にアプローチしていけば、自分の正体がわかるかが見えてくるよ。自分の欠点もわかって、いつのまにか自己実現ができるってこともあるんだよ。

＊

僕は大学卒業して、毎日十通くらい履歴書出してもどこにも就職できなくて、それで新聞広告で見た日本語学校に入ったんだけど、一年でやめて失業保険もらって食ったり、そういう生活してたんだよ。当然、盛大に飲み食いなんてできないから、部屋で古本読んでただけなんだよね。四畳半に閉じこもったきりでね、ずっと世間に憤懣《ふんまん》もっていて、犯罪でもやってやろうと思ってたよ。

だからってこともないけど、本を読んでいくとき、やっぱりいい友だちが必要なんじゃないかなって思うよ。特に大学なんかに行ったら、いろんなところから人が来るわけでしょ。自分の知らない本を全部読み尽くしちゃってるような奴がいたり、ヘンな奴がいるわけだよ。そりゃービックリするよ。そいつに追いつこうとしたり、自分の苦手な分野の本を読もうとしたり、本に関する情報を交換したりね。あいつにできるんだったら、俺にもできるだろうっていう切磋琢磨があると面白いと思う。

自分が好きでもないのに、友だちに対抗するためにある作家のファンになったり、本を集めたりね。たまに間違いもあるけど、そういう間違いでも、何もないよりマシだな。

僕がドイツ文学を専攻したのは、当時戦勝国の文学が全盛でね、ドイツの本なんて手に入らなかったんだよ。人がいないところに行った方が楽というのは、人生の鉄則だからね。

本を読むってことは、その作者の世界に入って、その中で遊べるわけだから、一種のバーチャルリアリティでね、たいしてお金もかからないし、繰り返し楽しめるから、そういう意味では一番いい娯楽じゃないですか。ただ文学っていうものをある程度本気で、一生の仕事としてやろうとしたら、現実の職業をあらかじめ選ぶことを考えた方がいいだろうね。できれば暇な職業がいい。カフカは保険かなんかの役人でしょ。うちに帰ったら、面会謝絶で自分の部屋で勝手にこつこつ書いてたんだ。石川淳も一時期、高校の先生だったよね。

生活の手段を何かもってないと、小説書いてたまたま当たったとしても、次が大変なんだよ。ものを書いてメシを食べていくことは、できないことはないけども、出版社の方からこういうものを書けと言ってきたりするし、それを拒否するのは難しい。でも生活の手段があれば、つっぱねられるよね。

荷風なんかは金利計算して、朝から晩までキチッと本を読んだり、書いたりして、行く場所も浅草のなんとかって決まっているんだ。その他に生活の範囲を広げない。

谷崎潤一郎も、若い頃映画作ったり、いろんな女と遊んだりしたけど、あるときパタッとやめて、それで机の前に座りっぱなしになるでしょ。

現世の生活を放棄しないと、本当の文学はできないよ。誰がどうなろうと、自分だけは自分の好きなことをやるっていうんじゃなきゃ。人に悪くいわれることも含めて、自分のエゴイズムをつらぬき通さなきゃやっていけないですよ。

そういう意味じゃ、誰でも一生かかれば、一冊の本は書けるっていうけど、あれは本当だと思うよ。読書っていうのは、表現と表裏一体だからね。

ある世界のエキスパートになって、ある傾向の本をコツコツ集めて、その世界に関しては、何か一つ本が書ける。そういう目標があれば、ある程度励みになって、社会に出て仕事でクタクタになっても、そのテーマの本だけは徹夜して読めるというふうになるんじゃないかな。

勿論、今の時代はそう単純じゃないから、これでいいってものはないはずですよ。何かうまくいったと思っても、一種の見切り発車みたいなもので、後から後からアラが見えてくるしね。そこは表現者としてやる以上、暴力的な決断というのもどこかで必要なんだね。その必要がなければ十分に発酵させておいて、四十、五十代になって書いても、ちっとも遅くない。本当はそれが一番望ましいよ。

漫読していて、つながっていくってことも結構あるしね。書かなくても自分の中にその世界はこっそり持っているというね。これっきりしかない現実の他にもう一つ自分だけの世界を持っているというのは、生きていく上での張り合いにもなると思うんですよ。

本を読んでいることが面白ければそれでいいし、お酒飲むことが面白ければ、本を読まないでそっちに行けばいいんだよ。

昔、僕は新宿に住んでいたときは、毎晩酒を飲んでた。二十代のある時期は、取材だね。人に会ったり、ネタを拾ったり、人にバカにされたり、騙したり騙されたりね、そういうことをある程度やらないと、世間ってものはわからない。

まぁ、本を読むなら、今宣伝している本、売れている本は読まない方がいいよ。世間の悪風に染まるだけだからね。

*

僕らの若いときは、出版社もあまりなくて、紙の配給がないから、新本も出ない。大手はまだ会社として復興してなかったからね。僕らの中学、高校生のときは、本といえば闇市に放出されたものしかなかったから、そういうところで本を見つけてきて、自分の本棚を自分なりに作る以外なかった。

新しい文学にも、勿論飢えていたから、サルトルとか翻訳され始めたんだけど、小説でも同人雑誌とかね、古本屋に行くと積んであるわけだよ。それでバックナンバーを探して、自分の好きな作家を発掘していくんだ。押しつけられたんじゃなくて、誰がなんといおうと、僕はこれが好きだっていえる作品を選んでいくわけね。自分の実存みたいなものを通じて接触した作家は読むけど、他は読まない。僕は今でもそうだよ。

それは運がいいのか悪いのかは、なかなか断定できないよね。僕らは生活とかは不運だったけど、今の若い奴らが恵まれているとは軽々しくは言えないよ。特にこの数年間は、ベルリンの壁が崩壊して、冷戦構造がなくなって、要するに境界がなくなるわけだから、のっぺらぼうになっちゃって、対立するものがないでしょ。

それからテクノロジー時代の反映で、熟練というものがなくなった。全部機械がやってくれるから、母親と娘、父親と息子の差がほとんどなくなっているんだよ。昔は年をとった熟練工と新参者の若者って形で、はっきり差があったけど、それがなくなったから権威もなくなって、対立もない。それで憎悪がなくなって、反対の愛情もなくなるわけでしょ。唯一あるのはコレクションだよね。

いつの世紀末もそうだけど、十九世紀末も一つの世紀が喪失した文化価値が、夢の島みたいに廃物として集まっているわけで、それをコレクションという形で整理する。世紀末時代っていうのは、それしかやることがないんだよ。

それをやり終わった頃に、次の世紀になって、十年か二十年かになって新たな青春が始まるっていうのが、ある種の文化のパターンになってるわけでね。

今度の世紀末もそうなんだと思うよ。若い人が保守的だっていうのは、もう随分前から言われているけど、生活が安定すれば人間が保守になるのは当然のことだからね。でもひょっとすると日本の将来は危ないかもしれないよ。

そのときにものをいうのは、初めから自分の肉体で開発してきた思想とテクニックだと思うんですよ。

あるマニュアルを他の人と共有していれば、安全かもしれないけど、予想外の事件に遭遇したときには、全く役に立たないんじゃないですか。むしろそんなもの知らない人、自分だけでやってきた人の方が、切り抜けられると思うよ。

まぁ、今の日本がぐうたらでダメになるというのはその通りだけど、もしかしたらそれはいいことかもしれないよ。人類は日本人だけじゃないし、そういうシーソーゲームで歴史は続いてきたんだから、それをヘンに阻止しようとすると、お金や武力で脅迫したりみたいなことになりかねないんだから。

ダメになるってのは悪くない。どういうふうにダメになるか、どういう没落の仕方をするかっていうのは、過去の世紀末現象を知っておくといい。

いずれは滅亡はするんですよ。その滅亡の仕方が面白くて、楽しければいいんじゃないの。落ちぶれる楽しさってのはあると思うんだ。みんな成金になる必要ないでしょ。僕なんかずっと売れない作家だけど、それでいいと思っているよ。

まぁ、落魄っていうのは、一度成金にならないと落魄じゃないんだけどね。

器具としての肉体

国立小劇場の第十三回文楽公演を昼夜九時間あまりぶっ通しに観て、むろんいささかの肉体的疲労も感じはしたが、それよりも私には、一種清爽な、発見的な衝撃にみちた昂奮がしばらくの間残っていた。自然的な肉体をもった生身の俳優たちが二本足を交互に動かしてあるきまわる現代演劇のどの舞台にも見られない雅《みや》びや自然さや聖なる激情が、どうしてこの人形仕掛《からくり》という器具性を媒体にした機械演劇からこれほど圧倒的に流出してくるのであろうか？　この逆説がもしかしたら現代演劇の最大の盲点を衝いているかもしれない、と私は考えた。

西欧近代演劇史上において操り人形の「優美」と人間の演技の「わざとらしさ」とを対比させ、前者の運動の完璧さに一も二もなく軍配を挙げたのは、『マリオネット芝居について』のエッセイスト、ハインリヒ・フォン・クライストであった。クライストがそこで「わざとらしさ」と「自然な優美」との間に横たわる深淵として指摘しているのは、肉体と意識との分裂の深淵である。獣や幼年者や物質（人形）の蒙昧な同一性のまどろみは、意識という反射装置の介入によって破壊されて、たえず鏡の前におのが姿を映しながら行動する人間のわざとらしさ（虚栄）へと変性する。

「なぜなら、お分りでしょうが、魂が運動の重心以外のどこかある点におかれると、わざとらしさが現われてくるのです。」

「人間の自然な優美さのなかに、意識というものがどんなに混乱をひき起すか、私は熟知しております。」

この対話篇の語り手は舞踊家で、マリオネットの、操り手《マシニスト》に操られているためにそれ自体には重さというもののない、したがって大地というものが休息や停滞の場ではなくて、次の跳躍のための契機の意味しかもたない反重力的空間のなかの天使的住人であることの特権を讃嘆しているのである。

クライスト以前には、すでにディドロが『俳優の逆説』のなかで名女優クレロンの演技に託して、「彼女は彼女を包んでいる大きなマヌキャンの魂だ」、と述べ、クライスト以後にはゴードン・クレイグがその超マリオネット論（『演劇芸術について』）のなかで、「演劇が救われるためには、演劇が破壊され、男優も女優もことごとくペストで死ななければならない」、というエレオノーラ・ドゥーゼの激越な死刑宣告文に呼応しつつ人形劇の火急な重要性を力説した。ゴードン・クレイグによれば、紀元前八〇〇年頃のテーベやアジア各地を出生の母胎とする人形劇こそは純粋な演劇であって、俳優によって演じられる西欧近代劇はことごとく「芸術」ではないのである。

「そもそものはじめには人間の肉体は演劇芸術の具には用いられなかった。人間的感情が大衆にあたえられるべき見世物と考えられたことはなかったのである。」

西欧演劇はこれに反して、人間の肉体を演劇の器具《アンストリユマン》として用いる過誤を犯しつづけてきた。かくて人間的な弱さが次々に舞台に露頭し、舞台は効果《エフェクト》と虚栄《ヴァニテ》（クライストのいわゆる「わざとらしさ」）をもとめる場と化したのである。ゴードン・クレイグも言うように、その結果は演劇における「聖性」の無惨な衰弱を招いた。

といってむろん西欧演劇が一貫して人形劇を無視し続けてきたわけではない。E・R・クルティウスが詳説している（『テアトルム・ムンディ』）ように、人形劇の聖なる意味は古代ギリシアではまだ動かすべからざるものであった。「マリオネットの隠喩《メタファ》」は、「人間は神の手の操る玩具にすぎない」（プラトン）という観念の具体的表現であり、人形崇拝の暗流はここから原始キリスト教を通過して中世の神秘主義やルターにまで届いている。

天上界と地上界の截然たる分離がこうした考え方を可能にしていたことはいうまでもなくて、精神の全能性を一身に担った神は形而下的な地上とまじわることなく、これと完全に隔離されながら遠隔的に被造物を生動せしめたのであった。したがって「俗なる」地上界の出来事は、とりもなおさず「神の人形劇」であり、地上の出来事の演じ手たる人物《ペルソナ》は「神の仮面」にほかならない。クルティウスが指摘しているもうひとつの流れは、運命を人間劇の隠れた「操り手」と見る世界解釈で、まさしく「運命の操り糸」にしたがって人間は生々流転すると考えられた。すくなくともフランス・ルネサンス期のロンサールまでは、演劇における「運命《フォルトウナ》を演出家とする」このマリオネット隠喩の痕跡がたどれる、とクルティウスは述べている。

いずれにせよ、人形劇も、マリオネット隠喩のコンテクストにしたがって構成された演劇も、めざすところは人間が人間そのものより高次の力に依存し従属しているという人間の根源的シチュエーションの表現たる点にあって、そこでは人間のために人間的なものが志向されたりはしない。人間はいわば自動人形《オートマット》ではなく、何者かによって操られている存在にすぎないのである。

近代演劇における人間的なものの優越の原因は、人間を神の玩具とみなす古代的思考のコンテクストに即して言えば、操り手たる神の死にともなって人間が操り糸を喪失し、神という操り手を自意識という形で自身のなかに抱え込んで、肉体と意識の分裂のはてしない劫罰に直面し、歴史を神の人形劇としてではなく、理性の実現の過程と見る巨大なイリュージョンの鎮痛剤によってかろうじてこの分裂の苦痛を鎮めてきた錯覚のうちにあった、とも言えよう。言い換えれば、近代の劇空間はひたすら水平方向に展開し、かつてクロスしていた垂直方向の力の干渉から見放されたのであった。かくて、重力に反対する浮力を可能にした垂直にはたらく神の手を失った舞台は、いたずらに重苦しく平板な水平面に固定されたのである。

かつてはそうではなかった。かつては（垂直的なものと水平的なものと）二つの世界がたがいに十字形に交錯し深部的に浸透し合いながら、しかも表面的に接触はしないという――接触すれば聖なるものが俗なるものをたちどころに焼きつくし破壊してしまうだろう――稠密《ちゅうみつ》な統一体を形づくっていたのである。

思わず本題から逸脱してしまったが、文楽人形のあの硬質でかっちりした輪郭に限定されながら、しかもしなやかに優美に動く律動が喚起する不思議な魅惑に身をゆだねながら、私が眺めていたのは、いわゆる人間的なものからはほど遠い、この木片と布でできたひとかたまりの卑小な物質が、義太夫の節回しとともに使い手の操る糸につれてみるみる生動し、生けるもののように動き、語り、笑い、号泣し、怒る、魔術的奇観であった。

人間の肉体の限界はきびしい。名優がどんなに肉体的訓練を積んでも、本能の精妙な糸に操られる動物や単純な関節でつなぎ合わせた人形の五体の、正確で狂いのない、いささかも曖昧さを許さない運動に完全に同化することは不可能であろう。歌舞伎はこの不可能を解消するために人形浄瑠璃を模倣して、型という肉体の純粋造型法を発見し、世襲制によってこれを近代の毒から、すなわち意識の介入による肉体の癩潰瘍から予防してきた。しかし伝統演劇以外の場所でこの意識の腐蝕作用を免れた舞台も俳優も、おそらく稀有なのではあるまいか。精神性を完全に排除した肉体の野生状態の輝きは、まさにその上、外、下のどこかに精神性の純粋な貯蔵庫たる超越者の支持と操りの手が存在していることを前提としているからである。

だが誤解のないようにつけ加えておけば、ここにいう超越者とはかならずしも既成の精神的諸価値でなければならない必要はない。かりにそういうものだけが問題なら、むしろ宗教的な祭式神事を当面の話題とすれば足りる。だが、私がいま、やや時代錯誤的な陶酔を喚起された対象というのは、特定の既成信仰の神事祭儀ではなくて、まさに頽唐期江戸町人芸術の人形浄瑠璃なのである。

たとえば『ひらかな盛衰記』の「笹引」の段で、父鎌田隼人をはじめ、駒若君、山吹御前を次々に惨殺された後、お筆が御台の亡骸を笹にのせて運ぶ凄愴鬼気迫るクライマックスがある。「立騒ぐ、風も烈しき夜半の空、星さへ雲に覆はれて、道もあやなく物凄き」、ではじまる段はすでにしてあやめもわかたぬ闇一色のなかに閉じ込められ、そこを皆殺しの血腥い風が陰々と吹きすさんであやしい。暗中劇はほとんどお筆の手探りの動きにつれて展開されて、父や山吹御前の非業の死の確認も、駒若君の屍《むくろ》が槌松《つちまつ》のそれであったと知る一抹の喜びも、すべて一様に盲目の世界のなかでのように手探りで演じられる。お筆のこの動きは、どこか人間的意識の、したがって理性的判断の欠如のうちにも、触角の本能の操り糸につれて正確に闇をまさぐっていく昆虫の生態を思わせるのである。クライマックスの乱れ髪を凄艶にふりほどく見世場にしても、ある種の昆虫類が極彩色の斑紋にいろどられた翼をふいに逆立てるのにも似た、あでやかにも激情的ないきどおろしさの表現を髣髴とさせるのである。まさにこのクライマックスが物語っているものは、クライストの「有機的世界では、反省意識が晦冥《かいめい》をきわめ、弱まればそれだけ、ますます優美さが燦然とたちあらわれるのです」、という言葉の意味する内実と同じものであろう。

江戸期の上方浄瑠璃作者たちがその反省意識を暗黒化して、この意識の闇のただなかから優美の花を絢爛と咲き出させるためには、たしかに義理という超越的価値の操り手が必要であった。しかしたとえば「艶容女舞衣《はですがたおんなまいぎぬ》」の茜屋表の夜の路傍の半七三勝が、店内のお園を中心とする一家と対比的に、闇のなかに蹲《うずくま》りながら死出の旅路を前にして愛をもとめ合う堕地獄のエロティシズムともいうべき恐怖美にいろどられた場面を観るとき、私たちが受ける戦慄は、義死と心中、倫理的価値とエロティックな狂熱とを瞬時にして同一視してしまう上方町人のおそるべく洗練されたデカダンスに由来している。言い換えれば、義理という超越性が地獄のエロティシズムを一見制動するかにみえながら、むしろ挑発せしめているパラドックスを目のあたりにするのだ。

現代演劇が聖なるものと結ばれている操り糸を見失ってすでに久しいことは、つとに指摘されている。肉体が意識という異物を抱え込んで断末魔の衰弱症状に陥っている現況は、しかし一度手放した超越的価値に擬似復古的にすがりつけば解決されるというほどお手軽なものでもあるまい。既成の神秘的体験を上昇的に志向するのではなくて、卑賤下等な感官の体験に向って下降しながら意識を超脱する恍惚に出逢う方途もまたあるはずだ。それは人間の肉体が玩具の無目的的な器具性に徹することによって、あるいは失われた聖なるものを操り手としてふたたび迎え入れる特権的な容器となることがありうるのではないか、という期待である。意識の干渉を超脱し、憑依状態のなかで晦冥な無意識の闇へと下降していく完璧な肉体は、かつてはたえず父なる神の明智に監視されていた。肉体が本質的に受動的な器具であることが、そこでは自明の理だったのである。文楽や歌舞伎の被虐的な受苦の倒錯美の秘密もここにあろう。

舞台と観客席との間の仕切りをとり外して、観客にコップの水や腐ったトマトや花を投げつけるような「前衛的」趣向は演劇の情報化であって、器具化ではないから、白々しくふやけて女々しいのである。私たちは今日、もはや神の明智に監視されていることはないとしても、神の不在に監視されていることはできる。義太夫の重圧的な語り口に象徴されているような、禁欲的忍従と断念にみちた、愚直で息の長い受苦の追求は、現代演劇にとっても「生れる前から盗まれていた肉体」(デリダ)をとり戻す権利請求のための重要な糸口たりうるのではあるまいか。

物体の軌跡

私の場合は絵画から接近していった。その当時、しかし、私が絵画と思い込んでいたものの正体は、実は物体《オブジェ》だったのかもしれない。そこには飛行機の残骸や不発の焼夷弾が一面にとび散っていた。赤い焼土の上にいきなり真青な磁器製の金隠しがゴロンと転がっていたり、鉛管の折れ曲った水道管の上向きになった蛇口から噴水のように透明なものが迸《ほとばし》る風景があった。そこでは一夜明けて、見なれた物体から心理的なものが急速に剝離していった。朝靄が晴れていくように、戦中の理念に覆われていた物体が、価値体系の関節から脱臼して、みるみるうちにそれ自体の赤裸な貌を露呈しはじめるかのようだった。「眼は未開の状態にある」という言葉がいたるところに実物提示されていた。物体がいたずらに唐突にゴロゴロしているナマの戦後を収拾する「戦後民主主義」という理念はまだ登場していなかった。

私は青柳瑞穂訳の『マルドロオルの歌』(ロオトレアモン著　一九三三年)抄をくり返し読んでいた。ある日、歯医者の治療台の上で突然解剖台上で邂逅《せんし》するミシンと蝙蝠傘のイメージが思い浮んだ。歯医者は焼跡から拾ってきた足踏式の穿歯機を使っていた。ペダルを踏むだけではなく、穿歯機の脚部のアール・ヌーヴォー調の優美な曲線——鋳鉄が赤黒く焼けただれていた——が、焼土に転がっていたシンガー・ミシンのデザインを連想させたからである。琺瑯《ほうろう》の剝げた治療台が解剖台、片足でガタピシと凄まじい勢いで穿歯機を回転させながら私の大臼歯に拷問をかけている白い手術着の歯科医が不吉に変身した蝙蝠傘であった。

マルドロオルの残酷なお伽噺は、私の場合、戦後風俗の絵解きの役をも果した。蟹や虱のギラギラと光る甲殻のサディスティックな物質感は、仁左衛門殺し（一九四六年）の内弟子の斧や、カービン銃事件（一九五四年）の大津の重い凶器を映している縁なし眼鏡の輝きに連結していた。私は戦後の血腥い三面記事の総索引として『マルドロオルの歌』に読み耽っていたようなものだった。

当時は、泡盛屋で知り合った自由美術の画描きにもらった団体展の切符を握りしめて上野の美術館に通うのが、金のない私の唯一の贅沢だった。戦前のシュルレアリスム運動は造型美術の世界に一番早く蘇っていた。その頃は、シュールレアリスム、シュール・リアリズムというのから、はなはだしいのはシュールなどと言っていた。surréal なものの世界が厳然と存在し、そのものについての isme がシュルレアリスムであって、リアリズムを超える様式概念なのではない、と知ったのは遅まきながらブルトン（一八九六—一九六六年）をはじめて読んだ後年のことである。

美術熱が高じて、私は高田馬場のデッサン塾に通いはじめた。私は女の裸をはじめて目近で長時間見た。ふしぎに劣情を催さなかった。彼女の裸体は石膏細工のようにすべすべしていた。当時の私には田村泰次郎のロマンティックな肉体派文学よりも、石川淳のコントの、舞台から転げ落ちる瞬間に石膏彫像となって真二つに割れてしまうストリッパーのイメージの方が感覚的に親近だったのだ。裸のモデルは小生意気な高校生に紅茶をご馳走してくれたが、画塾の教師たちは私のデッサンが設計図のようだとコキ下した。私の画が彼らにわかってたまるものか。だいいち、「下手」などということを一種の評価だと思い込んでいる連中は低能である。私は憤慨して画塾をやめた。

語学力のなかった私はもっぱら翻訳書や美術雑誌でシュルレアリスムの文献を漁った。瀧口修造訳の『超現実主義と絵画』（アンドレ・ブルトン著　一九三〇年）抄があると聞いて、足を棒にしてあるいたが、どこの古本屋にも見つからなかった。その代り、瀧口修造の『近代芸術』（一九三八年）と西脇順三郎の『超現実主義詩論』（一九二九年）を入手した。花田清輝の『錯乱の論理』（一九四七年）は、一時期、私には『復興期の精神』（一九四六年）よりも重要だった。後者では修辞の影に薄れがちな、凶悪な物体のポエジーが、そこにはゴロリと無造作に投げ出されていたからだ。

私たちが『シュルレアリスム宣言』（一九二四年）を読みはじめたのは、昭和二十七年（一九五二年）前後のことだったと思う。フランス語のテキストがようやく街に出回りはじめた時分である。セゲルス版の「今日の詩人叢書」で抜萃を一通り読んでから、サジテール版の『シュルレアリスム宣言』に移った。今、念のために当時のテキストを当ってみると、セゲルス版の『宣言』の方には書き込みがないので、宣言だけは第一、第二とも全文記載のサジテール版の方ではじめて読んだものらしい。

私たちというのは、宮川淳、阿部良雄、中川信などで、読書会の場所は等々力の宮川の家や田園調布の中川の家、梅ケ丘の阿部邸が主だったが、のちには本郷三丁目の阿部の下宿に固定した。チューター格が阿部良雄で私が最劣等生。阿部の採点によれば宮川は「大学院生クラス」であったが、私に関しては「君はまあ……」といやにはっきり語尾を濁した。

絵画から入ってブルトンをテキストで読んだことは幸いした。というのも、私たちの学生時代には、シュルレアリスムを詩化されたレジスタンス文学の傘下に総括する風潮が流行していたからである。ブルトンではなくて、エリュアールでありアラゴンだった。しかしブルトンの硬質な文体は明らかにそうした甘い要約を拒絶していた。念の為に言うと、これは、エリュアールやアラゴンが甘い、という意味とは違う。今でも私は『お屋敷町』(一九三六年)などは大好きだ。

読書会のテキストはその後、バシュラール、ブランショを経て、アンチ・ロマン系の小説に移った。私はブランショの『文学空間』(一九五五年)を最後に遠ざかった。アンチ・

ロマンにはついに馴染めなかったからである（心理主義はご免である）。それに、私は職に就いて自活しなければならなかった。テキストで文学研究をする余裕がしだいに乏しくなった。ブルトン研究はジュリアン・グラックの『アンドレ・ブルトン』（一九四八年）あたりで中断される。ふたたびブルトンと対面するのは昭和四十五年（一九七〇年）頃、待望の独訳『シュルレアリスムと絵画』（一九六五年）を購入したときのことである。

一九六〇年頃、私はこれ以上文学研究を続けるべきかどうかに迷っていた。物体《オブジェ》の軌跡は急速に薄れつつあるように見えた。私は世界がある傘のなかに入ったと思った。政治・軍事的には「核の傘」と呼ばれ、文化・社会的には「情報管理の傘」とでも言うべきような、透明にして巨大な傘である。戦後、多少とも忠実に読んできた、三島由紀夫、島尾敏雄、吉行淳之介のような作家にある苦悶の表情が浮びはじめたように思えた。焼土の物体の上に「傘」の断片である新しい建造物が次々に覆いかぶさり、それにつれて主題がしだいに内面化していく。前衛芸術運動はメディア論から情報管理化される方向に向い、アンチ・ロマンが出回りはじめた。情報がこれでもかこれでもかとばかり物体に厚化粧を施す大規模な汚染がはじまっていた。サドの翻訳、『楢山節考』、吉岡実詩集、暗黒舞踏が、遅ればせにきた最後の傘の外だった。私は文学書そのものを読まなくなった。当時の私の職業は雑誌編集、推理小説編集などで、それ自体がマス・コミの一部だった。職業上の必要から私は推理小説を読み、映画を観、ジャズを聴いた。物体嗜好はわずかにサブ・カルチャーのなかで余喘《よぜん》を保つほかはなかった。表側は情報一色だった。

六〇年代の後半から、私はたまたまドイツ語教師の職に就いた。私はなまりかけていた語学力のトレーニングのために、ノヴァーリスとホフマンをすこしずつ読みはじめた。単調で機械的な教師生活は快かった。素寒貧教師の例に洩れず映画からもレコードからも縁遠くなった私は、たびたび上野の科学博物館を訪れた。同館の鉱石標本室は、その頃、私にとって、世界中でもっともエロチックな場所だった。私はブルトンの鉱石嗜好とノヴァーリスのそれとの対応を考えていた。グスタフ・ルネ・ホッケのマニエリスム研究から、私は鉱物学者ノヴァーリスを媒介にルネッサンスとブルトンを結ぶ鉱脈を発掘する着想に惹かれていたのだ。

ホッケの二冊のマニエリスム研究を訳了する頃、私は同時代文学にほぼ全面的に見切りをつけた。絵画にはまだいくぶん色気を残していた。文学趣味過剰がいささか鼻につくとはいえ、ウィーン幻想派のフックスやレームデンは、ポップやコンセプチュアル・アートの(イローニッシュであるとはいえ)情報短絡にたいする抗毒剤としては、まだしも有効であるように思えた。情報を梱包してオブジェ化する一連の試みは悪くなかったが、メタリックなマチエールが生理的に嫌だった。原鉱の素気ない無愛想な感触がなければならない。メタリックなものは、物体の純粋な輝きではなくて、情報にすぎないのだ。

私はバロック詩を粗忽に読みとばしながら、その「思想的背後関係」である錬金術の世界に一挙に入っていった。物体、物体、物体。究極の鉱石「賢者の石」のための探究が促す、迷宮のように入り組んだ迂回路の体験一切を包摂する錬金術の宇宙から遠望すると、糞便や生殖器の生理学的体臭をとどめているフロイディズムさえもが、色褪せて見えた。無機物にたいする愛着が高まり、私はフォークロアの怪物や化学的な言語遊戯についで、カバラの数理と魔術の物理に興味を寄せた。私は二十年ぶりに吉田一穂と稲垣足穂を再読し、『抱朴子』(三一七年頃)と『天工開物』(一六三七年)の頁をくり、大江匡房、平賀源内、大野弁吉などの業績をすこしずつ調べはじめた。いや、やっとそのとば口ぐらいにはさしかかったかと思う。

この文章を書いている現在、私はまだブルトン最晩年の『魔術的芸術』(一九五七年)を読んでいない。しかし、第一宣言が錬金術的第一原質の粗鉱の燦きを放っていたとするならば、思うに『魔術的芸術』は、ブルトン自身の最初の出発点である結末、すなわち「宣言」にいたる、遠大な迂回路のようなものなのではあるまいか。私自身は、はじめて宣言のテキストに接してから徒らに二十年を経た。これまでのところ、私とブルトンとの共通点は、「四十歳過ぎて早くも目立つようになった白髪」ぐらいのものにすぎない。物体の輝きを追って逸脱を重ねながら辿ってきた私なりの迂回路は、はたして一個の多面結晶体に収斂されるであろうか、はなはだ心もとない。私の物体偏執に「理念なき戦後」への郷愁を指摘したある若い友人は、情容赦もあらばこそ、「罐詰を開けてみたら中味がすっかり腐ってた、なんてことになりゃしませんか?」と言った。

そうかもしれない。情ないことになったものだ。古い話ばかりしているものだから足下を見られる。では、最後に、これからの話をしよう。

さて、オイル・ショック以後(一九七三年十月以降)、われわれの周囲には急速に世界恐慌の兆候が出現してきたらしい。嬉しいことに、今後、物体にもやもやと付加されていた情報も心情も、多かれすくなかれ、再度、剝離しはじめるのは必定である。傘は破れるだろうか。破れるとすれば、どんな風に? 戦後はじめて、今、私にとって、逃げていった物体が向う側からヴェールをかなぐり捨てて近づいてくるチャンスが訪れたような気がする。これは、「第二の青春」であろうか、私はいま一度「宣言」を読み直さなければならないようだ。

K・ケレーニイと迷宮の構想

紀元前一六〇〇年頃、クレタ島北岸のオリーヴと葡萄の馥郁《ふくいく》と香る丘の上に、周囲五十五平方メートルほどの内庭を中心に、四百以上のホールと小室、おびただしい納屋、廊下、階段などをめぐらせた巨大な迷宮状の宮殿が構築された。面積ほぼ二・六ヘクタール、建物はところにより四階層であったが内部はホールの類が比較的すくなく、無数の小部屋が蜂の巣のように羊腸と曲折する廊下によって、縦横につなぎ合わされていた。一説には、これらのおびただしい小部屋は貯蔵室であろうと考えられ、一説にはまた、神官たちのための僧房であったともいわれる。後者を主張するシュペングラーらは、当然のことながら、これがたんなる王宮ではなく、宗教的用途を主要な目的とした祭儀用施設に類するものであったと仮説した。ともあれ宮殿の広くうがたれた窓を区切る列柱は、遠目にもあざやかな純白に浮き上がって望まれ、宮殿を囲むなだらかな丘の中腹には、壮麗な別荘群や、農夫と金銀細工師たちの家々からなる部落が転々と散在し、さらに外郭の海辺には、貿易商人、水夫、猟師たちが聚落を形づくって、巨大な同心円状の共同体を構成していた。これこそがいうまでもなく、ヨーロッパ大陸圏最古の都市といわれるクノッソスの宮殿とその環境である。

　クノッソスの宮殿は紀元前一四〇〇年の直前に崩壊した。原因は、外敵の侵寇によるものとも大地震のためともいわれる。とはいえクノッソスの宮殿の迷宮性そのものは、宮殿の崩壊とともに死滅したわけではない。そもそもクレタ島は地理的にもヨーロッパ大陸の最南端に位置し、ウル、ウルク、バビロンのようなアジアの古代諸都市と、他方ではメムフィスのような古代エジプト都市とを結んで、その水路の行方をアテーナイをはじめとするヨーロッパ各地に伝播するための要衝である。混沌たる古代アジア文明の特性はここに受容され、さらにここから発して——問題をたんに迷宮構造にかぎるとしても——ローマの地下納骨堂《カタコンブ》や天使城《サン・タンジェロ》、中世の教会の床面モザイクやフェリペ二世の蝸牛宮《エル・エスコリアル》、さらに十六世紀に流行した迷宮庭園の基礎構図の深層をくり返し隔世遺伝的に訪《おとな》った。

　最古の迷宮の発祥地は古代アジアの諸都市にあった。ウォルフ・シュナイダーにしたがえば、「迷宮の歴史は都市の歴史と同じくらい古いものである。まっすぐな広い道路はようやく紀元前二十世紀頃に入ってから見えはじめてきた所産であって、たいていは無思慮な帝王たちの意思に基づくものである。今日でも、大ざっぱな計算ではあるが、地球上の都市の約二分の一はこの種の道路をもっていない」。シュナイダーが「帝王たちの無思慮」を指摘しているのは、迷宮がなによりも外敵防御のための軍事的要害であることを暗黙裡に念頭においているからであろう。

とはいえ、あらゆる迷宮がかならずしも軍事的考慮のみに基づいて設計されたわけではなかった。クノッソスの宮殿の幅の広い窓は、外敵の脅威にたいしてはあきらかにあまりにも開放的すぎる。また規模においてクノッソス宮殿に優に匹敵するスペインのフェリペ二世が建造した蝸牛宮は、八十六の階段式の家屋、千二百の塔、全長十六キロに及ぶ錯綜たる廊下によって構成された大迷宮でありながらいささかも軍事的な要塞としての意味はなく、スペイン歴代の王の鎮魂を目的とする巨大な霊廟にほかならない。ローマの天使城もまた教皇たちの居城となる以前は「ティベール河岸の巨大な墓宮」だったのである。古代アジアの迷宮都市以来、迷宮は、軍事的要塞として、僧院や祭祀司祭用の設備として、さらに大墳墓・霊廟として——ピラミッドの内部構造を見よ——、要するに多目的な役割をはたしてきたように見える。一見して、太古以来、迷宮衝動ともいうべき不可思議な衝動がこれらの建造物構築にさいしてはたらいたかのようだが、それならばこの衝動の根底にひそむ一貫した動因はいかなるものだったのか。ひとはなぜ、好んで迷宮を構築してきたのか。

フランツ・カフカの『巣』という小説のなかに、正体のわからない敵の脅威から身を護るために、地中深く、無数の間道、歩廊、広場、郭壁をかかえた巨大な洞穴迷宮を構築する奇妙な動物の生態が描かれている。若年の頃から、動物は、粒々辛苦、地下要塞の迷路を蜘蛛の巣のように四通八達させ、いたるところに隠れ処をうがち、羊腸と曲りくねる秘

オウィディウス『変身物語』第八巻“テーセウスの帰還”の挿絵

スペインの僧侶、カール五世の秘書ボンサルボ・ペレス作のモットー“沈黙と希望の中に汝らの強さがある”16世紀

密の間道を八方に分岐させた。そのために迷宮はいまや金城鉄壁の城塞と化し、くだんの動物の報告によれば、「私はときおり自分で作った迷路のなかで一瞬迷い子になる」ほどであるという。驚くべきことに、迷宮は外敵にたいして難攻不落の要塞となるとともに、いまや構築者たる彼自身を深く監禁してしまうのだ。ガストン・バシュラールはこの小説の主人公の動態を一言にして要約している、「彼は被護されているが、同時に囚人でもある」。これが迷宮のおそるべきパラドックスである。迷宮は、内部に隠れる者にまたとない被護と安息の場をさずけもするが、同時に水も洩らさぬ完璧な自家用の牢獄ともなる。

バシュラールにかぎらず、迷宮の形象に被護願望の象徴を見た心理学者はすくなくない。『精神分裂症と芸術』の著者レオ・ナフラティルによれば、心的に未開の幼児や心的に退行した精神病者たちは、好んで渦巻や螺旋形のような迷宮模様を画に描く。これはかならずしも完全な円形を描く能力の欠乏を意味するものではなくて、彼らに特有の「閉鎖傾向」、「隠され、包み込まれていたいという願望」の表現以外のなにものでもないという。ウォルフ・シュナイダーの迷宮嗜好にたいする分析もこれと一致する。

道路の狭隘なことはおそらく強制されたものであろう。都市の郭壁内の広場の不足や東洋風に陽光から逃れるためであったろう。道筋をできるだけ概観できないようにしておいたことは自由意志によることであって、決して偶然の所産ということで片づけるべきではない。確かに偶然の所産ではなく、迷宮を好むということにおいては、まれではあるが、からかったり、不安がらせたり、怖がったり、怖がらせることに対する昔ながらの喜び、自分は隠れているという感じと関連があることは確かである。迷路を知っている者は保護されているわけである。部外者にとっては一つの罠であって、ここからはアリアドネーの助力なくしては出られない。(志鎌一之訳『ウルからユートピアまで』)

とすれば迷宮は、古来、閉所恐怖症と空間忌避の幾重にも交錯する心の迷路、閉鎖の恐怖と保護の魅惑の両極性感情をたえず誘発させる謎の空間であったかのごとくである。

しかしながら迷宮の問題は、おそらくこれを心理学探究のみに委託することはできない。同様にまた、純粋に建築術と建築史の分野にゆだねきることも正しくはないだろう。なぜなら具体的な建築物としての迷宮をさておくとしても、表象としての迷宮《ラビリントス》は、刺青、舞踏、装飾模様、テキスタイルなど文化のあらゆる領域に古くからくり返し姿をあらわすからである。このような迷宮表象の本質をもっとも包括的に、だが簡潔に記述した研究としてただちに思い浮かぶのは、ハンガリアの神話学者カール・ケレーニイの『迷宮の研究』である。そこで以下、しばらく同書を参照しながら、迷宮が私たちにとって何を意味してきたか、いまなお何を意味しているのかをたずねてみよう。

フォルムの点からすれば、迷宮のもっとも単純な形態は、渦巻もしくは螺旋形に還元される。方形の迷宮図はしばしば渦巻や螺旋形のヴァリエーションにほかならない。太古以来、宗教的慣習や芸術制作の遺物として今日まで残存している迷宮図は、多かれ少なかれ螺旋形を基本としている。だが、一見いかにプリミティヴで単純な形態であるとはいえ、この図形の迂曲する線を道と想定するや、ここに入り込み通過すべき迷宮としての感情移入が必然的に予想されてくる。

今日見ることのできる螺旋形、あるいは螺旋模様の、最古のもののひとつはメソポタミアで発掘された楔形文字入りのものをふくむ粘土書板に描かれた迷宮図である。この螺旋形はかならずしも第一義的にバビロニアの迷路的な宗教建築に関係づけられるものではない。アッシリア学者ワイトナーが書板の楔形文字から解読した成果によると、この迷宮模様があらわしているのは狩猟で捕獲した獣の体内からとり出した内臓(腸、肝臓)であって、いわばあまねく知られたバビロニアの腸卜の、そのときどきの記録文書ともいうべき図なのである。周知のように、バビロニアの占卜は世界最古の組織的な予言方法であった。ロストフェッツによれば、「人類の生活について現代にいたるまで大きな意義をもっているあらゆる予言の方法は、その源泉をバビロニアに発している」。そこでは、天体の運行、奇形の出生、血の雨、石の雨のような稀有の自然現象のみならず、夢判断までが未来の吉兆を告知する予言として知られていたが、とりわけ「内臓による占卜」、すなわち屠殺した動物の腸や肝臓からする予言方法が高度に洗練されていた。

　腸卜は予言を司る神官たちの重要な儀式であった。ワイトナーの解説によれば、粘土書板の迷宮図のかたわらに記されているある楔形文字はつぎのように翻訳できる、「これらの腸は左方向へ巻かれ、ついで解きほぐされる」と。したがってワイトナーは言うのである。「その意味はすなわち、内臓がまず左巻き螺旋形となって走り、ついで螺旋を描くのをやめ、個々の腸が巻きやんで終点と出口に向かうということである。図形はこの説明に適合している」。

　左とは、死の方向である。左へ左へと湾曲する内臓の曲線は、死の世界、冥府へとひたすら下降していく運動をあらわし、この冥府の旅が終局に達するや、そこに出口がひらけて歩行者はふたたび死の彼方にたちあらわれる新しい生に向かって誕生する。実際、あらゆる迷宮はまず「冥府」（地下世界）なのである。バビロニアではまたこの腸卜に使用される犠牲獣の内臓は「内臓の宮殿《エーカル・ティラーニィ》」とも呼ばれた。さらにケレーニイの指摘にしたがえば、『ギルガメッシュ叙事詩』に登場するギルガメッシュの敵手、秘密の坂と閉ざされた道をめぐらした魔の森の主である怪物フンババが顔面いっぱいに腸を付着させた「内臓の人」であるところから、迷宮的なものが冥府的なものと同一視されただけではなく、魔の森と内臓もまたひとしく冥府の迷宮宮殿として表象されていた。すなわち迷宮、内臓、森は、いずれも死者たちのすまう王国、冥府の類同物にほかならなかったのである。

腸占いに使われたメソポタミア出土の迷宮

ポンペイのルクレティウス家の柱に発見された迷宮模様。
銘文は「ここに大いなる獣生きる」西暦 79 年

迷宮の表象はここで明確に冥府世界の表象と結びつき、錯綜たる迷路をくぐり抜ける冒険は冥府降下の神話と結びつく。したがって迷宮入場—迷路歩行—脱出という過程は、生—死—生というダイアグラムにあらわすことができるだろう。魔の森の支配者フンババを斃《たお》して帰還するギルガメッシュも、アリアドネーの糸を頼りに迷宮の中心を護る怪物ミノタウロスを斃して帰還するテーセウスも、オデュッセウスや聖杯伝説の騎士たちも、すべて迷宮＝死の世界からの帰還者であった。一方、こうした英雄たちの冥府体験とともに、掠奪婚にまつわる少女たちを主人公にした冥府神話がある。

この種の冥府神話の典型としてケレーニイがあげているのは、ツェーラムの伝説の少女ハイヌヴェレの場合だ。太陽の男に掠奪されて冥府に入り、ふたたび地上に帰還するハイヌヴェレは別名をラビーと称し、ラビーが月の神話名であるところから、ハイヌヴェレの生—死—生はあきらかに太陽に掠奪されて徐々に影の世界に入っていく月蝕の過程を模している。

ハイヌヴェレの冥府降下が迷宮彷徨と対応していたことは、彼女に捧げられたマロの踊りという舞踊が螺旋形のコレオグラフィーを基礎としていた事実からしてもあきらかである。マロの踊りは九日間にわたって九つの異なる舞踊場でおこなわれ、九つの家族がこれに参加して、九重の螺旋の輪を描いて踊った。そして輪の中心にはハイヌヴェレをあらわす一人の少女が坐していたのである。

この迷宮舞踊と平行して、ツェーラムには迷宮状の門に関する伝説がおこなわれている。冥府の女王ムルア・サテネは、マロの踊りのおこなわれる舞踊場のなかに巨大な門を建てた。それはマロの踊りの螺旋形の輪と同じように、九重の螺旋から構成されており、すべての人間がこの迷路状の門をくぐらなくてはならない。しかしすべての人間が首尾よく門を通り抜けられるとはかぎらなくて、通り抜けるのに失敗した人間たちはそこで動物や霊に変身してしまう。首尾よく門を通過した人間だけがムルア・サテネのもとに到達して新しい人間として再生する。そのさい、右方向へまわるか左方向へ歩いていくかによって、再生した人間たちはそれぞれパタリマおよびパタシヴァの二種類の人種にわかれることになる。最後に冥府の女王が次のように宣告する、

「私は今日お前たちのもとを去る。お前たちは地上でふたたび私の姿を見ることはあるまい。私のところへやってくるには、その前に苦しい旅をへてこなくてはならない」。

この言葉とともに冥府の女王は消えうせ、ツェーラム南西にある死者の山サラファに霊となってすまう。そこに行き着くためには、ひとはいったん死者となり、それぞれ異なる八つの霊がすまう八つの山を越えて行かなくてはならないのである。

ツェーラムの迷宮舞踊が死者の旅をあらわしているのはまぎれもない。但しケレーニイによれば、ツェーラムの舞踊は一つの典型にすぎず、あらゆる文化圏にそのヴァリエーションが認められるという。

似たような儀式はニュー・ヘブリディーズ諸島にもおこなわれていて、そこでは舞踊は冥府の旅をあらわしているとともに、「すでに墓の彼方の生を営んでいる死せる祖霊との接触を通じて、生を更新しようとする願望」にもかかわるものであった。南インドやニュージーランドでは迷宮の表象は刺青の渦巻形としてあらわれている。いうまでもなく入社式《イニシエーション》の表徴である刺青は、いわば新しい生ともいうべき新しい共同体に生み落とされ、そこで再生するための表徴であり、こうした再生にはつねに前提としておそろしい死の苦悩がともない、怪物に呑み込まれたり、門をくぐり抜けるといった体験が随伴する。さらに中部オーストラリアの原住民の間にはテュルンガと呼ばれるガラガラ玩具が用いられているが、その表面にも多くの場合螺旋模様が描かれていて、原住民たちの説明によれば、これらの螺旋模様は「祖霊たちが女の肉体のなかにもぐり込んでくるまで生棲している、洞穴、木の根、瘤根、水のような場所、いいかえれば、死者たちが生に復帰するさいに通過する場所」をあらわすのである。

迷宮の分布は、このように太平洋・地中海域にかぎらず、これとは一応独立して、北・西ヨーロッパにもひろがっていた。ケレーニイは、スカンディナヴィア、英国、ドイツにおける迷宮の分布について豊富な資料を例示しているが、一例として、ここではフィンランドのスウェーデン系農民の間におこなわれている「処女の踊り」について述べておこう。「処女の踊り」は、のちに述べるペルセフォネー崇拝儀式における「鶴の踊り」とともに、

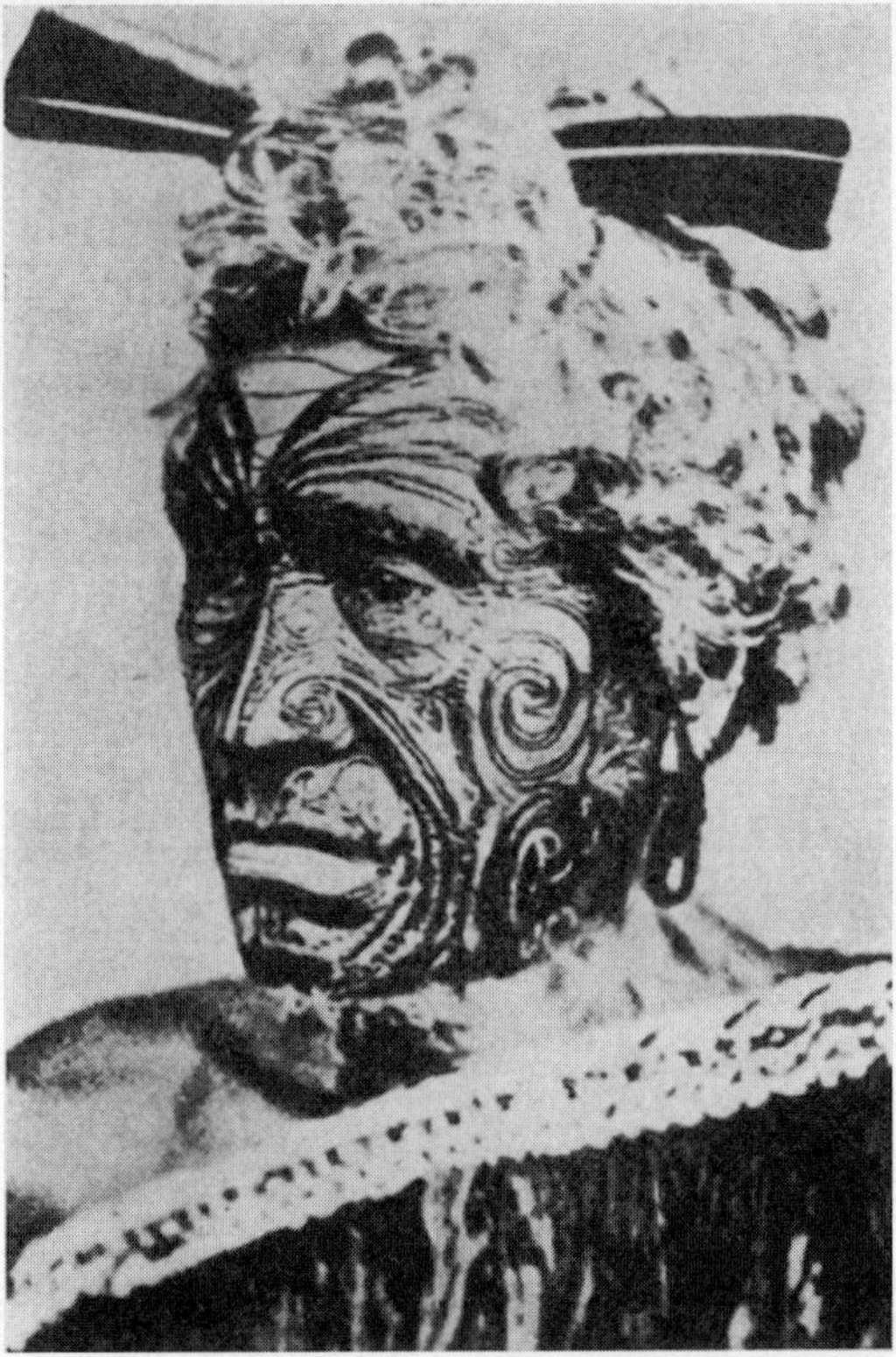

ニュージーランド原住民の入墨

あらゆる点でツェーラムの「マロの踊り」に似ている。すなわち「さる報告によれば、アーランドやその他のフィンランド圏では迷宮状に石を並べたところでさまざまの遊戯がとりおこなわれるが、そのさい一人の少女が中心にすわり、若者たちは彼女のところに行き着くまで通路のなかを走りまわるのである」。この種の、野原の上に石を並べてつくった渦巻状の迷宮の典型は、スカンディナヴィアのゴトランドのウイスビーに見られる。その写真を観ると、どこか西欧の伝統的な球戯場を髣髴とさせる面影があり、一方ではまたわが銀閣寺や龍安寺の砂の迷宮模様を連想させるところもある。ウイスビーの場合には、少女のかわりに一個の石が中心を形づくった。しばしば中心には樹木崇拝にかかわる一本の生命樹が立っていて、石の迷路のあるなしにかかわらず、これをめぐって輪舞がおこなわれる場合もある。ハリソンは有名な『古代芸術と祭式』で、英国の五月祭《メイ・デイ》における五月柱《メイ・ポール》の役割について右のような樹木崇拝の一典型を記述している。この場合には季節の循環が死から生へ、生から死への輪廻の象徴となり、春祭りは冬＝死を送り出し、春を迎え入れ、呼び出し、運び入れるわけである。

「春」の生命を木または少女の形で迎え戻すこともできるであろうし、またはこれを眠れる「大地」より立ち上るように呼び出すこともできる。ギリシャ神話においてはわれわれは「立ち上り型」に最も多く親しんでいる。デメーテールの娘ペルセフォネーは

「大地」の下へ運び去られ、そして年々ふたたび立ち上ってくる。ギリシャの甕絵にこの場面は繰返し出てくる。土の塚が表わされ、ときには上に一本の樹木が生えている。塚の中から、一人の女の姿が立ち上り、そして塚の周り一面には彼女を迎えようと待って踊っている精たちの姿がある。(J・E・ハリソン『古代芸術と祭式』佐々木理訳)

北・西ヨーロッパの民俗のなかの石の迷宮で踊られたさまざまの輪舞は、おそらくハリソンが述べているペルセフォネーに捧げられた踊りと同種のものであったにちがいない。ペルセフォネーもまた、ツェーラムのハイヌヴェレと同じように、少女として誘拐されて身を隠し、一定期間ののちに死の世界から此岸へ帰還してくる。少女誘拐と冥府からの帰還を物語るこのハイヌヴェレ―ペルセフォネーの運命は、古代ギリシアに見られ、今日でもブルガリアの一部におこなわれているという「春乙女《はるおとめ》」の行事に象徴的に要約されている。そこでは人形または生身の女が「春乙女」としていったん地下に埋められ、それから春を呼び出すものとして掘り出される。

さて、ここまで述べてくると、当然これらの迷宮舞踊のコレオグラフィックな構造が問題になる。迷宮舞踊の形式はほぼ一定している。それははじめは長い一列の横隊で、やがて一団と一団とが「たがいに向かい合って踊る」(ホメーロス)。おそらく全体はしだいに渦巻もしくは同心円状に変ってゆき、先頭のほうの踊り手は後続の踊り手と平行に、しか

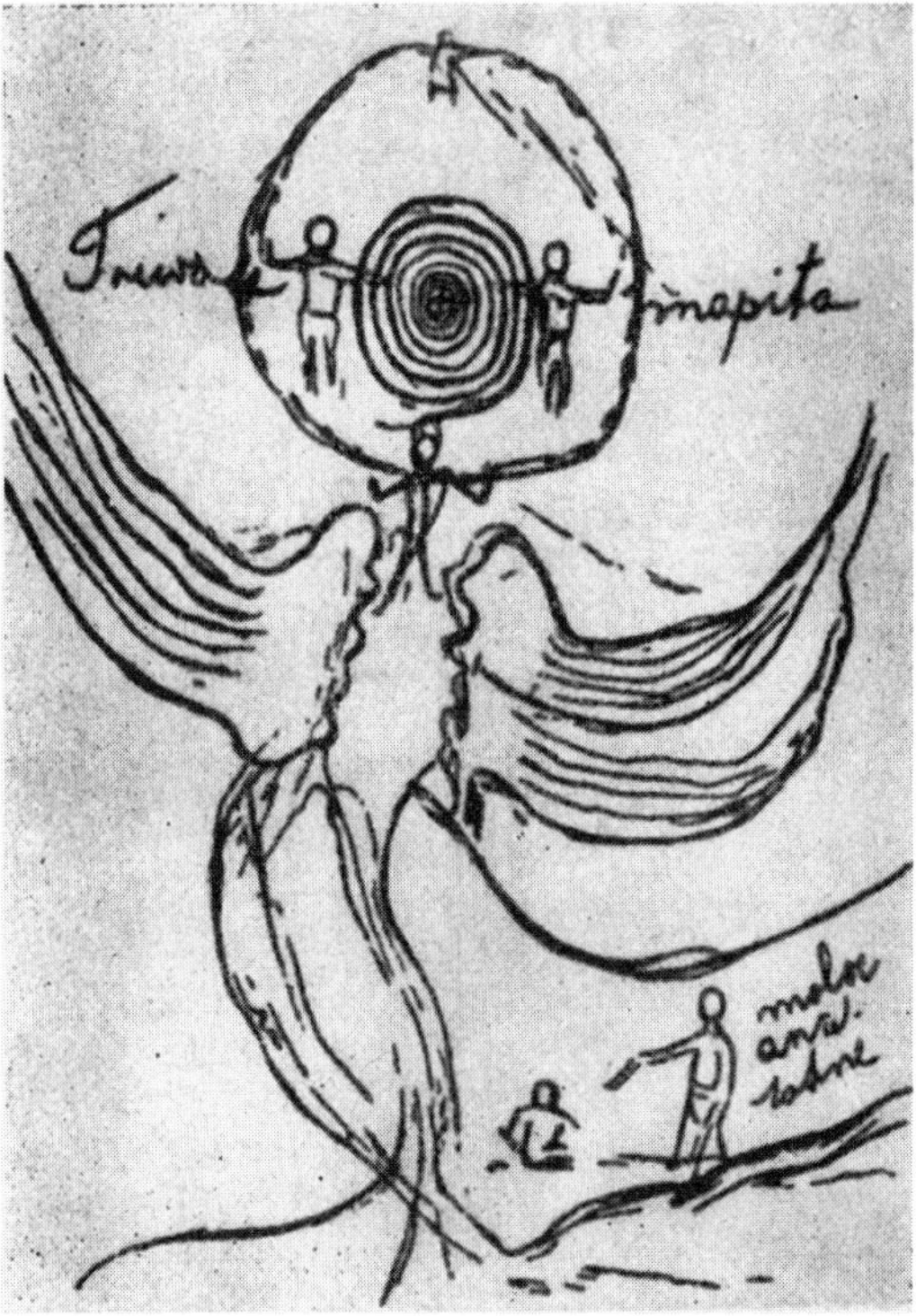

ツェーラムの迷宮スケッチ

も逆の方角に回転した。一説によれば、テーセウスもまたミノタウロスを征服したあと、勝利を祝ってこの踊りを踊ったが、その振付けはあきらかに迷宮への入場とそこからの脱出を模していて、「舞踊が同時にそこから解放されてきた死の恐怖を現前させることによって、救護がことほがれた」(ケレーニイ)のだった。

ペルセフォネーの祭典における迷宮舞踊についてはリーヴィウスの報告がある。古代ローマでおこなわれたこの踊りは、一名「ゲラーノスの踊り」、すなわち「鶴の踊り《ゲラーノス》」とも呼ばれた。特徴的なことは、この踊りでは舞踊者全員が一本の縄を握って踊ることである。そう、アリアドネーの糸。そしてさらに注目すべきことは、迷宮への出入りをあらわす差す手引く手に操られるこの縄は、踊り手とともに中央の祭壇のまわりをめぐっていて、この祭壇が牛の左側の角だけで構成されていることである。左とは――またしても死の方向である。踊り手たちは縄を引きつゆるめつ回転し、やがて渦巻形の中心までくると、くるりと向きを変える。ケレーニイにしたがえば、「このときからそれはもはや死の方向ではなくて、誕生の方向である」。踊りはいわば冥府への下降(死の方向)のはてに、到達された迷宮の中心からさらに死を超えた世界、再生への上昇となる。こうして迷宮舞踊はその全体として、冥府降下と天路遍歴の、死と生、下降と上昇とのあやなす統一体として完結するのだ。私たちは天の岩戸の神話を思い浮かべることができるだろう。そこでもペルセフォネーと同様女性神天照大神が身を隠したばかりではなく、洞窟舞踊と縄引きがひとしく重要な役割を演じている。

ペルセフォネーの祭典の踊りが「鶴の踊り」と呼ばれたのには理由がある。それはまず「鶴のしぐさをもじった踊り」であったが、「鶴の群れ飛ぶ季節」、すなわちアリアドネーの喪の式がいとなまれる秋の踊りであり、さらに鶴の飛行感覚そのものの疑似体験をも意味している。ケレーニイはここでマイマーの観察した現代のある自動歩行症患者の例に参照しているが、この女性患者は一種舞踏病的な円形歩行のはてに突如として脱魂状態を体験して、おそろしい勢いで虚空にふきとばされるように感じ、この世からふり落とされないためには庭の生垣にしがみつかないわけにはいかなかった。鶴の踊りの縄もまた死を超えた超越世界へと上昇する運動をからくも地上につなぎとめようとする命綱のようなものであったのかもしれない。しかし、私にはこの迷宮舞踊の只中で感覚される昇天幻覚をともなう脱魂状態が、とりわけ迷宮の問題に関してきわめて重要な役割をはたしているように思えてならない。このエクスタシス、すなわち魂の遊離現象を、たんにヒステリー現象と片づけるのは皮相な見解なのではあるまいか。

話がやや前後するが、ここで私たちはダイダロスがクレタ島のミノス王のためにつくったという、あの有名な伝説上の迷宮までたち返らなくてはならない。ダイダロスがミノス王のために建造した迷宮は、冒頭に述べた紀元前十六世紀頃から実在したクノッソス宮殿と同じものではない。だが、これと密接なつながりがあることは、今日、クノッソス宮殿の遺跡の地下を発掘してみれば、おそらく巨大な洞穴迷宮が発見されるにちがいないという説がおこなわれていることからも推察されよう。

とまれ伝説の物語るところによれば、稀代の工人ダイダロスはミノス王の多淫症の妃パジファエーのために一種の性交機械を考案作成したが、そのためにミノス王の怒りを蒙って、みずから構築した迷宮のなかに息子のイカロスとともに監禁された。だがダイダロスは蠟と羽根でつくった翼を彼自身とイカロスのために発明して迷宮から飛びさった。途中イカロスのみは傲慢のために「美しいもの」に憧れる度を逸し、太陽に近づきすぎて蠟が溶けたために翼を失って海に堕ちた。このクレタ島の迷宮神話にはなお後日譚がある。

そもそもダイダロスがパジファエーのためにつくった性交機械というのは、内側が空洞になった木組の牝牛の模型で、表面には殺したばかりの牝牛から剝いできた屍衣をかぶせて牝牛に似せ、草原にこれを持ち出して、精力絶倫の雄牛の近づくのを待つのである。パジファエーは模型の空洞にひそんでいる。そして雄牛がその巨大な男根を偽の牝牛のワギナに突き入れるや、内部でこれをおのがワギナに迎え入れつつパジファエーはあくなき欲望を満たしたのであった。いうまでもなくこの外道の人獣交歓からは不義の怪物が生まれた。これこそは獣面人身の怪物ミノタウロスである。ミノス王はミノタウロスを迷宮に閉じ込め、怪物は年々アテーナイから貢納される少年少女たちを啖《くら》って生きながらえた。のちに英雄テーセウスはミノス王の娘アリアドネーから贈られた赤い糸を頼りに迷宮に潜入して怪物を退治し、アリアドネーの糸をたどって無事この迷宮を脱出する。

アリアドネーに糸による脱出法を教えたのも、もとはといえばダイダロスだった。とすれば、ダイダロスは、翼と糸という二通りの迷宮脱出法を知っていたことになる。鳥の姿と地下洞穴の関連は、ゲラーノスの踊りにおける鶴と迷宮の関係にひとしく、「死を通じて生へ」という救済象徴としての迷宮の表象に基づくものであろう。

面白いことにケレーニイは、ダイダロス―イカロスの昇天の神話を逆に失墜の神話から説明している。やまつぐみのペルディクスは、一説によればダイダロスの甥であった。ダイダロスはペルディクスもまた彼同様に巧みな工人であったところから甥の才能を嫉み、アテーナイのアクロポリスの崖から突き落とした。すなわちダイダロスはこうした形式でペルディクスに飛ぶことを教えたので、イカロス神話はこの飛行術教授と失墜の物語の変形にほかならない。さらに飛行と失墜の関係についていえば、有史時代に入ってからも、ペネローペの父イカリオスの勢力圏であるロイカタスのアポロンの寺院では、犯罪者たちが崖から海上に突き落とされた。同じようにさる祭司が自分から崖から飛び降りたことも報告されているが、この無謀な冒険はおそらく祭司が身体中いたるところに鳥や人工の翼をつけて落下の加速度をやわらげ、さらに崖下に小舟をあらかじめはべらして救出されたと考えるのでなければ説明が困難である。ケレーニイは、のちには人びとが浄化作用《カタルシス》の目的で同じことをおこなったであろうと推測している。この人工の翼による死の跳躍《ザルト・モルターレ》の儀式も、ダイダロスの迷宮脱出を神話的なあまりにも神話的な荒唐無稽事と考えることの性急さをいましめるものであろう。

ところで、ここまで書いてきて、私は、わが熊野信仰における役《えん》の行者《ぎょうじゃ》のふしぎな飛行能力と、上に述べきたった一連の昇天による迷宮脱出法との驚くべき暗合に思いいたらないわけにはいかない。もともと熊野は地理的に辺境の地であったために、生の辺限、そこから先は死の世界がはじまる境界域と考えられていた。すなわち生者と死者が出会う場所であり、生者が冥府へ移行する場所であるとともに、反対に死者が生へ呼び戻される場所でもあった。熊野信仰とは本来死者の蘇生を説く宗教だったのである。わが国中世の冥府物語俊寛説話が熊野信仰と切っても切れない関係にあったことについてはすでに国文学者高田衛の指摘があり（『餓鬼の思想』）、また文化人類学者山口昌男は甲賀三郎伝説の地底遍歴を例として、修験道における上昇（天空飛翔）と下降（冥界訪問）のイメージの対比的な組合わせを分析している。甲賀三郎は信州蓼科岳の人穴に入り、命綱を切られて出られなくなったためにやむなく穴を東に進み、好賓国、草微国、草底国など七十二の国をへて維縵国に達し、ここで十三年過したのちに蛇に変身して日本に帰り、池の水のなかからふたたび人間に復帰する。ケレーニイが中部オーストラリア原住民の死者蘇生信仰について論じたように、ここでも水が復活の重要な場所になっているのだ。山口昌男はさらにエリアーデのシャーマニズム研究によりつつ、熊野修験道の上昇と下降のイメージについて注目すべき発言をおこなう。

エリアーデがその主著『シャーマニズムと古代入神技術』において示したシェーマにしたがえば、シャーマニズムの世界観は、失われた病人の魂を求めての天空飛翔と冥界訪問の対をなす飛翔を基としている。シャーマンの白昼夢に現われる劇的夢想によれば、シャーマンは守護霊の授けにより、世界の中心に飛翔し、中心の山頂にそそり立つ世界樹をたどって天界に至り天帝との交渉により啓示を得る。世界の中心の山は同時に地下にも伸びその頂にやはり下界の天帝が鎮座しているという。重病、死などの生のネガティヴな側面はこの地底の冥界の天帝によって明らかにされるというわけである。ここで顕著にみられるのは、かりの（この）世界から中心への飛行、天空への上昇および下界への下降といったコントラスティヴ（対比的）な観念の組み合せである。このような複合的要素をモデルとして考えれば、修験道と日本唯一の飛翔する神である役の行者の伝説が結びつくかという理由が少しずつ明らかになるであろうし、修験道の修行が、山岳という象徴のなかで上昇と下降（母胎＝冥界）という相反するものの統一を意味するものであったらしいという事の推測がつく。（『失われた世界の復権』）

役の行者との連想からいえば、あの冥府の導者ヘルメスも足に翼をもち、自由に空中を飛翔することができた。ダイダロスの飛行とシャーマニズムの脱魂体験《エクスタシス》との関連についてはもはやいうまでもないであろう。

ところで、下降と上昇、失墜と昇天のイメージが組合わせられているのは、たんにシャーマンの白昼夢や神話の世界の出来事ばかりにはかぎらない。主として近代詩を対象にしながら飛行の夢を分析したガストン・バシュラールは、『空と夢』（宇佐美英治訳）のなかで「詩人たちにあって必ずしも稀でないテーマ、すなわち高さへの墜落というテーマ」について語っている。ニーチェにとっては深さが上にあった。O・V・ミロスは「私は時間のこの王座の上で眠りこみたいのです、神の深淵のなかに下から上へと落ちてゆきたいのです」と歌う。「墜落――あの始源の『直線』――それこそは帰還だ」とも。

墜落がそのまま上昇のイメージに再生していく過程は、ポーの『メールシュトレーム』ではまさに迷宮的な渦巻に関する体験として語られているし、ルイス・キャロルの『不思議の国のアリス』やデュレンマットの『トンネル』でも、墜落は「神へ向かうさかさまの失墜」である。のみならずキャロルのアリスは奇妙な薬瓶の中味を飲むと、みるみるうちに雲つくような大女になったり、蟹のように小さくなったり、変幻自在に身体の寸法を変える。プリンストン大学の精神分析医はこの伸縮自在の肉体に男根のイメージを認めているが、むしろアリスの飛行能力とヘルメスの飛行能力ならびにその伸縮自在の身体変幻術を考えあわせるなら、アリスこそは近代文学における冥府の導者ヘルメスのアタヴィスム的形象と見るべきかもしれない。そもそもヘルメスとは羽根の生えた男根にほかならないのだ。

地下世界としての迷宮は母胎回帰願望の所産とみなされることがすくなくない。たしかに冥府訪問者たちは地下の迷宮に向かって「下降」するのである。しかし冥府降下をあくまでも母胎回帰願望と同一視しようとするなら、下降者たちの不思議な飛行能力は説明不能の現象としてあるもどかしさを残すにちがいない。その点先に述べたバビロニアの「内臓の宮殿」に関して、ケレーニイが、「予期に反して」、そこには母胎のイメージがまったくなかった、と語っているのが示唆的である。迷宮嗜好はかならずしも豊饒をはぐくむ大地母神に向かう母胎回帰願望ではなく、あたたかい安逸な子宮内部にやすらおうとする被護願望であるとはかぎらないのである。ナフラティルが子供や狂人の描く螺旋模様に認めた閉鎖傾向は、かならずしもあらゆる迷宮構築についてあてはまるものではない。「地下への失墜」はしばしば「天上への失墜」である昇天と同時に起こるからである。

ケレーニイはふたたびバビロニアの「内臓の宮殿」に関して、具体的な実証こそないが、この迷宮の表象があるいはメソポタミアの寺院塔ジグラトに「天上の対比物」を見出しているかもしれない、と仮説する。すなわち迷宮が地下への失墜の方向を象徴するとすれば、その対比物たる塔は天上への失墜の方向を要約する。中世の教会建築の基底や床面モザイクが迷宮図を形づくっていたことの理由もここから表明されるのではあるまいか。バシュラールも母胎回帰的な大地の奈落への失墜が被護願望にもとづくものであるのにひきかえ、「空への墜落には遅疑逡巡の曖昧さがない。加速されるのは、このとき幸福なのである」と語った。

迷宮の総体的表象は、かくて大地的母性的なものとエーテル的父性的なもの、冥府降下と天路遍歴の「相反するものの合一」として思い描かれなくてはなるまい。一言にしていえば、それは両性具有者的表象でなくてはならないのである。ケレーニイが『迷宮の研究』の終始を通じて舞踊や建築や祭儀を素材にくり返し確認したのも、迷宮表象におけるこの相反するものの合一性にほかならなかった。迷宮を良かれ悪しかれ袋小路以外の何物とも認めない近代合理主義の偏見をたえず破壊しつつ、私たちの識閾下につねに現存する迷宮は、あやなす死と生の葛藤のうちに、かくてくり返し、開き、閉ざされ、また開くのである。

泉鏡花作品に見るオシラ様

鏡花における二都物語——金沢と東京

種村と申します。これから「泉鏡花とオシラ様」というテーマでお話しすることになっているのですが、その通りの話にはならないかもしれません。司会の高橋康雄さんは東京でよく存じ上げておりますし、学長の山口さんは大学の同窓生です。私がD組で彼がC組でした。それはそうと、私もひょっとするとこの辺に住んでいたかもしれないな、というご縁もあります。私は一九七〇年の半ばごろドイツのヴォルプスヴェーデというハンブルクのそばの芸術家村におりました。帰国してから長沼町で芸術家村を作りたいので連絡してくれということで、そのころは札幌に月に一回ぐらい来ていました。芸術家村ができあがってからは札幌に来ていませんのですっかりご無沙汰してしまい、先程千歳空港に降りたら札幌がすっかり立派になっているのに驚いています。

泉鏡花は昭和十四年に亡くなりましたが、明治、大正、昭和にわたって書き続けてきた作家です。金沢の生まれで二十代の初めに東京に出て以来ずっと東京にいました。では、この作家は東京のことばかり書いていたのでしょうか。確かに『日本橋』や『芍薬の歌』

など東京を舞台にした小説もたくさん書いています。そして、いわゆる花柳界、芸者さんの世界を書いているので、そういう小説ばかり書いているのだろう、あるいは、新派の台本も書いていますから軟派の作家であろうと思われているかもしれません。しかしそうではなく、東京のことを書いている場合でもよく自分の郷里である石川県の金沢近辺のことを書いています。ディケンズに『二都物語』という小説がありますが、鏡花の小説も二都、金沢と東京という二つの都市を結んで書いているものがわりに多いのです。東京は太平洋側にありますが、いわゆる裏日本である日本海側の金沢や富山のことも何度か小説の題材にしています。北海道のことは直接書いていませんが、北海道出身の人物が出てくる小説もあります。

ここで一番今日のテーマに近いと思うので、その北海道人が出てくる、北海道の人間というよりは北海道に関する話題の出てくる鏡花の『由縁《ゆかり》の女』という小説についてお話しします。その中に子供のころの思い出が出てきます。金沢の駅を降りますと小糸小路という横丁があり、その取っ付き辺りに釣り針屋さんがあります。今は釣り針しか売っていませんが、昔は針を売っていました。目細針屋というのです。春がくると裏のほうにある白山から山叉《やまさ》という人たちが下りてきます。山叉は山にいる人たちですが、彼らももちろん衣食住をしていかなければなりませんから、針を買いにくるわけです。一年分ぐらいの針を買っていきますから、いいお客です。

鏡花が子供のころ、この針屋が親戚なので鏡花が遊びにいっていると、山叉の人たちが何十人と山から下りてきます。大きな臼を二つしょったり、大黒柱をしょって下りてくる大男もいます。北海道に移住する人たちなのです。この辺りは焼畑農業をしている地帯ですが、明治になって北海道に移住する家族がいくつか出て、金沢の金石という港から出て、日本海をさかのぼって北海道に移住するのです。山叉の人たちが大黒柱をそのましょって山から下りてきて、針屋で針を買って、さらに二キロある港までその行列が延々と続く、というとても面白い描写が『由縁の女』という小説に出てきます。

他人名で小説を書いて一人前に

泉鏡花は英語はわりに得意だったのですが、数学に少し弱くて石川専門学校（現金沢大）の試験に落ちてしまいました。将来どうしようかと考え、英語の先生、塾の先生のようなものをやっていました。

親戚の家が辰口《たつのくち》という、小松から少し入った所にあり、そこに遊びに行った時に年上の従姉が新聞を持っていました。当時新聞はとても高価で、今の雑誌のようなもので、東京に行ったらお土産に買うようなものでした。その新聞に尾崎紅葉という当時の流行作家の小説がのっていました。小説を読むのは初めてではありません。泉鏡花の母親は東京から金沢の彫金家に嫁いだ人です。だから、東京を出るときに江戸時代の草双紙とか、きれいな絵本などをたくさん持ってきたので、鏡花は子供のころから江戸時代の通俗文学、貸本屋小説のようなものはたくさん読んでいました。

尾崎紅葉は『金色夜叉』で有名な作家ですが、東大の英文科を出ていますから、西洋のものを取り入れながら、いわゆる近代小説に近いものを何とか書こうとしていました。ですから、彼の小説は江戸時代のものとは一味違うわけです。鏡花はそれにすっかり感激して、自分も小説家になろうと、その足で東京に出て紅葉の所に行くのですが、「弟子はいらない」とけんもほろろに断られてしまいます。

鏡花は修行時代、一時はすりだったのではないかという説もあるぐらいで、とても貧乏をしていました。たばこが好きだったのに、たばこが買えず、たき火をして煙を吸い込んでたばこの代わりにした、というエピソードもあるような貧乏生活をしていました。何とか、二度目に紅葉を訪ねたときに許可を得て書生になりました。何年か辛抱しているうちにようやく小説を書かせてもらえるようになりましたが、それも自分の名前では出ませんでした。

最初の小説は『冠弥左衛門』という小説ですが、これはあまり読まれていませんからご存じない方が多いと思います。これは東京の近くの平塚で明治になってから大きな百姓一揆のようなものが起こり、地主の一家を惨殺してしまう、という当時は非常にセンセーショナルな大事件で、新聞や雑誌などにもいろいろと出ていましたが、それを小説化したものです。これを巌谷小波という童話作家の名前で書きました。

巌谷小波は後にドイツに留学したりしていろいろやるのですが、初めは何とか世の中に出なければいけない、ということで京都の新聞に就職します。尾崎紅葉の紹介で記者になれるということになったのですが、当時の新聞記者は小説が書けなければだめだったのです。つまり小説をうまく書いて読者を増やすというのが新聞の第一の役目ですから、小説で読者を引き付けなければなりません。巌谷小波は童話作家のタイプですから、男女の機微だのそういうことは分からない人でした。鏡花はそういうことを書かせるとうまい、というので、鏡花の第一作は巌谷小波の名前で書いたものです。巌谷家は代々彦根藩士か何かで、巌谷一六は明治の四大書家の一人です。小波はその一六の息子です。

鏡花は最初、人の名前で小説を書いていましたがだんだん一人前になり、とくに尾崎紅葉が亡くなってから自由な気持ちになって、先生のおかげで世には出たけれども、先生がいなくなって自由にやれることになり、そのころ書いたのが有名な『婦系図』です。神楽坂の芸者の奥さんといっしょになりたいのだが、尾崎紅葉先生が許さない。湯島天神の境内で別れる名場面があります。これは初期の作品で、そのあとに『風流線』というのを書きます。

『水滸伝』を下敷きにした『風流線』

このころ、一高生の藤村操という人が「人生不可解」と木に書いて、日光の華厳の滝から飛び降り自殺をします。人生が不可解なのは当たり前で、分かりきったものではないから人生は面白いのですが、一高生というのは頭でしか生きていないので、頭が行き詰まると死んでしまうわけです。当時はそれが非常に哲学的に見えたのでしょう。後追い自殺をしたり、哲学的に煩悶するのが流行になっていました。

鏡花は新聞に『風流線』を連載するのですが、面白おかしく、今起こっている生々しい事件なり時代の傾向などを押さえて書けば読者を引き付けられるので、この事件をテーマにしました。テーマといっても死んだはずの藤村操をモデルにした男、村岡不二太《ふじた》が本当は死んでいなくて、生き返って金沢の北陸本線の敷設工事に工夫として紛れ込む。そして、彼らを操って金沢市の在来の徒党をやっつける、という伝奇小説です。

正続二巻になっていますが、これは中国の『水滸伝』のもじり、つまり『水滸伝』が下地になっています。鉄道の敷設工事の工夫にはやたらに斧《まさかり》を使うのがうまい男とか、水泳の達人とか、つぶてを投げさせれば百発百中というような人がいますが、これはみんな『水滸伝』に出てきます。

『水滸伝』の舞台は梁山泊です。泊は湖の浅いもの、ラグーン、潟です。真中に梁山という山があり、ですから梁山泊にはまわりから簡単には入れません。船で行かなければならないし、船でいくと阮《げん》三兄弟のような水泳の達人がもぐって船をひっくり返してしまいます。

なぜ『水滸伝』ができたかといいますと、梁山泊に巣くっているのは当時の塩の闇商人なのです。中国は大陸ですから、海から遠い所では塩が非常に重要です。塩を押さえたら、人民をコントロールできます。逆に、塩を正規のルートではなく、闇のルートから流通させてしまうと、現在の政府がつぶれかねないわけです。日本でも塩は専売でしたね。生活に絶対必要なものを握ればやすやすと人民を支配できます。当時の皇帝は徽宗《きそう》皇帝でした。別名を風流天子と言われていました。

それが『風流線』の意味です。徽宗皇帝のようなボスが金沢にいるのです。巨山五太夫《おおやまごだゆう》というのですが、多分銭屋五兵衛をモデルにしたのではないかと思われる豪商です。当時は徳川幕府がつぶれ、前田家に仕えた藩士は無禄になっておちぶれていきます。おちぶれると、ある種の人間はやけになってテロリストになります。当時の総理大臣の大久保利通を暗殺したのは島田一郎という金沢の旧士族です。金沢の不平士族が十人団結して暗殺したのです。ですから、現政府に恨みを持ってテロリストになるか、あるいはおちぶれて乞食のようになってしまう。このころ、金沢の人は炊き出しをしました。前は百石ぐらいの高給取りがおかゆを目当てに集まってきた、という記録が残っています。三番目にどういうことをしたかというと、士族が集まって一種の秘密結社を作って町の中を暴力団まがいにのし歩いて、乱暴を働いてうっぷんを晴らすということもありました。

小説ではその親玉が巨山五太夫で、金沢のボスになっています。時々貧乏人におかゆなどを与え、おちぶれた旧士族などを雇ってそれに牛とか馬など動物の名前をつけて、今でいえば人権を無視したようなことをしていました。悪人なのですが、世間的には紳士面をして、いろいろな慈善事業もしているので仏様と言われていました。その正体を見抜いて、鉄道工夫、つまり「梁山泊」の豪傑のような人たちが無法者としてそれに対決するというのがこの話の筋書きです。

もとになっている『水滸伝』でも宋江《そうこう》というのが豪傑の親玉です。宋江は首領なのですが、何も芸がありません。ほかの人はサイボーグのように水練がうまいとか、斧がうまいとか、つぶてを投げるのがうまいなどの一芸を持っているのですが、宋江は無芸であって、無芸であるがゆえに人と人を結びつけたりすることが非常にうまいのです。今で言えばテレビの司会者のような人なのです。宋江はついに徽宗の軍と戦います。晁蓋《ちょうがい》というのが大へんな英雄で、チェ・ゲバラのようなゲリラ戦の名手ですが、彼が途中で死んでしまうと、梁山泊の軍は総崩れになります。その時に宋江は裏切って残りの人間を連れて徽宗に帰順して体制側に入ってしまいます。自分たちと同じ方臘《ほうろう》という反乱軍の征伐に出るというようなことが書いてあります。ある意味ではハッピーエンドなのですが、それでは面白くない。『水滸伝』に関して言えばもう一つヴァリアントがあって、実は夢の中でみんながいっせいに首を切られてしまうという結末もあります。それは金聖嘆という文芸評論家がいて、彼が書き換えたものです。豪傑が反乱軍らしい最期を遂げるので、こちらのほうが人気があります。

鏡花の自殺未遂と〝死からの再生〟のテーマ

最初に、日光で飛び降り自殺をした藤村操という一高生がモデルだと申しました。つまり、この人は一回死んだ人です。それがまたよみがえって裏から扇動しているという筋書きになっていますが、鏡花自身が二度目に金沢に帰った時、自分の小説家としての才能に絶望し、これ以上やっていけないというので、浅野川で飛び込み自殺をしようとします。ようやく思いとどまって、今度は死ぬ気になって小説を書いてみよう、もう一回再起しよう、と東京に出てきて、それからは一応成功します。

鏡花の小説はたいてい一回死のうと思ったのが、だんだん自分の思いを達するという、つまり一度死んでそこから再生してくる、というストーリーが多いのです。当時の日本は、開国して明治維新で新しい体制を作りましたから、まず東京が中心になって、そこに地方の青年が青雲の志を抱いて上京してきます。鏡花もその一人です。つまり中央志向、上昇願望でいっせいに東京に集まってくる。鏡花の場合も行くところまでいくわけです。作家として成功するわけです。しかし成功した時に関東大震災が起こりまして、東京は崩れてしまいます。東京に発表の場所もなくなります。ジャーナリズムは関西に移ってしまいます。谷崎潤一郎などは関西に移住してしまいます。東京は焼け野原ですから昔のように日本橋があるわけではありません。盛り場もなくなってしまいました。芸者のような雅やかな婀娜《あだ》な人はいません。みんな震災の焼け跡の中にころがっているわけですから、とくに鏡花のような人にとっては小説の種になどなりません。

鏡花はそれまでは自分の故郷のことを、金沢の人間は因循姑息だといってあまり良くは書いていません。中央志向で、自分の生まれ育った町を嫌って東京に出て、自分の人生のある目的なりを実現する。しかしそこで思いがけなく震災が起こる。そうすると、くるっと逆になって、このころから鏡花は墓参小説というのを書くようになります。つまり、ある程度故郷へ帰る、故郷にしか墓はないですから、父母の墓に帰って供養する、ということを書くようになります。その代表作が先程の『由縁の女』です。

三人の女が棲息する異空間――『山海評判記』

それからこれからお話ししようとする『山海評判記《さんがい》』という長編小説があります。これは中国に『山海経《せんがいきよう》』という怪物の博物誌があります。怪物ばかり集めて図鑑にして、どこに住んでいるとかいうことが書いてある面白い本です。多分その『山海経』をかけたのでしょう。しかし〝せんがい〟と読まずに〝さんかい〟とも読めます。そうすると、これは山海ではなく、三階で、「三階評判記」なのかもしれません。

能登半島に和倉温泉という温泉があります。今は通俗化していますが、当時は静かな温泉でした。今は木造三階建ては許可されなくなっていますが、当時は木造三階建ての温泉旅館はたくさんありました。この温泉も三階建てでした。鏡花は高所恐怖症なのです。ですから、二階までは何とかなるのだけれど、三階となると魔物の住む所で、絶対行っては行けないと思っているのです。震災の後に丸ビルの一番上にある出版社にエレベーターに乗っていく話がありますが、エレベーターに乗ったとたんに足がガタガタ震えて、心臓が止まりそうだったと書いているぐらいです。関西に行ったときに芥川龍之介がホテルの三階に泊まっていると聞いて肝をつぶしています。

その小説の中で和倉温泉に三階建ての旅館があります。三階は魔物の住む所ですから、客はあまり入らず、何十畳という部屋がだれも入れないで放置してあります。妖怪が巣食っているというのは一種の口実で、時々、そこで賭場を開いていたのではないか、そのカモフラージュで妖怪が巣食っているといううわさをたてたのかもしれません。その三階の話なのです。

その三階に三人の女の妖怪が巣食っていて階段を下りてきたり、障子のすき間からのぞいたり、廊下をぱたぱた歩いたりというようなことをやり始めます。本当にやっているのか、気配を感じている人の幻覚かも分かりません。そこに鏡花とおぼしい小説家が泊ります。三人の女の妖怪はどうも白山の巫女《みこ》らしいのです。そこに海軍中尉か何かで神経をやられて精神病になり療養しに来ている人がいるのですが、その人の別れた女房が、良寛という歌詠みといい仲になって家出をし、今は白山の巫女になっているらしい。その仲間、つまり白山の巫女が三人いるわけです。

鏡花の小説では女はたいてい三人ワンセットで出てきます。女といったけれどむしろ女神ですね。産むものとしての母、殺すものとしてのお墓のような冥府、冥界の象徴としての女つまり大地、それから産んだり殺したりする女性の機能を超えてその両方に無縁の処女性、この三つがたいていの女性には無意識に備わっています。女神はその三相の機能が一体になって女神になるのです。ですから、山という字は主峰が真中にあって両脇にも峰がある。観音様が中心にあって両方に脇侍《わきじ》が二体ありますね。それと同じで、神格、とくに女性の神格は山の形をしています。先程から言っている白山は三つの山の総称です。ですから この小説に出てくる三人の女も恐らくそれをかたどっていると思われます。

千里眼的な不思議なヴィジョンと白山信仰

鏡花の金沢を扱った小説はみんな、一種の千里眼で東京にいながら金沢の情景が見えたり、能登半島で何をやっているかが分かってしまうという不思議なヴィジョンが出てくる小説なのです。

そのいい例が『山海評判記』で、これはもちろん能登半島の旅館が舞台です。ところがそれとは別に、東京の芝に増上寺というお寺がありますが、そこの横丁に踊りの師匠をやっている李枝という若いきれいな女性がいます。これが矢野（鏡花）という小説家の姪に当たります。李枝は子供に踊りを教えますから、女の子がまわりにたくさんいて、その子たちに、紙芝居などがくると見せたりして遊んでやっています。紙芝居といってもちょっと前の紙芝居ではなく、演じている男は「姿歌舞伎」と言っていますが、人型にくりぬいて操るという、人形劇と紙芝居の合いの子のようなものです。黒覆面に黒い服を着た安場《あんば》嘉伝次《かでんじ》という男がそれを子供に見せています。李枝という踊りの師匠が、女の子が行きたいというので一緒に紙芝居を見ているうちに、和倉温泉に行った自分の叔父である小説家がその情景の中に出てきて、背景に白山が見えてきます。ミニアチュールの舞台の中で東京から向こうをずっと幻視してしまう、つまり幻のように見えてしまう。別に、井戸をのぞくと向こうの情景が見える、などという場面もしばしば出てきます。

『由縁の女』でも母親が残していった小さな箱を開けると、故郷のお墓がある場所の押し花とか松の実やそこの土が入っているのですが、そのにおいをかいだり、形を見ただけで、お墓のまわりの道までが全部見えてくるという場面があります。予知能力、知る能力がテレパシーであちらが見えてしまうわけです。マルセル・プルーストの『失われた時を求めて』の冒頭でマドレーヌというお菓子を食べると、過去の情景が浮んでくるのと、時間と空間の違いはあるけれども、同じことですね。

でたらめにそういうことをやっているといえばそうも見えますが、『山海評判記』の中にはやがてオシラ様というのが出てきます。オシラ様についてはいろいろな説があるので専門家にお聞きしたほうがいいと思いますので、小説の中だけに限ってお話しします。この小説には柳田國男が、邦村柳郷《くにむらりゆうきよう》という変名で出てきます。世田谷の砧に住んでいる人で、お嬢さんが夜中に変な気配がするので窓を見るとそこにオシラ様がいたとか、オシラ様を二百体ぐらい集めているのですが、夜中にそれがしゃべり出すとか、その何体かをパリに持って行くというような話も出てきます。そして柳田國男が白山信仰とオシラ様の関係を解説しているところが、小説の中に長々と出てきます。柳田國男はオシラ信仰のことを『大白神考』とかいろいろ書いています。初期のうちは肯定的に考えているのですが、だんだんよく言わなくなります。少しやばいと思っているところがあるのです。しかし、このころはまだ、比較的に若いころで雄弁をふるっています。

鏡花の小説にはこのころから白山信仰の問題がたくさん出てきます。昭和四年ごろに渋沢敬三という人がいました。彼は実業家で大金持ちですが、民俗学にも関心がありました。奥三河に花祭りがあるのですが、ちょうどそのころに折口信夫や早川孝太郎が次々に本を出し始めて、三河の花祭りの構造がだんだん分かってきました。これは何年か前のＮＨＫテレビでも放映していて、ビデオを持ってくればよかったのですが、面白いです。この三河の花祭りは要するに白山、三河ではしらやまというのですが、その白山にお籠りをする部屋を作り、そこに厄年の人とか病気の人や老人を押し込んでしまいます。真っ暗でこわいそうです。みんな白装束を着て死んだような気持ちになってしまう。そのうち山見鬼《ヤマミガミ》とか山割鬼《ヤマワリガミ》という山から下りてきた大きな仮面をかぶった大男の鬼が、まさかりでその建物を壊します。そうすると今までこもっていた白衣の人たちが次々と飛び出してきます。お籠りをずっとしていて出るわけですから、子供が十カ月母親の胎内にいて、それから子宮から出てくるのと構造は同じです。壊れた小屋からずっと白い布が続いていて、反対側の布の終わった所に舞戸《まいと》があって、そこで生まれ変わった人たちが狂喜乱舞するという構造を持っています。

現在は前の部分は省略して舞戸で乱舞するところしかやっていません。全体をやるとすごくお金がかかるのです。安政時代に最後にやってから明治に廃仏毀釈がありました。これには修験道の影響があるので、明治政府が道具などを全部川に流したりして残っていないものが多いのです。今全体をやろうとすると、すごく経費が掛かります。

白山という実際のものがあって、これは仏教の須弥山《しゅみせん》という世界を象徴する山ですが、それを日本に持ってきているわけです。それを各村で小さいしらやまというようなものにして、もう一回小さくしています。それを箱庭にしまえばもっとポータブルになります。実際にこの『山海評判記』には、李枝の兄という人が器用な人で、ミニアチュール細工が好きで箱庭でそっくり浅草だかの風景を作って自分の家に飾っています。そのように何でもどんどん小さく、微分化して、一番小さいものから世界の構造が分かる、世界は須弥山に至るまでその中に封じ込められているという入れ子構造に、この小説全体がなっていて、また、そのような構造を暗示するような細工ものがたくさん出てきます。

オシラ様と鏡花の女の共通点

第一にオシラ様がそうです。オシラ様というのは青森の津軽の辺りで紫桑という桑の木を心棒にして作ったものです。八戸辺りの旧家では二百五十年ぐらいそれを続けています。ただの棒に毎年一枚ずつ着物を着せていくのです。ずっとやっていて三百枚ぐらいに着膨れたオシラ様もあります。それを見ると日本の産業の歴史も分かります。最初は真綿で、それから麻になり絹がずっと続きます。近代に近くなると江戸時代に朝鮮通信使が来て木綿の種を広めたので、木綿ができるようになりました。木綿ができるようになると、一番影響があるのが船です。帆布の強く大きいものができます。そうしますと帆船がすごいスピードで走れるし、大量の荷物が運べるようになります。それが江戸後期における日本海での運送の力を飛躍的に高めました。そうした木綿を着せるようになり、明治以後になると、木綿を今までは藍で染めていたのが、ベルリーナブラウといってベルリンの化学薬品で作っている藍を使うようになります。多分みなさんがはいているジーパンなどはその藍でしょう。時代が重って三百枚ぐらい重ね着したものもあります。それを渋沢敬三の弟子というか、一緒にやっていた宮本常一という民俗学者が調査しました。

ところで鏡花の作品はこの頃よく上演されますが、この間も『海神別荘《かいじんべっそう》』を玉三郎主演で東京でやっていました。その前は水谷良重が『滝の白糸』を国立劇場でやって、私は両方とも見ましたが、なかなかよくやっていました。鏡花の女というとみんな演劇でやるから美人だと思われていますが、舞台や映画では美男美女の俳優を使うからそれでいいのですが、鏡花の小説そのものでは女の顔の描写はほとんどありません。していない、と言ったほうがいいかもしれません。顔がない女です。ただ、着物の描写は微に入り細にうがって、どんな着物を着て、羽織が何で、小物までのあらゆるものを、衣装のみは延々と詳しく書いています。中にあるのは棒切れのような女です。顔がないし、つまの先からちらっと白い足が見えたという程度です。顔の描写はほとんどありません。どんどん衣装を語る。それはオシラ様というただの棒切れに何か友禅のものを着せているのと同じです。とくに鏡花の最晩年の小説『縷紅新草《るこうしんそう》』という短編小説では、最後には墓石(金沢の墓石は卵型をしていて卵塔と言われます)の上に友禅の羽織をかけるという描写があります。それがモチーフになっています。つまり、石とかただの棒切れのようなものに衣装だけを美々しく着せるというのが鏡花の世界であり、それがオシラ様の作り方と非常に関連があります。

棒きれにそのときどきの宗教を身にまとう白山信仰

白山信仰は出羽から奥州、それからずっと回って宮城県辺りまであるのではないでしょうか。しかし白山社の多さから言えば岐阜が一番多いのです。つまり、美濃です。日本を半分にするような、日本列島の真中辺りに集中しています。その理由について、柳田國男のような博士がこの『山海評判記』の中で言っています。最初に熊野信仰が西のほうを押さえ、あとは武士の信仰である八幡社が九州辺りを押さえ、残っている所、ある意味で未開発の土地に白山信仰は伸びていったというのです。先程申しました、紙芝居をやっている安場嘉伝次という黒尽くめの男は白山信仰の御師《おし》、宣教師です。広めて歩くわけです。そして先達《せんだち》といって、みんなを引っ張ってお参りにいく。そういうもののかりその姿です。分からないように身をやつして、子供にあめを売ってはなんとなく引っ張っていく。

白山信仰というのは仏教とも違うし、修験道ですがそれ自体にドグマというか教義があるわけではありません。ですから、その時々によって法相宗になったり、天台宗になったり真宗になったり、何にでもなるわけです。つまり、真中が空洞のような、あるいは何でもない棒切れのような信仰であり、その上にその時々にはやっている宗教を身にまとうという、いい加減極まるものです。しかし、そうであるがゆえに信仰のしんは堅いのです。特定の信仰に依存してその教義に縛られませんから、神社仏閣に関係ありません。「いなかの破れ家や畑にひっそりとそういうものがあるのであって、神社仏閣のような道具が必要でなく、それがゆえに生き残った」ということを、柳田國男らしい人が『山海評判記』

の中で言っています。

多分そうなのでしょう。学問、知識から入ってきたのではない、つまり外来の仏教など整った書物を通じて入ってきたのではない信仰なのです。その中には知る、とか、テレパシーで予知する、ということも含まれます。知るというのはドイツ語で一人称と三人称の単数ではヴァイスと言います。ヴァイスというのは白いという意味の形容詞でもあります。知るということは白と関係があるのですね。柳田などと一時仲の良かったロシア人のニコライ・ネフスキーという民俗学者が「オシラ信仰には予知能力があるのではないか、知と関係があるのではないか」と言っています。だからまだ起こっていないことが見えてしまったり、空間的に離れているものが見えてしまったりするのです。それがオシラ神を信仰している功徳なのです。

そのことと多少関係があるのですが、白山は金沢の奥のほうにあります。両白山地という非常に広い範囲にまたがっています。白山に信仰上登るにも三ヶ所の登り口があります。今言っているのは加賀白山です。越前にも登り口があります。福井市から九頭竜川を上っていった所です。関東のほうから行くと美濃、岐阜県の郡上八幡のちょっと奥にもあります。その三ヶ所が自分の所こそ正当だとずっと争い続けています。

高句麗から来た？　白山の祭神・菊理媛

おそらく越前が最初ではないでしょうか。なぜかというと白山を開いたのは、泰澄という人です。泰澄は福井の麻生津という所、今の福井市の近くに生まれ、九頭竜川をさかのぼって越智山という山で修行していると、きれいな女の人が夢の中に出てきて白山に登るようにと言われて白山に行くのですが、実際にそこにいたのは九つの頭を持った竜で、こんなものではないはずだと更に祈っていると美しいお姫様が現れました。泰澄の父は朝鮮半島から来たらしい。母は伊野という人で実際に福井県に伊野という町があります。イノというのは朝鮮語で母という意味、奥さんという意味です。父は三神安角という名前の人です。これは船頭で河川交通、九頭竜川などの流れの行き来を司っていました。どうも高句麗、朝鮮から来たらしい。なぜかといいますと、白山の祭神は女神で、名前は菊理媛《きくりひめ》といいます。菊理媛というのはイザナミノミコトが黄泉《よみ》の国《くに》に行ってしまうと、イザナギノミコトが訪ねていきます。イザナミはヨモツヘグイという冥界の飯を食べてしまったのでこちら側へ帰れません。それにイザナミノミコトは死後何日かしているので身体がぼろぼろになり〝とろろぎて〟います。この言葉はまぐろのトロの語源だそうです。イザナギノミコトはびっくりして帰ってきます。正体を見たなと何人もの黄泉醜女《ヨモツシコメ》が恐ろしい顔をして追いかけてきます。イザナギは身に付けているものを少しずつ投げては拾わせてやっと現世にたどりつく、というのが神話での話です。

日本書紀では出た所で、菊理媛が出てきて、禊《みそぎ》をしなさい、奥さんは死体になっていたのですからその穢《けがれ》をはらいなさいと言います。その菊理媛が白山の祭神です。折口信夫はこれは禊だから「からくれないに水くくるとは」などの「泳《くく》る」、つまり「くくり媛だ」と言いますが、「そうではない、これは高句麗媛なのだ」という説もあります。高句麗という国が滅びて泰澄が生まれたのがそれから二、三十年後です。泰澄の父親の三神安角は、命からがら逃げてきた高句麗の貴族、あるいは王かもしれませんが、貴人であることは確実でしょう。船団を引き連れて九頭竜川をさかのぼり、まだだれも住んでいない白山のふもと辺りを住みかにして一族を広げていきました。そしてその信仰も、そこから広まっていったということです。ですから基本的には道教でしょう。

面白いのは先程の『水滸伝』にも少し関係があるのですが、泰澄には弟子が二人います。一人は臥《ふせ》の行者、もう一人は浄定行者です。臥の行者は鉢を飛ばして沖にいる船からいろいろなものを奪う、一種の海賊です。坊さんなのだけれど一種の魔術を心得ていて、鉢を飛ばすとそこにある米などが全部こちらにきてしまう――そんなことが現実にあるわけはないので、多分海賊でしょう。そういう人が最初に泰澄に弟子入りします。

当時は大宝律令により日本が出羽の国とか越の国などと決められていった最初のころです。決めたけれどそれは地図の上に線を引いただけであって実際にはコントロールできていません。常に反乱軍の恐れはあるし、とくに新しく開発された出羽の国では兵士が行って土地の豪族を押さえようとします。そのためには食料の補給がいるので、米を運ぶわけです。その運ばれる米は越中や美濃などの百姓の米を無理やり召し上げたものですから、出羽以外の国の人は京都の政府をよく思っていません。出羽に持っていく船を途中で強奪しても、自分たちが無理やりとられたものを取り返すだけだ、という考え方です。臥の行者はそういうことをやっていたらしい。すると官米を送る船長である浄定もそれに感服して臥の行者についていってしまいます。これは『水滸伝』の逆です。官僚のような人が反乱軍の仲間になってしまいます。

泰澄はそうやって自分の信仰範囲をどんどん広げていきました。泰澄という人間も実在したかどうか分かりません。つまり、臥の行者や官僚でありながら政府に不満を持っている連中が団結して海賊行為をしていたのかも分かりません。その背後には巨大な朝鮮半島から亡命してきた水軍があったのでしょう。現在われわれは羽田で金属探知機のようなもので検査されて境界をくぐり抜けなければなりませんが、当時は羽田、成田の税関も何もないですから、向こうに行っても、こちらに来ても、恐らく同一人物が韓国にも日本にも住んでいるわけです。国境というものがないですから。柳田國男のような人が『山海評判記』の中で「当時津軽には年間千何百両の金が落ちた。輪島塗りや会津塗りなどの漆器を買って行ったたし、日本海の交通量たるや大変なものだった、ということが最近分かってきた」と言っているのが昭和六年ごろです。

有名な藤原三代の藤原秀衡は熱心な白山信仰の人です。あんなに離れているのに、美濃の長滝寺には秀衡の寄進したいろいろな財宝があります。それらは陸路を行ったのではありません。平泉から京都に租米を納めるのにも、みんな船を使って日本海を通っていったのです。その間に海が荒れて危険なときに、はっきり分かるのが白山なのです。海の上からはっきり見えます。白山や立山を目印、灯台がわりにしました。そのために白山信仰が船頭の間で、つまり海運業者の間で非常に盛んになりました。白山の見える範囲は岐阜から愛知県、静岡県にもあります。陸地でももちろん信仰のシンボルになりましたが、むかし海運業者が日本海を行き来するときには誰でもが白山が見えたために、いわば海運業者の信仰の対象となりました。陸地では山中で戦争をする人、例えば木曽義仲は熱心な白山信仰の人です。

　そのように中世まで白山信仰は流行しました。ただ一向一揆などがあって形の上ではつぶされますが、先程も申しましたように白山信仰というのは実体がないわけですから、実体は一本の棒のようなものですから、世の中が変わればそちらについてしまうのです。南北朝で初めは南に加勢していたのだけれど終わりごろには北朝にいってしまうとか、実にいい加減なものです。いい加減であるがゆえに生き残っているものです。これからもどんどん変わっていくのでしょう。それは宮廷なら宮廷とか、将軍なら将軍というような軍事力や、家の伝統の対象のような確固たる中心的構造がないからできるわけです。ですから新開発地である出羽や奥州でこそ信仰がずっと保たれています。そしてオシラ様はその辺りにあります。オシラ様は桑の木で作り、上に着物を着せ、時代によっては養蚕技術の養蚕の神様であろうとされています。

死と再生の循環装置としての白山――『由縁の女』

そういうわけで、結論らしいことを申しますと、先程イザナミを訪ねてイザナギが黄泉の国に下りて行って現世に帰ってくると申しました。帰ってきた時に穢れの世界と現実の世界の境界を作ります。その境界に菊理媛、あるいは高句麗媛が現れて、帰ってきた者に境界を定めてやります。これは死と再び死の世界から帰ってくる、つまり死と再生の儀式であり、日本の神話のそもそものはじめにそういうことがありました。それを鏡花は繰り返し書いているのです。

最初の『由縁の女』では、はじめ帰郷して目細針店に一応落ち着くのだけれど、お風呂屋さんに行った帰りに露野《つゆの》という幼なじみに会います。その人は当時は隠坊《おんぼう》と言われてた被差別民の一族です。死体を処理する職業です。白山にはそういう人がたくさんいました。白山長吏といって葬儀屋さんのようなものです。最終的にはお楊《よう》という女――これもちょっと年上の幼なじみですが――がいて、この人が毒虫にさされて身体中がどろどろに溶けてしまう。つまりイザナミのように身体中がとろろぎてしまって何をやっても治らない身体になっている。ただ一つ浅野川をさかのぼって白菊谷（白山のこと）という所の清らかな水を浴びれば治るのではないかというので、川をさかのぼっていきます。

現実に一番近い針屋さんの奥さんになっている人、それからそこの市民生活からすこし疎外されている被差別の人、最後にはもう不治の死の世界に最も近い女の人のあとを追って、『由縁の女』は世の中に近いほうからだんだん現世を捨てて、死に近づいていく女についていってしまい、自分も最後に白山の絶頂で死んでしまいます。初期の小説では死から出発して生の方向にいきましたが、生の方向からどんどん死の方向へ行く、そしてそれが単に死に向かっていくのではなく、死に深入りしていくために小さいもの、子供とか子供の好きなおもちゃとか、つまり幼児的なオブジェの中に入っていきます。自分がだんだん小さくなって子供の寸法に戻っていく。最後には胎児がそのまま入りそうな骨壺の中に入ってしまう。幼時退行といいますが、幼時退行しながら、死の世界に入っていく。ですから、幼年期に帰るのと老年を越して死の世界に入るのが一致する、という循環、あるいは逆入れ子構造のようなものがこの小説には生かしてあるわけです。そして非常に完成度が高いものとして読まれています。

鏡花の小説はほかにも面白いものがたくさんあります。でも今日は時間がないのでこれぐらいで終わりにしたいと思います。一本の棒の話がいろいろな衣装を着せられて果てしなく広がっていきそうですが、どうもありがとうございました。

グロッソラリー・狂人詩・共感覚

一九一六年から書きはじめられ、一九二七年に出版されたダダイストの精神の自叙伝『時代からの逃走』のなかで、フーゴー・バルはつぎのように書いた。

「私は一種の新しい詩ジャンルを創案した。《言葉のない詩》、もしくは音響詩である。ここでは母音のバランスがひたすら式列の価値にしたがって考量配列されるのである。これらの詩のなかの最初の作品を、私は今晩公開朗唱した。私はそのために独特の衣裳をこしらえた。私の両脚は、腰まで細長く届く空色に輝くボール紙のなかにすっぽりと入り、そのために私は腰までがまるでオベリスクのようだった。その上から私は厚紙でこしらえた巨大な肩掛マントを羽織った。それは内側に緋色の、外側に金色の箔《はく》を張り、首のところで、肘を上下に動かすたびに鳥の翼のように動けるように留めた。これに円筒状の、丈の高い、赤白だんだら縞のシャーマン帽」。

キュービスト画家描く操り人形のようなメカニカルな姿で、フーゴー・バルは寄席の聴衆のまえに登場する。一見、これはモダニストの内容空疎な茶番劇のようにみえる。だが、「ダダイズムは逆説の流派である」と語ったバルがそれほど一筋縄で手に負える人物でなかったことは、「鳥の翼のように動く」マントや「シャーマン帽」からも察しがつく。引用した文章のすこしあとには、さらにつぎのような考察がつづいている。「なにがこの音楽を私にさずけたのかはわからない。だが、私はこの母音の列を、叙唱風《レシタティフ》に教会の様式で唱いはじめ、厳粛な態度を崩そうとしなかったばかりか、強いて厳粛であろうとさえした。一瞬私は、私のキュービックな仮面のなかに、蒼白い、とり乱した少年の顔が故郷の牧師館の死者のミサや歌ミサのときに、ふるえながら食い入るように司祭の口元を見つめている十歳の男の子の、あのなかば驚愕におののき、なかば好奇にめざめた顔が、浮かび上がってくるように思った。このとき、あらかじめ注文しておいた通り、照明が消え、私は踏み台から舞台裏へ、魔法の司祭のように白布に覆われて運びおろされた」。

朗詠はほとんど極度に厳粛な儀式的雰囲気のうちに進められたのである。この「母音の魔術」の司祭、バルの音響詩は、いらい『キャラバン』にいたって頂点に達するが、ここでは前述の会場で朗唱した作品の冒頭の二行だけを、試みに挙げておこう。ダダの多くの音響詩とひとしく、むろん訳出は不可能である。

gadji beri bimba
glandridi lauli louni cadori

バルはこの詩ジャンルを「創案した」と記しているが、かならずしもこの自負は正確ではない。バルの直前にはモルゲンシュテルンがいる。モルゲンシュテルンもまた、あの「見る詩」である『魚の夜の歌』のほかに、ネオロギスム（新造語法）による音響詩の傑作『大いなるラルラー』を書いている。さらにさかのぼればバロック詩人たちの「音の絵画」があり、ロマン派と象徴主義詩人の音楽主義《ムジチスムス》の根底にも母音の甘美な秩序の自立を見ることができよう。古代祭司の呪言、呪文にはじまる音響詩の系譜を、さらに現代のレトリスム詩人たちにまで辿ることは興味深い作業にちがいない。しかし、ここではもうひとつの、詩的には卑俗ともいえる視点から、この「言葉のない詩」に近づいてみよう。

トリスタン・ツァラやヒュールゼンベックとともに、チューリヒのカバレ・ヴォルテールでフーゴー・バルらがダダの最初の集会を開いたのは、一九一六年のことである。だが、これをさかのぼること数年前、一九一〇年七月十四日から三十日まで、ところも同じチューリヒで、もうひとつ風変わりな集会が開かれていた。「聖霊降誕教会」というのがその名である。それはトペカという人物によって提唱された一種の法悦宗教運動で、ロス・アンジェルスにはじまってやがてアメリカ全土にひろがり、英国、英領インド、ノルウェー、ドイツ、スウェーデンにまたたくまに波及して、たちまち五万人の信徒を獲得した。このパウル運動のなかで重要な位置を占めていた人にパウルというドイツ人牧師がいた。このパウル師が後年のダダ詩をほとんど予見しているような歌をつくっているのである。

Schua ea, Schua ea
O tschi biro tira pea

という文句ではじまるパウル師の詩句の全文をここに写すことはほとんど意味がない。これはあきらかに宗教的な脱魂状態のなかでオートマチックに成立したグロッソラリー（霊媒や意識不明者の発する言葉）である。一見――ドイツ人にとって――それは外国語

フーゴー・バルの似顔絵

のように思えるが、どんな外国語にも現実には存在しない言葉ばかりである。パウル師自身この言葉の意味をまったく知らなかった。ただレオ・ナフラティルのような精神病理学者は、この句の構成のなかにドイツ語の讃美歌『われを行かせ給え』や『イエスよ、進め』のあきらかな影響を指摘している。

奇妙な暗合ではあるまいか。フーゴー・バルをはじめ、ヒュールゼンベック（『幻想の祈禱』）、シュヴィッタース（『原ソナタ』）、ハンス・アルプ（『テ・グリ・ロ・ロ』、『クルム・ブム・ブッシーネ』）などがこぞって熱中した音響詩の実験は、すでに六年前、一人の狂信的見霊者の手によって先鞭をつけられていたのである。

暗合はまだつづく。おなじくチューリヒの牧師兼精神分析医オスカール・プフィスターが、一九一二年、『宗教的グロッソラリーと自動記述暗号文字の心理学的解明』と題する研究を出版した。このなかに聖霊降誕教会運動に参加したある家族の精細な臨床記録が見られるのである。レオ・ナフラティルの引用（『精神分裂症と言語』）にしたがってその一部を紹介しよう。

プフィスターは偶然の機会から、二十三歳になる一家の息子ジーモンと知り合った。両親たちはこの若者を新しい救世主《メシヤ》と信じて疑わず、とりわけ母親はジーモンにたえず救世主の役を演じさせようと懸命だった。プフィスターはやがて一家を訪問して、母、十六歳の妹リーナ、T夫人という家族の友人の舌言葉を観察する機会にめぐまれる。ジーモンをはじめ右の全員にグロッソラリーの能力がそなわっていた。とりわけT夫人はこれに重きをおいていて、「救世主は私たちを舌言葉によって清めて下さいます」と主張した。

彼らは最初、局外者にこの秘密言語を公開することをあきらかにはばかっていたが、まずT夫人が「聖母マリア」を意味するらしい舌言葉を低く唱えはじめるや、徐々に宗教的な興奮に陥り、エクスタシーのなかで一連のあざやかな抑揚と韻律にそめられた母音詩を（おそらく即興で）朗唱する。やがてT夫人のエクスタシーは妹のリーナに感染して、リーナも奇妙な母音詩を口ずさみ、ついで母親があとを承ける。三者ともプフィスターの口授筆記で見るかぎり、ほとんど意味がつかめないが、極端な子音の省略や方言なまりに変形されて、いずれも幼児語にきわめて近い母音構成をとっているように思える。このうちリーナの詩にプフィスターが注解を加えているので、原詩と注釈の一部を以下に挙げてみよう。

eindugostik ＝入っておいで、登っといで。
hoi du gostin ＝さあ、入っておいで。
o lin di stik ＝おお、リーナ、登っといで。
o fein du stik ＝おお、すてきに登っといで。
hei du gothi ＝神のみもとに。

ha fein dog＝すてきな日々に会いにおいで。

グロッソラリーは「グロッソ」（舌の・言語の）と「ラリー」（l《エル》とrの音の区別がつかず、まさにラリること）の結合語である。純粋なネオロギスムでは、文法的な脈絡や母音の位置構成までが完全に変わってしまう。たとえばシトゥフリクという精神医は、一万語のヴォキャブラリーから十六通りの新しい言語を編み出した分裂病患者のことを記録しているという。現代詩人のなかのネオロギスムの名手の一人は、西独詩人エンツェンスベルガーであろう。エンツェンスベルガーの作品のなかでは「タイピスト」と「マニキュア」がそれぞれ真ん中からばっさり切断されて、「タイキュア」、「マニピスト」といった奇怪な半有機体・半無機体に変身する。まさに言葉の切り裂きジャックである。

ところでこれらの純粋なネオロギスムにたいして、グロッソラリーでは文法や母音の順序はほとんど変わらない。ちょうどそれは早口言葉を何度もくり返しているうちに、本来の文脈が別のものに変わって、あげくは意味不明になってしまうのに似ている。「子供や未開人は言葉のリズミックな価値にたいする強烈な感情をいまだにもっている。彼らは時間のたつうちにまったく不可解になってしまった詩や魔法言葉を知っている」（ナフラティル前掲書）。オーストラリアのある未開部族では、世代から世代へ歌謡が口承伝達されていくうちに、だれにも意味がわからなくなってしまっている歌があるという。

ナフラティルはまた、正常語からグロッソラリーへの変身の過程に、性的観念の干渉が認められることを指摘している。

「文法的構造のかわりに、グロッソラリーの組織は、夢やヒステリー症候やノイローゼ現象一般の構造に一致する構成をもっている。ほとんどの場合、性的諸表象がこのようにしてヴェールをまとった表現を見出し、こうして、現実には充足されなかった心的欲求が、幻想のなかに充足を要求したのである。素材はほとんど例外なく幼年時代からとられており、同様にまた、表現形態そのものも幼児性の刻印を帯びている。《せきとめられたリビ

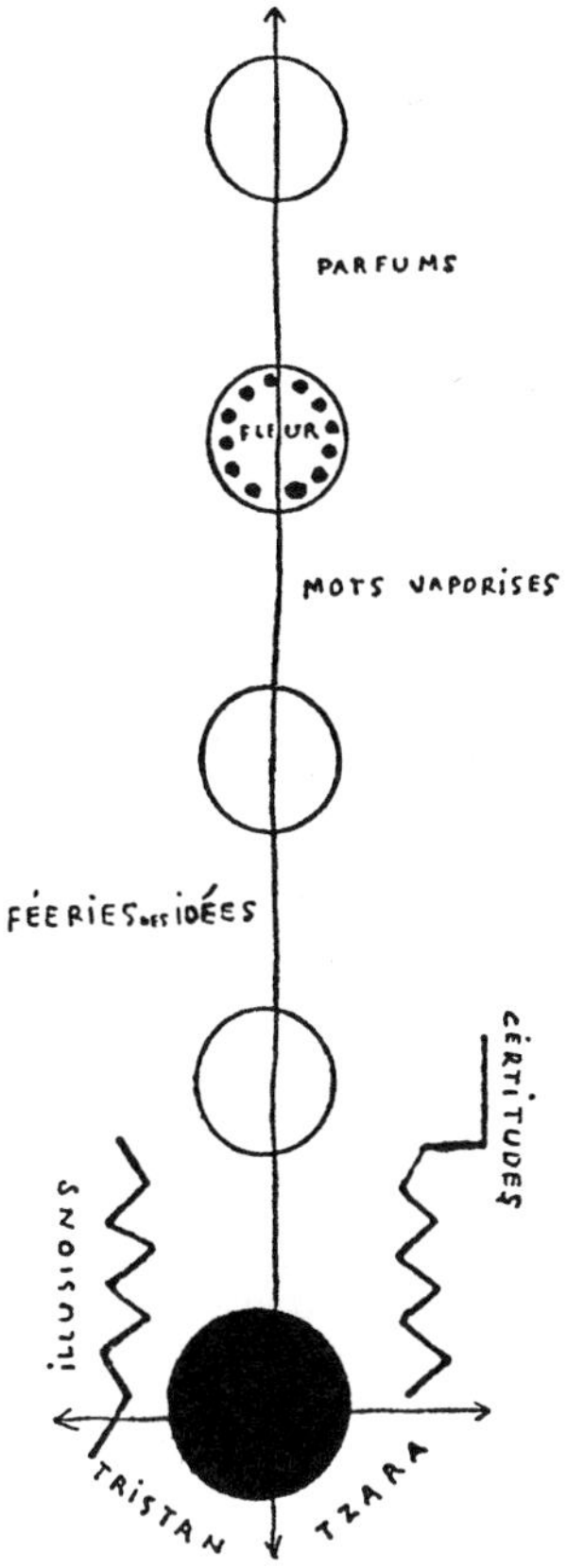

フランシス・ピカビアによる
トリスタン・ツァラのポートレート

ドーが幼児的な軌道のうちに逆流するのである》」。

グロッソラリーのいちじるしい幼児期退行性は、かくてグロッソラリー風のネオロギスムを好むナンセンス詩人たち（アルプ、モルゲンシュテルン、童謡作者たち）の幼児的性格を説明する恰好の根拠となるであろう。

分裂病患者たちも顕著なグロッソラリーを知っている。ある患者はほとんどラテン語の響きに近い（無意味な）詩をつくり、またある患者は、「天なる私の父が私の口を通して語っている」と称して、奇妙なグロッソラリー風の新造語を口走っている。ナフラティルの蒐集した狂気の詩人たちの作品の数々を逐一ここに紹介することができないのは残念だが、かわりに比較的平明なアフリカ黒人のグロッソラリー風の歌を、トリスタン・ツァラ訳によって再現しよう。

オ　マム　レ　デ　ミ　キ
俺たちはヴァーハの難を避けおおせた　ハ　ハ
エア、エー　エー、エア　エー　エー
ヴァヴィンツァどもはもう俺たちを苦しめないだろう　オー　オー
ミオンウーはもう俺たちの布をとれやしないぞ　ヒ　ヒ
キアーラは二度と俺たちの前に現われまいぞ　へ　へ

（ザンジバールの黒人歌謡）

この歌謡はダダ創立者たちの詩を集めた『ダダ詩』に、ブルトン、サンドラール、ピカビア、スーポーなどのそうそうたる前衛詩と並んで収録されている。ダダイストたちがいかにグロッソラリーを重視したか、これによってもあきらかであろう。

ついでながらグロッソラリーは、わがイタコの口よせ、まじない、阿呆陀羅経などの民間信仰のなかにもいちじるしい発顕をみている。宗教的な脱魂状態で霊感がとらえた神託を、まわらぬ呂律で早口に、あるいはとぎれとぎれに発声する。自動筆記暗号文字という形でこれに平行するものがコックリさんであろう。またひそかに思うに、綿谷雪の詳述している（『言語遊戯の系譜』）小田原外郎売りの口上やある種の大道香具師のハッタリも、グロッソラリーに深い因縁がありはしないだろうか。両者とも起源においては呪医や神農道士の呪文だったのである。

いささか脱線するが、私はここで、かつて『無用者の系譜』のなかで唐木順三も引用していた、鈴木大拙の『日本的霊性』に登場してくる妙好人の念仏歌を思い出さないわけにはいかない。大拙が同書に挙げている妙好人（阿弥陀仏の本願を信じて、美わしくも奇矯な生涯を送った民間人）の浅原才市《さいち》も、ノート六十冊に六千首以上の法悦状態で発案した念仏歌を記録していた。「才市は島根県石見の国の人で、昭和七年に八十三歳で往生した。

五十歳まで船大工、後、履物屋となり、一生を終った」。

才市の口語記述は徹底していて、しばしば類音による言語遊戯の域に達した。「ほどけが、ほどけを、をがむこと、なむがあみだに、をがまれて、あみだがなむに、をがまれて、これが帰命の、なむあみだぶつ」。文法の脈絡はかろうじて守られているが、意味の脈絡はほとんどない。ほとんど自虐的なまでの底抜けの帰命のあげくに、みずからを歓喜念仏のオートマチックに流露するうつろな容器と化した徹底であろう。「わしが、ねんぶつをとなゑるじゃない。ねんぶつの、ほをから、わしのこころにあたる」。

資料にあたるいとまがないが、イタコの訛りの強い方言で語られる聞きとりにくい口よせや、コックリさんの判読しにくい自動記述文字にも、相似た霊感の発露が見られるにちがいない。もっとも、才市のような妙好人の歓喜は阿弥陀仏との直接の交流に達した小宇宙のなかで実現されるのにひきかえ、霊媒を媒介にした見霊は、聴き手と語り手のあいだに一種秘教的な環境を形成する。こうして一種の催眠暗示のうちに、聴き手と読み手は、流動する舌音や書き文字のなかに、ちょうど画家が壁の汚点や雲の形のなかに昆虫や怪物の姿を見るように、ゲシュタルト的な図を発見するのであろう。合理主義的な第三者から見れば、こうした霊的交通は、あっさり誤読・誤聴として片づけられてしまうかもしれないのだが。

だが、合理主義者がなんと言おうと、詩人たちはたえずその裏をかく術《すべ》を心得ていたことを知るべきであろう。イタコとその観客たちが譫妄状態のグロッソラリーと誤聴の回路から彼女たちだけの秘教言語を形成したように、ダダイストの詩人・彫刻家ハンス・アルプは誤読を積極的な作詩原理としていた。

「私はこの詩（『雲のポンプ』）を読みにくい手蹟で書いた。そのために印刷工が彼の空想をはたらかせて、私の詩を謎ときしながら詩的共働作業をおこなうことを余儀なくされたのである。この共働作業は幸運裡に成功した。改悪や解体が生じたが、これが当時私の心を動かし、とらえた。まるで中世の写本家が、と私はひとりごちたものだ、誤解や不注意の書き写しによって仕事に深味を加えたのにそっくりだ！」（『言葉の夢と黒い星たち』）。問題の詩『雲のポンプ』は句読点もなにもない散文詩体の自動記述で、翻訳はほとんど不可能である。残念ながら、例示を割愛せざるをえない。

ダダイストと宗教的狂熱家・分裂病患者のあいだにあきらかな照応が認められることは、以上の記述でほぼ十分であろう。ただつけ加えるべきことがあるとすれば、もうひとつ共感覚《ジンエステジー》の問題がある。

共感覚というのは、心理学者の定義にしたがえば、ある感覚（たとえば視覚）に直接の刺戟が加えられたとき、同時に他の感覚（たとえば聴覚）が直接の刺戟なくして反応することをいう。たとえば暗い青を見ると、深い遠い音響が聞こえてくるように思えるなどがこれである。

ハンス・アルプのデッサン

象徴主義の風土は共感覚の原理を意識的に用いた。ボードレールの『交感』では「匂いと音と色、かたみに応え合う」。ドビュッシーとワグナーは色彩的な音楽を奏で、画家たちは線と色彩のハーモニーやリズムについて完全に作曲家の用語で語った。散文家でさえ例外ではない。『失われた時を求めて』のマドレーヌ菓子の味覚はコンブレの風景をまざまざと眼前せしめる。ランボーの『地獄の季節』の「言葉の錬金術」（『錯乱Ⅱ』）と題された詩の一節は、ほとんど共感覚による詩法の綱領宣言に似ている。

「僕は母音の色を発明した！――Aは黒、Eは白、Iは赤、Oは青、Uは緑。――僕はそれぞれの子音の形と運動を規正した。また本能的な律動により、いつかすべての感覚を表現しうる詩的言語を発明するのだとうぬぼれた。僕は翻訳は保留した」（秋山晴夫訳）。

　ここでは象徴詩についてはこれ以上論じない。ただこの感覚の錯乱が現実の精神病者のなかにもいちじるしく認められることにふれておかなくてはなるまい。青年時代のジャン・デュビュッフェに衝撃的な影響をあたえ、のちに画家が狂人や原始人の「生《き》の芸術」を蒐集する機縁をつくったドイツの精神病理学者プリンツホルンの『精神病者の美術』に、アウグスト・クロッツという患者が登場してくる。いまここにクロッツの発明した超ランボー風の「色彩アルファベット」をお目にかけよう。共感覚の原理はここに極端に敷衍されている。

1　a＝英国＝赤、赤蕪《かぶら》
2　b＝ブロンズ色の金属
3　c＝臙脂虫＝赤
4　d＝太陽光線の黄＝街の埃の色
5　e＝オレンジ色＝ドイツ
6　f＝火焔の赤
7　g＝金色
8　h＝ヘリオトロープ色
9　i＝空色の勿忘草
10　k＝茶金色（雄鶏頸部、コーチシナ）
11　l＝茶色、黄金虫《こがね》の薄羽
12　m＝マリンブルー、ベテュニア
13　n＝天然色
14　o＝昼の白、オーストリア－ハンガリー帝国
15　p＝紫
16　q＝石英色（雲母結晶、雲母）
17　r＝紅薔薇、フランス

18　s＝小字s＝黒い鴉
大字S＝シトロン色の黄
19　t＝リラ色＝すみれ
20　u＝緑＝蛙＝ロシア
21　v＝孔雀ブルー
22　w＝水の色（水鏡を通してテーブルに落ちてきた陽光）
23　x＝ヴェスヴィアス山麓産の葡萄酒＝赤＝赤鉄色（血鉄）
24　y＝…………………
25　z＝辰砂《しんしゃ》紅

日本語に直すとわからないが、各アルファベットに照応する色は、たとえばg＝goldというふうに頭文字が合わせてあるものが多い。一般に分裂病患者は色彩に敏感に反応するが、アルファベットから色彩を連想する右のクロッツとは逆に、たとえば「リラ」という色をあたえられた患者アレキサンダーはつぎのような詩をつくった。

その色は美しい
その色は赤と薔薇色のまじり

リラがリラの色ならその色もリラ
リラはたくさんの雲
リラはぼくらの財布ぼくらのお金
リラはきっと美しい色
リラは死んだ旗のぼくらの色

ここでは色彩が事物の限定語ではなくて、色彩から逆に事物が限定的に喚起されている。こうした色感の原因と結果の倒錯は、私たちの「ダイヤモンド高い、高いは通天閣、通天閣は怖い、怖いは幽霊、幽霊は青い、青いは坊主……」といった文字鎖、すなわち尻取り遊びにいたってナンセンスの域に達するだろう。つぎの分裂病患者の詩にもあきらかにこの症候がみてとれる。『鼠』と題する詩がそれである。

鼠は身体を黒く染めてる
黒くて、まるまっちくて、ちっちゃい。
ちっちゃい子たちは鼠がお手本と思う
いざ、手本。
猫はお手本じゃない、いざ、子どもたちを食べるから猫はすなわちこわい小母さん。
猫将軍はでもいつも鼠のあとをつけられるわけじゃない
まんまと一杯食わされて途方に暮れる。

ちなみにこの患者はなにを書いても、なんの関係もないところに「いざ」を入れるのが癖なのである。最後にひとりダダや象徴詩やバロック詩にかぎらず、狂気と芸術のあいだに、一般にどのような因縁があるかを要約したナフラティルの言葉をかかげておこう。「分裂病患者は芸術家と同じように自己現実化をめがける。彼はその奇怪な言語構成物によって自我の限界に稜堡を築く。とはいえおそらくマンフレット・ブロイラーがつぎのように言うとき、彼は正鵠を射ていよう。すなわち分裂病患者の共同体からの離反のうちには、例外なく、新しく創造さるべきひとつの世界のうちに発見しようと希求された共同体への模索が存在しているのだ、と」。

グロッソラリーも、母音の魔術も、直接の感官刺戟から遠い他の感覚へ移行する共感覚詩も、まだやってこない共同体言語への試行錯誤でないとは、まことに悪魔のみぞ知るのである。

文字以前の世界　童話のアイロニー

文字以前の物語というものがある。たとえばそれは、ようやく物心つく頃になってから寝しなに母が枕元で話してくれた昔話である。さるかに合戦、花咲爺、桃太郎、一寸法師、カチカチ山のような昔話は、そんな風にしてはじめて聞かされたのだった。むろん後になってから、同じ物語を絵本仕立ての昔話集でふたたび読み直すことにはなるのだが、活字と多色オフセット刷りで読むそれは、夢と現《うつつ》の境で母の口から聞かされた物語とは見違えるほど別物の印象で受けとられた。母親の口から子供の耳にじかに伝えられる物語は、なにか授乳や口うつしの飼養のようになまぐさい、甘さと無気味さが入り混じった、体臭のようなものと不可分の独特の具体性を帯びている。母の口から聞いたカチカチ山の狸が泥舟に乗ってみるみるうちに暗い水中に沈没していく件《くだり》の、溶けていく泥舟の残酷でなまなましいイメージは、以後どんな絵本を読んでも到底再体験されることはなかった。なぜなら、幼いながら私は活字と絵には現実の危険も魅惑もないことを知っていたからだ。そのとき私が抱かれていた母の胸の、ゆったりとしてほの白い、髪油と薄化粧の匂いの入り混じった肌ざわりこそが、泥舟に乗った狸が物語のなかの他者であるだけではなく、いまここで泥のように溶けて母の胸のなかに吸い込まれていくような甘美で怖ろしい崩壊感覚を味わっている自分でもあるのだという、奇妙な同一化の感情をめざめさせてくれたのである。

昔話や童謡のたぐいが文字に定着されたのはいつの頃からであろうか。印刷術の普及以後、それも活字読書がかなり大衆化されてからのことに違いない。グリム以前にはドイツの童話はそれほどまだ文字化されていなかったし、アルニム、ブレンターノ共編の『少年の魔笛』以前にはフォークロア詩はまだ組織的に採用されてさえいなかった。周知のように、ドイツ・ロマン派の民俗学者や詩人がフォークロアに寄せた未曾有の執着は、物語の口承保存を可能にしていた中世的共同体がもはやないという喪失の感情からアイロニカルに擡頭してきた偏執である。文字化されたときすでにフォークロアは、パロール（話し言葉）のいきいきとした聴覚的リズム、共同体における生活と不可分の役割、あるいは音楽性（語《かた》りのリズム）と結びついたポエジーの大部分を喪失していたといっていい。早く言えば、文字化されたフォークロアは、滔々たる近代活字文化が語りの文化を制覇し去った戦勝の記念品《トロフィー》にほかならない。おそらくわが国においても、明治初期の昔話の採集記録は、西洋印刷術の洪水に圧迫された語り文化の、追いつめられた揚句の苦肉の策として誕生したものにちがいない。文字化された昔話、まして近代創作童話は、このようにはじめから語りの文化、口承伝達による物語形式の衰退にたいする危機感と喪失の感情の上にアイロニカルに成立を見ている。資料的に裏づける余裕がないが、鈴木三重吉の「赤い鳥」運動や、柳田國男の民俗民話研究は、当時の発達しつつある印刷産業の動向、義務化された読み書きの小学教育による活字読書人口の飛躍的増大に淘汰されていく口承文化と人びとの記憶力の重大な衰弱という客観的現実条件のなかから発想されたものに相違ない。

しかしそれだけに、一方では、文字以前の民俗民話の採集やこれにともなうさまざまの地方的ヴァリアントのスタンダード化が、中央文部官僚の要請として具体化される場合もすくなくなかったはずだ。詩的アイロニーを欠いた文明開化路線のお役人仕事がロクでもない結果に終るのは理の当然で、いまも昔もこの手の教育図書には虫酸が走る。もっとも私の記憶では「小学唱歌」だけは例外で、これは十年程前まであった五円札の、髯を生やした誰だかが肩肘を怒らせている構図のような、プリミティヴなユーモアがいいのである。明治の近代の未分化ゆえの美点であろう。

母が教えてくれたのは昔話だけではなかった。鞠つき唄やお手玉の拍子をとりながら歌う古い童唄のようなものを、家事の合間に口ずさんでくれることもあった。兄姉と末っ子の私の間にはかなりの開きがあったので、父と兄姉が会社や学校に出たあとの家は母と幼い私の二人だけの時間であった。幼い子が相手だけに母はふだんよりちょっと童女っぽくなって、子供の頃、九十九里浜の漁師町で習い憶えた童唄が自然に口に出るようだった。私は、「××ちゃんと○○ちゃんがお風呂の釜をたいていて……」といったような文句の妙な唄がお気に入りで、母が風呂釜をたいているときなどにはかならずそれを所望した。内容の無意味と節回しのおどけた風情が面白かったのである。童唄を歌っているときの母には、ふだんにないある明るい放心状態のようなものがうかがわれた。それは年に一度ぐらい、大きな風呂敷に真新しい魚を包んで来京する赤銅色の彫像のような漁師の祖父を迎えるときに見せる表情と同じで、童唄を歌っているときの母は、離れてきた故郷の人や海や太陽や砂浜に、あのおかしな節回しと単調なリズムを通じて再会していたのではなかったろうか。歌い終ってから、私の知らない少女時代の友達の名をあげて、お国なまり丸出しでその少女のことをあれこれひとりごとのように思い出していることもあった。外出嫌いで、日々の買物のほかには近所交際も得手でなく、ひっそりと家にこもっている人柄の母には、あの放心したような思い出の時間が唯一の慰安であったのかもしれない。とまれそれは、大都会の勝手のわからない煩瑣な生活のなかで、彼女なりの根源的エトノスという源泉にふれる数すくない機会の一つであったものに違いない。こうして母とともにした時間に培われた昔話と童唄の体験は、私の場合、文字以後の童話の読書選択に際して決定的な力を発揮したと思う。

母親が子にあたえる教育というものがあるとすれば、それは右のような文字以前の時期に効果においてもっとも強烈である。やがては文字の介入が母と子の言葉による授乳にも似た関係に第三者として力ずくで割り込んでくる。そうなってからでは母も子も、この第三者を通じて間接的に接触するほかはない。普遍的ロゴスが介入して以後の母親の教育は、要するに世間一般の教育と径庭を見ないどころか、愚かにもそれを模倣するのが教育熱心と錯覚してしまうのである。母と子の二人だけの秘密であったあの文字以前のひそやかな交感は、母の側からにもせよ、子の側からにもせよ、いずれにせよ、一方からかならず裏切られて消滅する。青年期に達して知的優越をひけらかしたがる子が母を裏切るのと同じく、幼年期の学齢に達した頃の子はがいして母の世間知に裏切られるのである。文字以前の世界で母とともにしていたある感性を、文字以後の世界では思いもかけず同じ母に禁止される。「そんなご本を読むものじゃありません」と母は言うのだが、私にしてみれば母と交したあの秘密の盟約の延長線上で当然読むべき本を読んでいるだけなので、裏切ったのは母の方なのだった。しかし、とまれそんな外傷体験の後で、私は文字以前から一転、文字の国へと入っていくのである。

幼稚園に入園すると自動的に本屋から配達してきた「キンダーブック」のほかに、私はこれといって両親から買いあたえられた本はなかったように記憶する。小学校に入ってから風邪を引いて休んでいるとき、担任の女教師がお見舞に贈ってくれた『アラビアン・ナイト』の絵本がとても嬉しかったところからみても、自分だけの本というものはそれがはじめてだったような気がする。当時の下層中産階級の家庭では末っ子などはみそっかすで、万事お下《さが》りが常識であった。お下りもセーターや半ズボンならいたしかたないのだが、本となるとそうはいかない。私は兄のお古の「少年倶楽部」、姉たちの「令女界」や「少女倶楽部」、そのフロクについてきた『母を訪ねて三千里』とか、『葛の葉物語』、単行本の『小公子』、『家なき児』などを前後の見境いもなしに、勝手に本箱から引っぱり出しては読んでいた。漫画は『凸凹黒兵衛』『冒険ダン吉』『丸角さん丶《ちょん》助さん』『長靴三銃士』『のらくろ』といったところ。新本を買ってもらえないので、私の教養はどうしても一時代古く、かつ年よりも早熟なものに偏った。ふつうなら、ここから講談社系の少年講談や熱血冒険小説に手を伸ばすのだけれども、これは父に禁じられていた。実際には家計が苦しかったからなのだろうが、父はその手の本を勝手に赤本ときめこんでいたわけである。やや後になってから学校友達に借りてありついた講談本・少年小説のたぐいも、ほとんどが隠れ読みであった。

それでは絵本時代を卒業した小学初年生の私は何を読んでいたのだろうか。父の書棚や押入れのなかから探し出した黒岩涙香訳『巌窟王』、世界大衆文学全集『ステラ・ダラス』『巴里の秘密』の合本、姉の机の上で盗み読みした『ノートルダムの傴僂《せむし》男』などであった。これはすこし辻褄の合わない話で、無邪気な少年読物を禁止される一方で、あり合わせで間に合わせる一家の方針に忠実に従って危険なロマンに耽溺していたのだった。しかしいくらあり合わせといっても、毒々しい傴僂男の表紙絵の描かれた本までを両親が許しているわけはない。「あんたにはまだ早いから」といって母が取り上げてしまうのはそうした本だった。先に私は、そんな母に裏切りを感じたと書いたが、これをもうすこし敷衍するとこうである。ふだん本を読んでいるのを見たこともない母に本の善し悪しがわかるはずはない。つまり母の判断は母自身のものではなくて、別のどこか遠いところにいる指令者の判断をウ呑みにして受け売りしているだけなのだ。その指令者というのは、ふだん家にはいないがなんとなく留守中のガランとした家の薄暗がりのなかに潜んであたりに睨みをきかせている怖ろしい影のようなものに関係がある。母にたいする猜疑が強まるにつれてその影のようなものはしだいに凝集してきて、やがてはっきりとした一つの形をとってきた。それは留守中の父の影なのだ。父が母を通じて私にあれこれと禁止を指令してくるのだ。母が許せないのは、彼女自身の判断で私と対立しているからではなく、父の（あるいは世間一般の）判断にあまりにも唯々諾々となびいてしまっているからなのだ。私にとってそれは母を向こう側に盗《と》られてしまったことを意味する。ひいてはそんなに易々とかどわかされてしまう母にも良からぬところがありはしないか。つまりは裏切りだ。私は対抗策を思いあぐねる。父の判断が間違っていることを母に証明し、彼女をふたたび私の方に取り戻すためには、まず父の判断を構成している論理に通暁しなくてはならぬ。それには父の武器庫であるらしきあのいかめしい本箱を征服することだ。こうして私は改造社版「現代日本文学全集」や新潮社版「世界文学全集」のぎっしりつまった父の書棚を漁りはじめることになるのである。私の父親殺し《パラサイト》願望は父の本を読みつくすという形式をとったわけだ。もっともこれはずいぶん滑稽な思い込みで、後年になって知った実情では、茅場町の株屋の手代だった父は下町好きの樋口一葉ファンで、円本は一葉を読むついでに買い揃えたようなものだった。「世界文学全集」などはただの室内装飾だったのである。

ついでながら、私は道徳的効果を期待して子供に「悪書」を禁じるのは見当違いではないかと思う。私の経験からしても、流行の俗悪な（と両親が判断した）少年読物を禁じられたかわりに、妖しき美女エスメラルダと醜怪無惨な傴僂男の人眼をくらますマゾヒスティックな恋物語や、パリの裏街のヴァガボン生活、はては悪い継母や意地の悪い継姉疣子《いぼこ》にいじめられる可憐な小雪の運命に胸をときめかせたので、当代の流行悪書を禁止する教育効果はかえって逆目に出たわけである。それならば壮士風に勇ましい『敵中横断三百里』や『ああ玉杯に花うけて』を読ませておけばいいかというと、これだって潜在的な同性愛願望を喚びさましかねないだろう。少年の性的夢想は、水銀のように無定形かつ正確に、あらゆるもののごくささやかな隙間をも逃さずに滲透していくものである。『家なき児』や『母を訪ねて三千里』を読んでも、母子相姦の邪《よこしま》な欲望のにおいをちゃんと嗅ぎつけてしまうだろう。「良書」のそんな裏をかいた読み方にかけては彼らは天才的なのである。禁止一般が空しいのではないが（それは反抗に形式をあたえてくれるのだから）、禁止の効果が当事者の所期の希望に迎合するかどうかは疑問である。むしろ期待すべきは逆効果であろう。

話はもとにかえるが、父の本棚を漁ったおかげで私ははじめて童話らしい童話を読むことができた。「現代日本文学全集」の童話と日本神話が合本になった『少年文学集』である。いまもってすぐれた編集だったと思うが、ヴェルヌの『十五少年漂流記』、アンデルセンの『天使』のような翻訳物をはじめ、佐藤春夫の『美しい町』、白秋の詩、芥川、藤村、豊島與志雄などがずらりと一堂に会し、大正期までに達成された日本の近代童話の最高水準をすぐっている。一般にこの全集は総ルビだったので、小学生にも簡単に読めたのである。なかでも記憶にもっとも鮮明に残っているのは、芥川龍之介の『杜子春』、小川未明の『牛女』、『金の輪』などだ。

未明の『牛女』はほとんど生理的なショックとなって私を襲った。夕方、家の門前の大谷石の階段に腰掛けて、爪先上がりに先へ高まっていく坂の上の西空を仰ぎ見ると、その坂上の夕焼ケ原と呼んでいた赤トンボの夥しく群がっている原っぱの方角に、落日の照り返しに暗赤色に染まった空が物凄く輝き、そこに牛女の巨大な姿が覆いかぶさるように立ちはだかっているような気がして、思わず慄然とするのであった。こんなに肌にじかに触れるような恐怖感と結びついた童話はその後もたえて読んだことはない。後年ワイルドの『わがままな巨人』を読んで、華麗な修辞のうちに『牛女』に相通ずる無気味な滓《おり》のようなものが澱んでいるのを感じたが、いずれも巨人的なものの衰弱が得体の知れない無気味さと混淆したノスタルジーを喚起する物語である。『牛女』が私に教えてくれたのは、怖ろしいものとなつかしさの不思議な両極性感情だった。
『牛女』のこうした衝撃は、もうひとつの暮方の家の門前の光景と結びついている。やはりその頃のことである。夕方、家の前で坂道の方をながめていると、坂の上から同じ年頃の少年が自転車のタイヤのとれた車輪を細い真鍮の棒先でくるくると器用に回しながら駆け下りてきて、私の眼の前でそれを九十度回転させると下手の神社のある方角へ走り去って行ったのだった。少年はハイカラな坊ちゃん刈り、短めの半ズボンを上品に着こなして真白なズックの靴をはき、一目で坂上の原っぱの向こうの立教大学辺の西洋館の住人と知れた。花街にも近い、純住宅街からは隔たった私の家の近所には見かけない、垢ぬけした挙動がなによりの証拠であった。

輪回しの少年に会ったのはそれが一度だけだった。だが時が経つにつれて、もう一度会ったら是非とも話しかけて友達になりたいという思いは日毎につのり、日を重ねるにつれて憧憬感は切ないほどに昂まってきた。その悩ましいまでの思いだけはいまでも胸にはっきりと感じることができる。しかし、私が見知らぬ輪回しの少年にほんとうに会ったのかどうかを思い返してみると、はなはだ曖昧な気持にならざるをえないのだ。周知のように、これも未明の『金の輪』の一場景である。未明の原話では、金の輪を回している少年に出会った主人公はやがて熱病に罹って死んでしまう。すると少年の日にあれほど私の憧憬をかき立てた半ズボンの少年は現実に存在したのではなくて、『金の輪』からの引用にすぎなかったのであろうか。それとも、未明の童話にかき立てられた私の空想が、現実のありふれた輪回しの少年に出会って、彼をこの世ならぬ彼岸的な美の世界の住人にまで聖化してしまったのだろうか。いまとなってはどちらとも弁別し難いのである。

追憶のなかでは空想と現実が錯綜として入り混じってしまう。こうして私の少年時の一日の夕暮時には、哀しげな眼の物いわぬ牛女が巨大な姿をあらわしている西空の下に、色白の夭逝した輪回し少年が一心に車輪を操っている場景が嵌め込まれて、以来凍結したように微動だにしないのである。牛女が子供たちの棄ててきた母の国、あの文字以前の愚かしく冥い秘密の幸福なら、金の輪の少年は夭くして死んだためにこの幸福に意識の汚点をつけることもなく、みずから汚染されることもなかった愛《め》でられた純粋な存在であろう。

おそらく未明自身は、この純粋がもはや不可能になったことを知っていた。言い換えれば、語りによって母から子へと伝えられる文字以前の童話世界がもはや不可能となり、和合に亀裂が生じたことを弁えていたからこそ、彼は童話を書いたのである。未明にとって童話を書くことはそのようなアイロニーを通じてはじめて可能だったのであろう。『牛女』の母的なものの棄却とその無意識の層における罪障感もしくはノスタルジーとしてのたえざる再生という主題は、したがって近代日本の文学的離郷者たちを特徴づけている神経症的汚染をはじめから抱え込んでいる。童話だからという区別はここでは成り立たなくて、歴とした知識人文学者にも、ときとしてこのアイロニカルな苦い望郷の感傷はきざしたのである。たとえばつねに士分的高踏を持しながらも、鷗外は例外的な放心の魔に魅入られたもののように『雁』を書いた。澄江堂はその短篇小説においては端正な気品を維持しながらも、少年文学や短歌俳句のような余技的作品では意想外にナイーヴな感性を吐露している。泰西の小説作法なり文学観なりに意識的に照準を合わせようとして肩肘を張ることにあたかも疲労した瞬間に、放心の恩寵を通じて、思いがけない少年時の夢がほとんど自動記述的にと言いたいほどに純粋によみがえったのである。

　知識人文学とは無縁であった未明も、文明開化の国是という現実からは逃れられなかったであろう。そこから生じる離郷にたいする悔恨、源泉からの孤立の荒涼たる感情は、ひるがえって故郷から永遠に拒まれているという流浪漂泊の念を促す。未明の小品『かぜの子とおひなさま』では、寄る辺ないかぜの子の炉辺の幸福から永遠に流謫された悲愁が鮮明に対象化されている（「かわいそうなかぜの子は、またあてもなく、くらいおうらいをさまよったのであります」）。かつて共同体や母と共有していた（文字以前の）「秘密」から流謫された者は、この秘密を秘密とは正反対の公開《パブリケーション》にほかならぬ文字化、すなわち書くことを通じて恢復するほかはない。この不可能は、童話作家未明に限らず、明治以後のあらゆる文学者にとって大なり小なり強迫的な宿命だったのである。共同体から分断され逸脱して永遠に彷徨する宿命を担わされた自我は、さまよえるユダヤ人のようにつぎつぎに姿を変えながら、医学生として坂下の高利貸に囲われた薄暗い妾宅の界隈に出没し、寄る辺ないかぜの子となって冬の寒風すさぶ往来にさまよい、あるいは『トカトントン』の道化た蕩児となって帰宅したわが家の門前に立ちすくむのである。

しかし、未明童話のそんな文学的意味に思い当たったのは、むろんずいぶん後になってからのことである。私は未明の作家としての苦渋などは露知らず、むしろあのピトレスクな耽美性から大正耽美主義文学に通じる間道を手探りでまさぐりながら、まもなくとり憑かれることになる江戸川乱歩、谷崎潤一郎、佐藤春夫、萩原朔太郎の作品を迎えるための基礎構築としてせっせと未明童話に読みふけっていたのであった。

遍在する怪物

怪物論のトポス【谷川渥との対談】

――「武蔵野美術」のこの号では「恐怖の表象／怪物たちの図像学」という特集を組んでいます。ひとくちに怪物といっても、その間口は非常に広いですし、何をもって怪物と呼ぶのかという問題もあるかと思います。お二人には、「美術史における怪物、文学における怪物」というようなテーマで対談をお願いしました。非常に漠然としたテーマなのですが、怪物あるいは怪物論のトポスについてもお話しいただけるのではないかと思います。

谷川　怪物というと、「ポケットモンスター」が流行っていますね。ポケモンは非常に小さな存在で、子供たちのアイドルになっていますが、怪物論が日本で話題になり始めた時期をたどってみると、澁澤龍彥の『夢の宇宙誌』（一九六四年）の中に「怪物について」という短い章があり、その十年後の『胡桃の中の世界』（一九七四年）にも怪物論が書かれています。実は種村さんはそれ以前に『怪物のユートピア』（一九六七年）を出されていて、これが怪物論のはしりだといってもいいと思います。その後『怪物の解剖学』が一九七四年に出ました。ぼくは、このあたりをずっと読んでいまして、西洋の怪物論を身近な日本語で読んだということで、いまだに印象を強く持っています。

六〇年代には、寺山修司が、奇形といいますか、そういうものを舞台に乗せて、盛んに芝居をしていたし、それ以前に怪獣ブームみたいなものもたしかにあったのだろうと思いますが、種村さんが六〇年代から七〇年代のあたりに、なぜ怪物にこだわったのか。ちょうど「種村季弘のネオ・ラビリントス」の第一巻が『怪物の世界』というかたちで上梓され、怪物論をまとめて再読させていただきましたが、多岐にわたる仕事をなさっている中で、怪物論はかなり大きな位置を占めていると思います。種村さんにとって、怪物を論じることはどういう位置づけにあるのでしょうか。

種村　六〇年代から七〇年代にかけての怪物の流行については、アンダー・グラウンド演劇とか映画とか、唐十郎、土方巽、寺山修司という人たちがいて、それに文化人類学がブームになっていたということもありました。しかし、ぼく自身は初めはシュルレアリスムの詩や絵画に興味がありましたので、その経緯で精神分析にも興味を持ちました。ですから怪物論には精神医学と神話学へのアプローチから入ったように覚えています。具体的にいえば、エラノス年報系のゴーレム論とか、それからグスタフ・ルネ・ホッケの『迷宮としての世界』ですね。だからあなたが訳したゴンブリッチの『棒馬考』はずっとあとに読みました。「棒馬考」の中にカリカチュア論がありますね。もう一つ「精神分析と美術史」という章があって、ゴンブリッチは、イメージとイメージが主題に沿って、必然的にトポスに沿って結合するのではなく、フロイトの『機知とその無意識への関係』のような、言葉と言葉が機知の中で自由に結びつくような、もっと自由な、浮遊しながら結合していく夢の仕事というあり方が造形の場合にもあるだろうと論じている。それが「読み」と「読み込み」の問題につながってきますね。

谷川　種村さんは怪物論の一方で制服の問題、贋作の問題をずっと抱えておいででした。怪物というのはいわば自己と他者というか、私と私ならざる者という問題に帰着するところがあると思うのですが、種村さんの問題意識にも、たとえば本物と偽物、制服を着ているか着ていないか、そういうものにつながるところはありますか。

種村　あると思いますね。ポーの『マルジナリア』の中の怪物造形論が基本にあったと思います。つまり怪物ならざるもの、正常なもの、あるいはドメスティックなものがあり、それにひねり、ねじれを与える、あるいはそういう見方をすることで、構成要素は同じでもまったく別の組み合わせに変わってしまうということですね。

谷川　一方では『ナンセンス詩人の肖像』のような、ナンセンス詩を先駆的におやりになっていました。あれは言語の組み替えですね。これは怪物の想像力の問題につながる問題意識ですね。

種村　あれが「贋作論」とペアになっています。怪物も（むしろ怪物が中心かもしれないけど）この回路の中に入ってくる。つまり言葉の怪物がまずあって、それから造形的な怪物が出てくるということ。言葉がないと形は出てこない。それはどの時代でも同じです。

ある規定あるいは規範があって、それを裏切るようにして出てくるイメージというものに非常に興味がありました。だから、正統と異端なんて二元論をいわれるとちょっと困るんですね。どちらか一方を取れといわれてもね。規範がないと、それを裏切ることもできないわけだから。異端がそれだけで存在するように見えることもありますが、それだけでは美術や文学の世界全部を語り尽くせないと思う。つまりあなたのおっしゃる、びっしり……。

谷川　ぎっしり、びっしり（笑）。かたちならざるものの一つのありようを指す言葉として用いた（『表象の迷宮』所収「集積と稠密――ぎっしり／びっしりの美学」）ものですが。物がぎっしりつまっている状態、物がびっしり並んでいる状態ということで……。

種村　あれは基層にあるものでしょう。しかしフロイトでいうと、分析すべき精神があるわけです。一方、ユングの集合的無意識というのは、もうちょっと下層感覚みたいなものですね。つまりレオナルド・ダ・ヴィンチが壁のしみを見て、それから何かを造形していきなさい、その中には悪魔も怪物も天使もいるというわけですが、そういう層ですね。壁のしみの中に、精神を読み込む前の「ぎっしりびっしり」状態があるわけです。そういうものが基層にあって、そこからだんだんトポスが生成してくる。それがやがて規範になってくるけれど、なにかの拍子に、それ以前の集合的な無意識へと解体していく可能性が十分あるわけです。

ぼく個人の経験に即していうと、戦中の空爆によって、子供の時に見ていた世界がある日焼け野原になった。その体験がいちばん大きいと思います。つまり規範的なものをつくっても、ある瞬間にそれは元へ戻る。一つひとつの個性の集合じゃなくて、無個性みたいなもの、形のないものの集合体に戻る。また性懲りもなく生成してはくるだろうけれど、とりあえず元へ戻る。それこそ焼け跡だとか廃墟ですね。その体験が、怪物的世界に興味を持つ最初のきっかけですね。

谷川　子供の時分に空襲を経験されて、東京の焼け野原をご覧になっているんですか。

種村　はい。小学生の集団疎開で長野県に行っていて、三月十日かな、東京大空襲の日が東京に帰る日でね。碓氷峠の向こうの空がもう真っ赤になっていました。東京に着くと赤羽の駅が燃え落ちていて、ああ、家へ帰ってもみんな死んでるなと思って帰って来た。その日は大丈夫だったけれど、次の空襲でやっぱり燃えちゃった。そういう世界没落は繰り返し起こるんだという強迫観念というか、固定観念はずっと持っています。

レオナルドの想像力論的怪物論

谷川　いまのお話の中に、本質的な要素がほとんど全部含まれているような気がします。まず一つは、いまのレオナルドの壁のしみの話ですね。ピエロ・ディ・コジモやボッティチェッリも似たようなことをしています。壁にスポンジを投げて、そこにできたしみからいろんなものを想像する。それから病人が唾か何かを吐いた壁の汚れを見て怪物を想像する。それはマックス・エルンストがコラージュやフロッタージュを制作した時の一つの動機として、よく引き合いに出される話ですね。

レオナルド・ダ・ヴィンチは怪物論というか、想像力論をそこから展開していて、たとえばドラゴンを描く時にはハウンド種の犬の頭と猫の眼とニワトリのこめかみなど、つまり具体的に存在する動物の部分をつなぎ合わせてドラゴンをつくりなさいといっている。部分を寄せ集めて新しい怪物をつくり出すということを肯定的にいったわけです。美術でいうと、想像力論というか模倣論の問題になりますね。一方で、それは具体的なニワトリのこめかみだとか犬の頭だというわけですから、言語の問題にもなる。この、一度解体して部分を寄せ集めて新しいものをつくるという考え方がマニエリスムの想像力論につながり、グレゴリオ・コマニーニはアルチンボルドのことを想定しながら、幻想模倣（イミタツィオーネ・ファンタスティカ）という言葉をつくり出しました。

しかしレオナルド以前に、ホラティウスが『詩法（アルス・ポエティカ）』の中で、またウィトルウィウスが『建築論』（ともに紀元前一世紀）の中で、「自然の模倣に基づかずにみんなが勝手に部分を寄せ集めてつくっているのはけしからん、それは病人の夢だ」といっています。ですから、何かを寄せ集めてつくるということに関してはもうすでにホラテイウス、ウィトルウィウスの時代にあるわけです。しかし「病人の夢」といわれていた「寄せ集め」が、レオナルドの時代には肯定に変わっている。「模倣」をめぐる新旧論争みたいなものが一つ含まれていて、それがシュルレアリスムの問題にもつながっていくと思います。

それから二つ目が、いまの種村さんのお話に出た世界没落と怪物の問題ですね。それはグスタフ・ルネ・ホッケが、種村さんのお訳しになった『迷宮としての世界』の中で論じていて、デューラーの原子雲みたいなものとか、ミケランジェロの「最後の審判」とか、モンス・デジデリオなどにつなげていきます。

そして三つ目に、日本の状況でちょっと思い出したのですが、焼け野原とゴジラということです。怪獣といってもいいし、怪物といってもいいのですが、ゴジラが上陸して来て、東京を焼け野原というか廃墟にする。昭和二十年代の終わりぐらいの映画だと思うのですが、ゴジラと東京大空襲との関係性について、当時どういうふうに見ていたのでしょう。

種村　あまり関係づけては見ていなかったんじゃないかな。ああいう破壊へのノスタルジーはあったのだろうと思うけど。

さっきのダ・ヴィンチの話ですが、要するに怪物は部分の寄せ集めなんですが、その各部分は、たとえば空を飛ぶ鳥の翼であるとか、海の中にいる魚のヒレであるとか、それからモグラの鉤爪《かぎづめ》、要するに空中、水中、地中とわれわれの日常生活からいちばん遠いところにいる生物のものです。これは日本も同じで、魑魅魍魎《ちみもうりょう》というのは山の神とか沢の神とかの寄せ集めですね。源三位頼政が退治した鵺《ぬえ》も、山とか森の奥とか深海の底とか、かけ離れた遠いところに住んでいる動物たちの特殊な攻撃的な部分を寄せ集めて全体像をつくったものです。

中国の『山海経』でも、都からいちばん遠いところへ行くと怪物がいるということにな

モンス・デジデリオ「東洋人のいる廃墟とアーケード」

っている。中国の場合には夷狄《イテキ》に囲まれていつも侵略を受けたりしていたので、都からいちばん遠いところはすごく怖い異界であるわけです。怖いものは都の中にはいなくて都の外にいる。源三位頼政の鵺退治も羅生門とかの、都と外の境界で起こります。箱根から向こうは化け物がいるの類いで境界を越えると化け物がいて、こちら側だけが安心できる。その「こちら側」で怪物が形成されてきた。だって怪物は、怪物を怪物と思ってませんからね。向こう側では怪物があたり前で、こちら側のやつが怪物です。

つまり問題は旅だということ。ヨーロッパではマンデヴィルの『東方旅行記』であるとか、プリニウスの『博物誌』などをあげることができますが、あれも現地に行ってちゃんと調べて書いているわけではない。現地に行ったにしろ、言葉がわからないから、曖昧なイメージだけで話している。現地の儀式的な死人の処理の仕方を、あれは人間を食っているんだというようなもので、カニバリスムの起源なども実にいい加減なものです。そういう異国のものを受け止めて、最初は噂とか推測とかですませていた。日本の場合、麒麟《キリン》なんていうものは想像力の産物です。見たことがないから想像の中でつくる。象は江戸に入ってはいますが、それだって初期は全然違う形で、象は空に浮いているものなわけでしょう。形象とか表象なんていう言葉はみんな「象」が入ってますからね。象というからには架空の、空に浮いているものというわけです。各国各時代の驚異旅行記がそういうふうにいい加減なものを寄せ集めてつくった。いい加減な言葉をもとに、こんなものかなと描くと造形上のトポスができる。

中世のハイアラーキーでは、最初にキリスト、つぎに天使、精霊がいて、いちばん下に怪物が踏んづけられているわけです。『ロマネスクの図像学』のエミール・マールもいうように、「教会正面のタンパン（半月形）」の像のいちばん下の怪物は下層職人がつくって、いちばん上は当時のいわゆる芸術家みたいな偉い人がつくる。そのいちばん下をつくっている下層職人はおそらくローマ軍に征服された土着の職人たちで、被征服者です。つくったものにその怨恨が出ている。日本の場合でもそうですね。仁王様に踏んづけられている天の邪鬼。あれは、元はその地の支配者だった者で、そこへ新興の天孫族、ギリシアでいえばオリンポスの神々が入ってきた。新しい神々が入ってくる前にいた連中はみんな、近代の言葉でいえば奴隷に、つまり国を下で支えるものになっていくわけですね。ギリシア神話のアトラスが地球を下から支えるように、オケアノス（海にいる人）、プロテウス（つねに変幻しているもの）など、オリンポスを追われた神々は辺境へ行って水とか土の守護神になる。そういうもの自体には特性はないので、そこにいる獰猛な動物や、フカなどの危険な海生動物の牙などの要素を寄せ集めて追放した連中を造形する。しかし、追放したといっても、どこか遠くに行く場合もあるし、近くで職人として人目につかずに生きている場合もあって、だから近くに「遠く」があるわけですね。

ギリシア・ローマの世界、つまり古代では追放されずに、怪物的なものは比較的普通にいましたし、ルネッサンス以後にも、ある意味でカーニバル的に解放される時があります。中世のようにハイアラーキーによる安定が長い間続く場合は、その中に閉じ込められているから、なかなか目立たないけれど、しかし実はいつでもいるんじゃないだろうか。それを美術史上の常数として評価したのがホッケの『迷宮としての世界』ですね。変てこなものは、実は古典主義の時代にもあるんだと。それがいつの日か、その近くの「遠く」が反乱を起こすと中心が壊れるわけですね。

谷川 ヘシオドスの『神統記』やヘロドトスの『歴史』(ともに紀元前五世紀)では、ギリシア人以外の人間はほとんど怪物として描かれていて、スキヤポデスや禿げ頭族も出てきます。『山海経』に出ている図版と、『神統記』以降の西洋人の怪物の図像とを突き合わせてみると、不思議なことに似ているものがずいぶんとある。『山海経』にもスキヤポデス的なものが出てきます。どこからああいう想像力が発達したのか非常に不思議ですね。人間の想像力のあり方というのは、東西であまり変わらないんじゃないか。あるいはどこかに原型があって、それが波及した結果なのか。

種村 スキヤポデスの一本足については、日本でいえば案山子《かかし》がそうです。神話の中では久延毘古《くえびこ》ですね。これは製鉄神話に関係があります。鉄をつくる人たちが一つ目とか一本足とかというのは東西共通している。

谷川 鉄を産出するところはいわゆる被差別とつながっているという話を聞いたことがあ

りますが。吉野、熊野とか、鉄の産地と古代の不思議な地域が関連があるという説がありますね。

種村　一概にはいえないけども、『遠野物語』がそうですね。桃太郎の説話というのも製鉄神話ですね。あれは桃じゃなくて鉄ですね。

谷川　鉄ですか。あの鬼というのは怪物ですけれども、あれは異民族とか、そういうことになりますね。

種村　征服した者が自分を正当化するためにすり替えている。古代の吉備に温羅《ウラ》という帰

「スキヤポデス」
シェーデルの『年代記』（1493 年）より

「パノティー」
シェーデルの『年代記』（1493 年）より

化人が製鉄を営んでいて、それを吉備津彦《きびつひこ》が天皇の命を受けて退治しに行くという話があります。吉備津彦は百八十とか二百何歳まで生きていたといいますが、それは吉備津彦系の人が二百何十年ぐらいかけてようやく溫羅の人びとを征服したということでしょう。溫羅の人びとは高度な製鉄技術を持っていて、したがって戦闘能力が強かった。しかし先住民が征服されると、異民族として被差別になりやすい。

谷川　そうすると日本の古代史というのはあるところで逆転が起きていますね。つまり高天原の天孫族というのは、地理的にいえば朝鮮半島辺りから日本にやって来た。土着の連中は葦原の中つ国にいた五月蠅《さばえ》なす神々で、それが妖怪化していく。ところがある時から朝鮮系の人びとが差別されて怪物化していく。

種村　朝鮮系だけじゃないでしょうね。だって、天皇も朝鮮系だろうからね（笑）。

世界没落／異文化混交／怪物／奇形

谷川　種村さんの『怪物の解剖学』はゴーレムとか錬金術とか、デカルトのフランシーヌという少女人形とか、尋常ならざるものをつくる。機械の問題も含めて何かをつくる話を扱っているわけですね。しかし澁澤龍彥の怪物論は、簡単にいうと奇形の話です。「つくる話」は、非常に単純な二元論でいうと、ユダヤ・キリスト教の問題意識じゃないだろうかと思いました。つまり人間が自分を神になぞらえて新しい生命をつくる。一方ギリシア的な想像力というのは、自分ではないほかのところに何か怪物がいるという話が多いと思います。このあたりはどうでしょう。精神分析の問題ともちょっと関係ありそうな気がします。

種村　つくるというのは、何か欠如があるからつくるわけですね。自分の中に欠如があるから、造形衝動が出てくる。ある物をコレクションしている限りは、造形衝動はあまり問題にならない。澁澤さんと違うところはそこかもしれないな。ただある物を集めるコレクター……。

谷川　コレクションですね。たしかに澁澤龍彥の怪物論は種村さんの怪物論とは違いますね。

種村さんは、ヴルカーヌス（鍛冶の神）についてお書きになっていますが、奇形の問題がありますね。正常あるいは尋常があり、奇形はそれを逸脱しているという考え方が基本にあります。それが地理的に投影されると、われわれと異郷になり、ギリシアの場合には、ギリシアとアジアというようなかたちになる。

怪物と奇形の問題は訳し方の問題でもありますが、アリストテレスの『動物発生論』はギリシア人の間で奇形児が生まれてきたことを問題にしている本ですが、ギリシア語で「テラータ」という言葉が使われていて、岩波で出ている全集では、これを「怪物」と訳しています。しかし同じ言葉が途中から「奇形」と訳されるようになります。怪物と奇形、それから日本的にいうと怪獣、柳田國男的な妖怪もある。少しずつ言葉が違います。そのあたりをどういうふうに考えるかという問題があると思います。

もう一つは、ユダヤ・キリスト教的なヘブライズム的な世界観と、ギリシア・ローマのヘレニズム的な世界観との違いですね。ヘブライズムでは基本的に種は固定して動かず、神はその類に従って生物をつくっている。類に従うということは、もともと本質を与えているわけですから、変なものは出てこないはずですが、そこにいろんな議論が起きている。ヘブライズムとヘレニズム、奇形と怪物の問題、そしてあとで話に出ると思うのですが、進化論の問題にもつながってきます。

種村 奇形と怪物と妖怪と、それに幽霊。それがどう違うか。こういう話になるときりがないね（笑）。ただ一ついえるのは、怪物というのはモンストルーム、つまり世界没落という凶事の予告です。大凶事が起こるよという、天変地異、カタクリスムと関係がある。つまり怪物は、現存するものの形が崩壊することを前提にしている。奇形は、四葉のクローバーは一種の奇形ですが別に怖くはない。奇形同士は、奇形の世界があれば、そこで非常に平和に嬉々として戯れていられるわけです。ハーマン・メルヴィルの『マーディ』に出てくる一本足の島には、ヒレ男もいれば一本足もいる。その中心にあるのはあらゆる不具性、奇形性の集合体で、奇形性を全部寄せ集めたのがヨーキー王という王です。火山島なので島の風景全体も歪んでいる。火山というのは噴火してたえず形を変えていますからね。

それに対して、それ以上進化／変化しないものはアポロン的な調和に達している。だから美というのはちょっと遅れたものだとぼくは思っている。もう変化しないわけですから、追い抜かれた安定した種といえるだろう。一方でこれから変化の可能性はあるけれど形が決まってないもの、それを醜といっている。アポロンは安定しているけど、その異母兄弟のヘルメスはたえず姿を変えて、あっち行ったりこっち行ったりしますね。ヘルメス（マーキュリー）はまた資本主義のシンボルで商業のシンボルですから、水銀のように、物質の三凝集状態、固体、液体、気体の間を行き来するわけです。ＵＦＯの原型は水銀だとユングがいってますが、あれも気化して見えなくなったり、水滴状になったり、固形になったりする。ヘルメス的な、くるくると形の変わるもの、形態の安定しないもの、それがおそらく奇形とか怪物とかいわれた。ただ、怪物は世界没落が前提となっています。

谷川　すると、日本ではアリストテレスの「テラータ」は怪物と翻訳されていますが、ちょっと違う概念だということになりますね。ただ、モンスター、ラテン語のモンストラーレ、フランス語のモントレーというのは「示す」という意味ですから、要するに警告、凶兆ですね。災いを予告する。キリスト教的な世界観の中で怪物が、たとえば奇形児が生まれると今度政変があるとか、王様が危ないということがよくいわれたようです。ハルトマ

「双頭児」、シェーデルの『年代記』（1493 年）より

ン・シェーデルの『年代記』などを見ると、そこで具体的に怪物、モンスターとみなされていたのはやはり奇形児ですね。そこには微妙な問題があると思うんですね。

種村　それは文化圏の混交度に問題があると思いますね。たとえばユダヤ教から出てきた一神教の世界がメソポタミアとかバビロンなどのオリエントと混交していきます。つまりキリスト教もそれほど画然としたものではない。旧約聖書でも、たしかに神が六日間のうちに万物の本質を規定して、そのあとに「増えよ」と生物にいったわけですが、その時に奇形が混じってきます。天使が天から下りて、香水とか宝石とかいろんな珍しいものを人間の女に贈って、彼女らと交わって、そこに天族と地上の女との間に混交物をつくった。

おそらく実際に侵略があったということでしょう。

そこで生まれる混交物、混血児は、おっしゃるように奇形の場合もあるけれども、非常に美しい子供とか、ものすごく才能のあるもの、大力の勇士とかを残していく場合もあるわけです。アレキサンダー大王もそういう落とし子だそうです。しかし同時にものすごい奇形も出るし、破壊的な衝動を持ったやつも出てくる。たとえばフランスの伝承に、土曜日になるとドラゴンになるメリュジーヌの話があります。ポワトー地方のルジニャンの伝説ですが、「海＝メール」とルジニャンがいっしょになってメリュジーヌになりますね。ルジニャンという地名はルジニアという光の女神の名から来ています。そのメリュジーヌがレモンダン伯爵と結婚する。土曜日の夜になるとドラゴンになるから見るなというのに伯爵が見てしまったため、十人の子供を残して去って行きます。日本の葛の葉狐の伝説と同じですね。子供の中に「大牙のジョフロワ」というのがいて、犬歯みたいな牙が生えている。ものすごく暴力的で、まわりの国々を全部平らげて、領地をどんどん広げる。ほかの子供たちも凶暴だったり、顔つきがおかしい。最近の女性史の研究によると、それはどうもフランスとアラブとの混交があったということらしい。牙が出てるような歯並びで鼻も高すぎるし、色も奇形にみえるアラブの女性がいたとしても、それはヨーロッパ人から見た水準での奇形であって、アラブでは美人なんですね。当時、おそらく十二世紀頃までは、地中海を通じてヨーロッパとアラブとエジプトの交通がありましたし、アラブのほうが文化が高かったから、ドイツ皇帝のフリードリヒ二世はアジアやエジプトと賢明に交通して、ナポリの動物園を作ったりしています。

谷川　シチリアまで関係してますからね。

種村　遅れているのはキリスト教のほうです。ローマの教会がシュタウフェン朝のフリードリヒ二世（在位一二二〇―五〇年）をアンジュー公（シャルル・ダンジュー）といっしょになって潰してしまう以前はアフリカとオリエントとヨーロッパが三角関係で、非常に賢明な貿易をし、富が増えていたんですね。メリュジーヌの話でも、レモンダン伯がメリュジーヌと結婚して東方貿易で大金持ちになったという話になっている。それはずっと後の、マホメットを信仰していたテンプル騎士団がキプロス島を中継点に、貿易でお金を稼いでいたのと同じです。

谷川　たしかにいろんな説がありますね。

種村　交通量、いまでいえば情報量ということになりますが、異質の人と付き合うことでどんどん富が増大していく。それに対してローマ帝国はローマに中心を置いて、そこから世界支配しようとする。帝国から教会に移っても同様です。フリードリヒ二世を潰す前は、ヨーロッパもある種の辺境であり、辺境であることによって富んでいたわけですが、中心化したことによって閉鎖的になった。どうもそういう変質がありはしないか。それは怪物論に関係してきます。

谷川　怪物論の背景に一種の異文化、異文明との対立と混交があるということですね。あらゆる旅行記、紀行文などの文献でも、異文化／異文明、それは自己と他者といっていいと思いますが、見知らぬ他者が全部怪物化されて出てきますから、おっしゃるとおりだと思います。

アウグスティヌスの『神の国』の中に、キリスト教の立場からいろんな奇形だとか怪物の存在をどう捉えるか。神がそんなものを最初からお創りになったんだろうかという問題を論じている箇所があります。要するに、奇形だとか怪物は全部神の意思に適っている、形のヴァラエティみたいなものを神はよしとするんだという論理ですべてを肯定しようとしている議論です。そういうキリスト教的発想の問題と、いまの文化圏の混交というような文化論、文明論。日本であれば天孫族と葦原の中つ国の土蜘蛛などの問題と絡むようなダイナミズムと、具体的な生物学的な奇形だとかの問題が絡まっている感じがします。メカニズム的にいえば天使だって人間に羽がついてるわけですから、異種混交の怪物ですね。それが黒くなると悪魔になる。微妙なもので、怪物か怪物じゃないかという基準が非常に動きます。

種村　イラン辺りの天使の図像は、造形的にはまったくの怪物です。

谷川　そうですね、西洋では千手観音は怪物扱いです（笑）。フランスのジルベール・ラスコーの『西洋芸術における怪物』（一九七三年）の中の怪物の分類表を見ると、なかなか面白いですね。こういう書き方もあるわけです。

進化論／アンチ・ユートピア／胎内回帰

谷川　澁澤龍彦の怪物論背景にあるのはアンブロワーズ・パレの怪物論（『怪物および異象について』一五七三年）ですが、パレは怪物が誕生する原因を十三種類挙げています。ちなみに、列挙してみますと、①神の栄光、②神の怒り、③精液過多、④精液過少、⑤想像力、⑥子宮狭窄、⑦妊娠中の母親の姿勢の悪さからくる腹部圧迫、⑧妊婦が腹部に打撃を受けたり、高いところから落ちたりした場合、⑨遺伝の病気、⑩腐敗、⑪精液の混淆、⑫乞食が同情を惹くために不具・奇形のふりをすること、⑬悪魔の仕業、というのです。種村さんもよくお書きになりますが、ビュフォンがそれを三種類に集約していますね。簡単にいうと「過剰」と「欠如」と「異種混交」ですね。過剰と欠如というのはアリストテレスが『動物発生論』の中ですでにいっている。異種混交というのは先ほどぼくがいったレオナルド・ダ・ヴィンチの想像力論の問題とつながってくるわけで、新説ではないのですが、それをうまく生物学的に三種類に分けている。そういう生物学的に収斂していくような議論と、文明のダイナミズムの問題をどういうふうに考えるかということがありますね。ビュフォンの膨大な『博物誌』の背景には進化論的な思想がありますし、さらに元をただせば、神々や人間のあらゆる化身・変身を扱ったオウィディウスの背後にある「生々流転する」というメタモルフォーシスの思想はピュタゴラス派の思想です。それが近代になって進化論として出てきて、同時期に非常に面白い奇形学がたくさん出てくるわけです。たとえば十八世紀のディドロの『ダランベールの夢』では、ダランベールとレスピナス嬢の会話の中に、あらゆる奇形の話が出てきます。そこでは、正常と異常という区別はないんだという結論になっていて、これは万物は流転しているという世界観です。まさにピュタゴラス派の思想そのものです。

進化論というのも考えてみると奇妙な議論で、要するに瞬間的な変化を、われわれでは捉えきれないような時間的なスパンに延ばしたメタモルフォーシスの思想ですね。それが十七世紀から十八世紀ぐらいに非常に盛んになって、ダーウィンの『種の起源』に帰着していきます。これは一種の目的論的なメタモルフォーシスですから、形がヴァリエーションをもって変異するという、アウグスティヌスの『神の国』の議論とは少し違います。また、ビュフォンの怪物論の中には、黒人の白子だとか、お腹から人間がもう一人ぶら下がっているという例があって、要するにあそこでいう怪物は全部奇形なわけです。想像力の怪物と現象としての奇形という問題もある。

種村　いま問題にしているのは想像力の問題だろうと思う。生物学的な問題だと、一種の決定論になってきますね。ダーウィンは『種の起源』でそういう進化の決定論をつくろうとしたんでしょう。しかしそれをつくった瞬間にその反動が起こります。進化はイヤだ。退化したい。人間は退化したほうがいいんだという退行願望です。人間が動物に変身するという願望は、スティーヴンスンの『ジキル博士とハイド氏』や、密林に棲むターザン、あるいは地底王国にも窺えます。『種の起源』と同時ぐらいに産業革命の結果が徐々に出てくるのですが、産業社会化の現実に対して、それはイヤだというペシミスティックな、原始的なものに戻りたいという退行願望が出てくる。それがユートピア論と関係がある場合もあるわけです。人間は別に進歩したってしょうがない、母親の子宮の中に戻っちゃうのがいちばんいいと考えれば、中国の福地洞天、つまり桃源郷に入って、自然に生えてくる作物を食べていればずっと生きていられるじゃないかという桃源郷思想です。進化論や産業革命は、その契機をつくったかもしれない。

谷川　澁澤もいうジャン・セルヴィエのユートピア論（『ユートピアの歴史』一九六六年）がまさにそれですね。

種村　一種のアンチ・ユートピア。

谷川　胎内回帰ですね。

種村　中野美代子さんの『奇景の図像学』という本の最初に、精神医の中井久夫さんがポーの「ランダーの別荘」に行く地図を描いていますね。

谷川　道筋を詳しく分析してますね。

種村　ビンゲンのヒルデガルトの絵の中にほとんど同じような、火炎太鼓みたいな形をしたものが出てきます。それはおそらく中国のユートピア幻想とも非常に似ていると思う。ポーの伝記を書いたギリシアの王女がいますね？

谷川　マリー・ボナパルトですか。

種村　死んだ母親のいるところに川を遡って入っていく。その川上の美しい場所というのがポーにとっては死んだ母親だと、マリー・ボナパルトがいってますね。『ランダーの別荘』のほかにも『アルンハイムの地所』の川上の別荘など、ポーの作品には美しい土地というのが必ず出てきます。『リジイア』では、あの混沌とした部屋がそうです。ある場所に立つと、混沌の中にはっきり秩序が出てきて、ある図像が出てくる。死母への憧れが図像として出てきて、それから目鼻立ちのはっきりした空間の中に入って行くという話をポーは繰り返し書いている。

谷川　『アーサー・ゴードン・ピムの冒険』も最後はそうですね。南極に近づくとだんだん水が温かくなって、白い霧が出始めて、向こう側に白装束のものすごく大きな人間、男か女かわからないけれど、たぶんお母さんが出てきて、その中に船が吸い込まれて行く。ぼくも『幻想の地誌学』でその話について書きましたが、あれは要するにどうも南極の穴の中に落っこちたらしいという話で、まさに精神分析的に胎内回帰の話です。

種村　ユング派のマーリオ・ヤコービが『楽園願望』という本を書いてます。イスラエルの人たちが、かつて「キブツ」をつくったでしょう。旧ソ連の「ピオニール」みたいなもので、親元から引き離して子どものうちにキブツの中に入れちゃうらしい。だから、肉親とのスキンシップがない。彼らは母親を知らないわけです。じゃあ子宮願望、胎内回帰願望をどういうふうに叶えるかというと、そういう人は美しい風景を見ることで非常に感動するらしいんだね。だから、ある種の風景というものが母胎と同じくらいの安堵感を与えるということがどうもあるらしい。そういうものと怪物というのは裏腹じゃないかと思いますね。

谷川 江戸川乱歩の『パノラマ島奇譚』もポーの影響があるのかもしれませんね。

種村 ありますね。

谷川 一方で『孤島の鬼』のような人工的に奇形をつくる話もありますね。怪物化されて書かれてはいるけれども、なんともいえない懐かしさというか、そういうものがあります。

種村 『パノラマ島奇譚』と、谷崎潤一郎が自分の全集から削ってしまった『金色の死』ね。あれは同じ発想の話です。両方ともポーの『ランダーの別荘』と『アルンハイムの地所』から来ている。ポーのは二つ続いている話だけど。

谷川 あの『金色の死』は三島由紀夫が「谷崎潤一郎論」の中で非常に大きく取り上げています。あそこに谷崎の秘密のすべてがあると。『金色の死』は要するに男性美の話で、自分の理想郷をつくって全身金箔を塗って死んでしまう話ですが、三島はそれを男性の肉体という問題で取り上げています。谷崎と江戸川乱歩の小説は、江戸川乱歩が競争意識を持っていたのかは知りませんけど、似てますね。

種村　似ています。根本的にはポーを踏まえているんでしょうけどね。谷崎も死んだ母親のことをしょっちゅう問題にしています。三島の『太陽と鉄』と違うところは、谷崎も江戸川乱歩も〈月光と銀〉だということです。鉄と銀でいいますと、鉄の値打ちの高い時代があるんですね。日本だと三世紀と室町時代かな。戦乱時代です。戦国時代が終わると、今度は流通が問題で、いまなら金ですが、当時は銀の値打ちが高くなる。銀は太陽性のものじゃなくて月光性のものです。谷崎の『少将滋幹の母』では月光が銀のように降り注ぐ野辺で、屍が崩れて腐ってゆく様を観じるという不浄観をするし、『月と狂言師』では狂言師が月光に酔う。月光に酔ってしまうという一種の体質というか、日本の文化に流れている、あるトポスがある。

谷川　三島は金ですか。

種村　三島さんは、それはそれで面白いんだけど。鉄じゃないですかね。だから、最後は鉄の剣でバサッとやったわけですね。

国家・権力に対する恐怖の表象

谷川　ところで『マタンゴ』（一九六三年）という映画、ご存じですか。

種村　いや、それは見てないな。

谷川　孤島に漂着したヨットに乗っていた日本人の男女が、食べる物がなくて、島に生えているきのこを食べているうちにきのこのお化けになってしまうという話ですが（笑）、それを語ったのが精神病院の患者で、要するに嘘かほんとかわからないというつくりになっています。一人だけ生き残って帰って来るんですけど、顔にきのこがついている（笑）。

種村　まったく香山滋風の物語なのですが、谷崎の『人面疽』にもちょっと似ている。

谷川　香山滋は古生物学に詳しいんですよ。

種村　ぼくは日本の怪奇映画の中で最高傑作は『マタンゴ』じゃないかと思っています（笑）。

谷川　資本主義社会の話になりますが、H・G・ウェルズの『タイム・マシン』では最終的に何万年後かの人間がエロイ族＝きれいな地上にいる人間たちとモーロック族＝地下世界の怪物たちに分かれます。地下世界の怪物たちというのは、要するに産業革命後の労働者たち、とくに炭坑夫のなれの果ての姿ですよね。資本家対労働者のパロディだといってもいいわけです。

同じ時期にマルクスがイギリスで『資本論』を書いています。結局『タイム・マシン』と『資本論』は同じことをいっているのではないか。そしてウェルズが空間軸にそういう問題意識を投影すると『モロー博士の島』になります。島に君臨する一人の白人が動物を人間化しようと実験し、人間と動物の間《あい》の子みたいのをどんどんつくる。いわば未開人を教化してやろうという、一種の帝国主義のパロディになっていますが、最後には失敗して殺されてしまう。先ほどのメルヴィルの話とよく似たような、全員盲人で一人だけ目明きが紛れ込んでとんでもない目に遭う『盲人の国』という話も書いています。ウェルズはいろんなことを考えていた面白い人だと思います。

種村　あの時代は面白い人がずいぶん出てますね。ジュール・ヴェルヌ、マーク・トウェイン……。

谷川　自己と他者という外在的対立ではなく、いわば内なる他者の外在化という点で、ドッペルゲンゲル（分身）の問題があると思います。ドッペルゲンゲルが文学化されたのは十九世紀のポーあたりでしょうか。

種村　ジャン・パウルやホフマンのほうが早いですね。ボードレールが礼讃しているホフマンの『ブランビラ王女』とか。

谷川　いずれにしても十八世紀の終わりから十九世紀頃ですね。

種村　そうでしょうね。しかし、ドッペルゲンゲルというのは、キリスト教的二元論の中にあらかじめ内在してるんじゃないのかな。神と悪魔、天使と堕天使……。

谷川　シェークスピアの『リチャード三世』（一五九三年）では、奇形のリチャード三世が、ディフォーミティという言葉を使っています。フォームとディフォーム、つまり形が歪んでるということですが、それがイーヴル＝悪という言葉とつながって出てきます。奇形・怪物は悪だという意識を、奇形であるリチャード三世自身がいう。そういった善悪の問題ともつながってはいないでしょうか。

種村　善悪ではないだろうと思う。むしろ恐怖ですね。

たとえばどの国にも武勲詩があります。武勲詩の中では敵が真っ向唐竹割りというふうに非常に乾いた描写で簡単に、しかも残酷にバサバサ殺されていきます（笑）。その局面だけを見ていると、敵は奇形である、したがって悪であるということもあるかもしれません。敵を悪というか、自分たちではない、他者であるという認識をしなきゃ戦えませんから。しかし戦いが終わると、相互貿易のように流通の世界が始まり、そこでは相手の美醜とか悪ではなくて、経済効果みたいなものが問われるようになります。

戦記文学としてはインドの叙事詩『ラーマヤーナ』がありますね。そのランカー島での決戦の場がアンコールワット第一回廊の壁画に残っています。あなたの「ぎっしりびっしり」を援用しつつ、そうではないものがあそこにあると中野美代子さんが書いていましたね。

『ラーマヤーナ』は本質的に戦いの文学ですから、一人ひとりが英雄であって、戦士列伝になる。つまり無個性の密集じゃないということですね。源平合戦を例にとると、那須与一や平敦盛がいるでしょう。それがいっしょになって戦うわけだから、「ぎっしりびっしり」してると同時に戦士としての個性があるわけです。そして源氏はあそこで勝って自分の王朝らしきものを建てるから、つまり建国神話になるわけです。没落した平家は、ほんとに無個性的な「ぎっしりびっしり」に戻ります。どこか山奥へ逃れて落人部落をつくって再興の機会を狙う、あるいは諸国を放浪しながら、職業的にも卑賤なものに身を落として生き延びる。それは二項のうちのどちらが図になるか、あるいは地になるのかという、ゲシュタルト的な「図」と「地」の問題としても考えられます。地の図像に戻る時があると思いますね。怪物どころか差別がなくなる、怪物も怪物じゃないものも、天使的なものもなくなる混沌とした状態です。

装飾的怪物論

種村　アルチンボルドは、異なるものを寄せ集めて肖像を描きますね。日本でも国芳とか北斎の絵がありますが、元になってるのは、一頭の中になるべくたくさんの子供ができるようにという中央アジア辺りの家畜民族の多産信仰です。

谷川　動物の中にたくさん小さな動物がいるという図がありますね。

種村　あれがリヴァイアサン的な、多が一に合成されていくものになっていきます。おそらく中央アジアの辺りにいた家畜民族が北方に行って。オスマントルコ人が、鋏でもってチューリップを剪定して栽培する技術をつくったでしょう。それを寒いところでも育つようにして、プラハのルドルフ二世のところに持っていったクラウディウスという園芸師がいます。植物を鋏で切って、変形させながら育て合成していく剪定技術。これはコラージュですね。コルは糊という意味ですが、結合する糊の前提にあるのは鋏で切った部分ですから、鋏の技術が園芸術として発達していることが重要だったんじゃないだろうか。

谷川　園芸術とアルチンボルデスクな想像力の関連というのは、初めて伺ったのですが、非常に面白いですね。ホッブスの『リヴァイアサン』の原書に王様が丘のところから出ている有名な絵が載っています。これは時代的にはアルチンボルドより少し後になります。ぼくはアルチンボルドの影響であある絵を描いたのかなと思って、アルチンボルデスクな想像力の問題としてエッセイを書いたことがあります。しかし、あれは剪定術、園芸術の影響かもしれないということですね。

種村　同時多発的なことはずいぶんあるんじゃないでしょうか。たとえばコラージュはエルンストが発見したってことになってるけど、ほんとはそうじゃない。

谷川　それはあり得ないことですね。

種村　当時のマニュフェスト好きの一九二〇年代のエルンストという芸術家がそういってみただけで。実はすぐ前にアドルフ・ヴェルフリという狂気画家がちゃんとつくってます。だけど、コラージュのいちばん初めは日本人です。伊勢という女性の歌の家集がありますが、白い地紙の上に草木染の緑や茶色の紙をむしって貼り絵にしたものです。十世紀ですね。そのコラージュされた紙の上に水茎もさわやかに歌を書きつけています。白の地の部分は川が流れているわけですし、紅葉は赤く、若葉は青くとなっていて、そこには日本の四季の移り変わりが全部入っていることになります。折口信夫は日本の自然の背後にはかならず機織りの織姫がいて、日本の四季をいつも織っているといいましたが、そういう

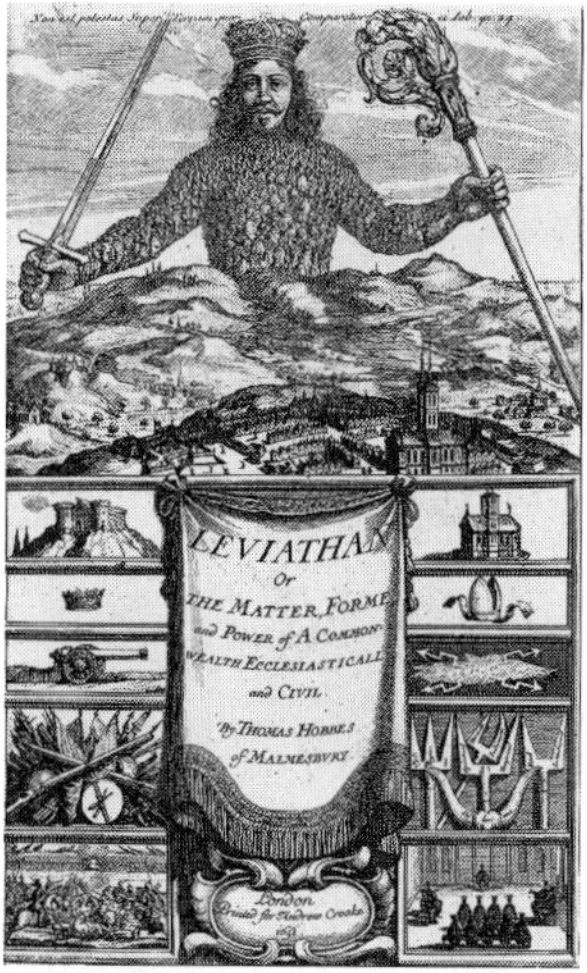

『リヴァイアサン』の原書の扉

自然観が十世紀のコラージュにすでに出ている。一方、エルンストのコラージュは産業社会的なコラージュですね。大量消費の結果、廃物化されたものがもう一度甦ってくるためのものです。

川上弘美さんとの対談（『ユリイカ』二〇〇〇年十月号、「泉鏡花特集」）の時にも話題にしましたが、このあいだも国立劇場で猿之助がやった歌舞伎の『加賀見山再岩藤《かがみやまごにちのいわふじ》』に「骨《こつ》

マックス・エルンストのコラージュ『ポスター展のための企画』（1920 年）

寄《よ》せ」という場面があります。悪者の女（岩藤）が死んで、骨だけになってお墓に捨てである。墓参りに行った女が何かいうと、骨がばーっと寄せ集まって、ものすごいきれいな女に復活して、豪奢な着物を着て空に飛んで行く。これはオシリス神話を思わせますね。つまりナイル河の四十八カ所をイシスが訪ね歩いて、散らばったオシリスの骨を完全に結合すると、オシリスは現世ではなく、黄泉の国に甦って黄泉の国の王になります。現世に復活したら、彼を殺したセトと同じく権力の象徴になるだけですから、権力でないものの世界に入る。それは記憶の世界です。ショーペンハウエルの哲学じゃないけど、記憶の中に入ったものは意志がなくて表象だけだから、きれいなだけ、美しいだけのものです。つまり芸術の世界に入っていく。

谷川　コラージュは、一度解体して切って貼る、組み合わせるわけです。一方バルトルシャイティスのロマネスクだとかゴシックの美術論は、装飾怪物論的なところがあって、文字だとか曲線の部分部分に動物なり人間なりの図像がおのずから入ってきて、そこに連続的な有機的なつながりが生まれます。装飾的曲線が怪物を呼び込むわけです。解体して寄せ集めて何かをつくることと、ああいう文字の装飾、あるいはイスラムのアラベスク模様、イタリアでいえばグロテスク模様になりますが、それは何かちょっと違う想像力の働きがあるような気がしますね。ケルトの問題も絡んできます。

種村　ぼくにはとうてい歯が立たないけど、ケルトの問題は大きいですね。バルトルシャイティスはリトアニアの人でしょう。リトアニアというのは変な国で、スラブの中にあってスラブじゃない。言葉が古代インドのヴェーダ語に非常に近いらしい。そういう文化を持つ地域がなぜあの場所にあるのか。それがどうもギリシア神話の、アルゴー号に乗って金羊毛を探しに行くイアソンの航路に関係があるのじゃないかと思える。地中海から行ったんじゃなくて、ドナウ河を遡って、黒海からアイルランドに入って行ったんだろうという説があるらしくて、そうするとたしかにドナウ河に沿ってケルト文化があるんですね。どうもそういう河を媒介とした交通が文化の伝播の道であったように思う。だから、河の問題というのはかなり大きい。

谷川　河と蛇との関係というのはあるんでしょうね。八岐大蛇《やまたのおろち》は河だという説がありますし、クリムトの絵にも河の流れと女の体、蛇と女体と河の流れを一体化した絵があります。あれもバルトルシャイティスがいうような、線の流れに沿って存在が出てくるという、コラージュとは違った想像力の働きだと思いますね。

種村　コラージュと違って、ビザンチン的なモザイクの発想があるでしょう。クリムトはビザンチン的な発想でしょう。

谷川　日本の影響もありますけれども。

種村　そうですね。ビアズレーもそうですが、世紀末というのはビザンチン崇拝ですね。だから金を使う。金なんてものは、三島由紀夫じゃないけど、禁色、禁じられた色ですから、色じゃない。あれを使ったのはヴェネツィア派だけでしょう。

谷川　ラヴェンナの影響もあるのでしょうね。

種村　それからサルバトーレ・ローザ。ウィーンでいうとシュトラートマンがわりに早くに金を使ってます。クリムトはそこから出てくるわけですね。その後にシーレもああいうビザンチン的な色の面をモザイク状に使って表現します。

文学ならカフカの『変身』。グレゴール・ザムザは生地の見本を売って歩く商人ですが、鞄の中にいろんな色の生地見本が入っていて、それで洋服作りませんかと売り歩く。その生地の色見本を集めた構図は、当時ヨーロッパ諸民族をビザンチン的な配置として支配下に治めていたオーストリア・ハンガリー帝国という非常に特殊な二重帝国の版図そっくりです。

谷川　もとはハプスブルクですね。アルチンボルドなんかもそういう意味では、そのとおりの想像力を発揮したことになりますね。

種村　ハプスブルクというのは、強い者が上にいくと独裁になるから、弱い者を頭に持ってきて、その下で強い者が張り合うようなシステムで、全体としてはバラバラでありながら、戦争もなく五百年続いた。ハプスブルクはだいたい婚姻によって領土を広げていきますが、ハプスブルクや中国は、多民族を受け入れ、征服されながら版図を拡大していきました。中心が無力であるがゆえに続いたという不思議な世界です。

谷川　ベラスケスの「ラス・メニーナス」にはドゥワーフやミュゼットが描かれていますが、そうした小人や奇形とかをたくさん集めたり、人為自然を問わずあらゆる珍品奇品を収めたクンスト・ウント・ヴンダーカンマー（芸術と驚異の部屋）をつくったりしたのがハプスブルク家でしたね。世界中のものを全部、人間のいろんな形までも集めようとする、そういう問題とハプスブルク家のあり方はどこか似てますね。

種村　それも無力なものを集める。無力とか奇形、つまりはずれたものを集める。中心でありながら中心から排除されたものだけがヴンダーカンマーの収集の中に入っているという逆説があって、それと同じ理屈がおそらくハプスブルクを五百年続かせたのじゃないか。あそこにギンギラギンのボディビルダーみたいな強いやつが揃っていたら、あの帝国は、すぐ潰れてましたよ。

谷川　最終的には自然の大きさというか懐の深さというか、そういう問題に帰着してしまうところがありますね。

種村　懐かしさみたいなものね。昨日テレビを見てたら、田島征三が信楽《しがらき》のほうの変な顔をつくっている知的障害者の陶芸家のところへ行く番組がありました。その人の作品は非常にやすらぎがあるんですね。なにか幼児感覚みたいなものと並ぶようなものといえばいいのか。美術史の言説は崩れても、ああいうものは残るんだね。子供というのは怪物が好きでしょう。別に恐れてもいないし、友達みたいに扱ってる。子供自体、怪物みたいですよね。小人と同じ（笑）。

谷川　ポケモンですよね、小さくなった怪物。戦後の怪物論というのは「ゴジラからポケモンへ」って、そんな感じがあるんじゃないかと思う（笑）。

底本一覧

吸血鬼幻想　『吸血鬼幻想』一九七九年、青土社（初出＝「血と薔薇」一九六八年一一月創刊号、天声出版）

神話の中の発明家　『詐欺師の勉強あるいは遊戯精神の綺想』二〇一四年、幻戯書房（初出＝「日本近代文学館」第一〇三号、日本近代文学館）

怪物の作り方　『種村季弘傑作撰Ⅱ　自在郷への退行』二〇一三年、国書刊行会（初出＝「ユリイカ」一九七三年二月号、青土社）

洋の東西怪談比較　『詐欺師の勉強あるいは遊戯精神の綺想』（初出＝「第一一回　江戸東京自由大学　怖い、見たい、面白い――ミステリアス江戸」パンフレット、一九九九年一〇月二日、財団法人東京都歴史文化財団）

少女人形フランシーヌ　『種村季弘傑作撰Ⅱ』（初出＝「ユリイカ」一九七三年五月号、青土社）

ケペニックの大尉　『種村季弘傑作撰Ⅱ』（初出＝「ユリイカ」一九八一年一月号、青土社）

地球空洞説　『種村季弘傑作撰Ⅰ　世界知の迷宮』二〇一三年、国書刊行会（初出＝「ユリイカ」一九六九年七月号、青土社）

落魄の読書人生　『詐欺師の勉強あるいは遊戯精神の綺想』（「I・DO」一九九四年十月号、河合教育情報本部、原題「この世はぺてんとデカダンス……ああ、落魄の読書人生」）

器具としての肉体　『種村季弘傑作撰I』（初出＝「海」一九七〇年四月号、中央公論社）

物体の軌跡　『詐欺師の勉強あるいは遊戯精神の綺想』（初出＝アンドレ・ブルトン、巖谷國士訳『シュルレアリスム宣言・溶ける魚』栞　一九七四年一二月二五日　学芸書林）

K・ケレーニイと迷宮の構想　『種村季弘傑作撰I』（初出＝「SD」一九六九年四月号、鹿島出版会）

泉鏡花作品に見るオシラ様　『水の迷宮』二〇二〇年、国書刊行会（初出＝二〇〇〇年五月九日、札幌大学文化学部主催「北方文化フォーラム」講演録）

グロッソラリー・狂人詩・共感覚　『ナンセンス詩人の肖像』一九九二年、ちくま学芸文庫（初出＝「現代詩手帖」一九六八年四月号〜一九六九年六月号、青土社）

文字以前の世界――童話のアイロニー　『影法師の誘惑――種村季弘ラビリントス2』一九七九年、青土社（初出＝『わたしの中の童話――随想集』一九七一年、研究社所収）

遍在する怪物――怪物論のトポス　『天使と怪物――種村季弘対談集』二〇〇二年、青土社（初出＝「武蔵野美術」No.一一九、二〇〇一年一月一五日）

編者解説　無限迷宮の歩き方

諏訪哲史

僕の生涯の恩師、種村季弘は、一九三三年三月二十一日、東京池袋に生まれ、転々と居を移しながら、晩年は真鶴の海が見える湯河原の丘陵地に住み、二〇〇四年八月二十九日、胃がんのため七十一歳で世を去りました。逝去から、今年で早や二十年になります。

かつて没後十年になる頃、恩師の厖大な論考から、僭越ながら僕が傑作を選りすぐった二巻の精華集『種村季弘傑作撰Ⅰ・Ⅱ』が国書刊行会より上梓されました。それからさらに十年、昨今の読書離れもあり、種村季弘という名はどこかで耳にしてはいても、その生前の文業や人物像についてはあまりご存じなく、代表的著作も軒並み絶版であるなか、手始めにどの本から入るべきか、と躊躇される若い方々も増えたように見受けられます。

本書は、そのような読者のための種村季弘の入門的セレクションとして、国書刊行会の傑作撰からさらに精選した代表的な論考も織り交ぜつつ、読みやすい自伝的随想や講演録、対談等を大幅に加え、新たに編み直した、ビギナーズ向けの決定版的な文庫選集です。

種村季弘は、三十二歳でホッケの『迷宮としての世界』を矢川澄子と共訳し、三十五歳で最初の自著『怪物のユートピア』を出版、以降、亡くなるまでに、自著・訳書・選集を含め、百八十冊以上の本を世に出しました。

ドイツ文学者、という肩書が一般に用いられますが、恩師の仕事は古今東西を関心領域とした縦横な文学・美術・映画批評、また錬金術・神話学・吸血鬼・機械人形・温泉・江戸文化の研究、そして奇人や詐欺師たちの評伝まで、目も眩《くら》むような広汎な世界の幅と幻想的な奥行きとを視野に収めるものでした。

本書中で披瀝される、あたかも世界の反転したような、常識を外れた宇宙観は、いったいどのように著者へ胚胎したのでしょうか。

敗戦後の昭和二十一年、十三歳の種村季弘は、東京の焦土にひとり立ちつくす、母を失った少年でした。こうした虚無の原風景ともいえる傷痕と、それが明かしてしまった世界のからくりが、焼け跡の空腹な少年のうちに、反宇宙論的・グノーシス的な「あべこべ」「ニセモノ」の世界観を育ませることになります。

神の贋物《にせもの》としての人間。人間の贋物としての人形。天使の贋物としての悪魔。生者の贋物としての死者。正統の贋物としての異端。道徳の贋物としての背徳。現実の贋物としての夢想。常人の贋物としての畸人《きじん》。そして、古典主義の贋物としてのマニエリスム——。

マニエリスムは、種村季弘が若い頃、専門に研究した分野で、ホッケやその先人らが発展させた概念ですが、初心の読者向けに大雑把に言ってしまうと、あらゆる文化・芸術領域において、ふつうは侮蔑され忌避されるところの異端的で異常な作品・傾向のことです。マニエリスムの対立概念が、正統、健全、王道的な美の規範・模範として君臨する「古典主義」です。マニエリスムは古典主義と表裏一体かつ交互表出的に、あのルネサンスの後の一時期に留まらず、各時代を跨《また》ぎつつ常に顕われ続ける、普遍的な異端ということです。

著者の真骨頂は、この反転倒立した贋《にせ》、あるいは影の、実体のない嘘、虚構をこそ主眼に置く点です。怪物も人形も、ドッペルゲンガーもぺてん師も、それら正統に対する異端の「影」たちは一様に、さも自分たちこそが「真なる実体」であるかのような顔つきをしつつ、大手を振って天下の公道を闊歩《かっぽ》します。それによって、音に聞く実体とやら、真実とやらを、完膚なきまで愚弄し転覆させるのが著者のもくろみだからです。贋物が実体のふりをすれば、実体側の権威も馬脚をあらわし、怪しげなマヤカシへとあべこべに頽落します。ありようは元の黙阿弥、あの少年時の原風景、空虚な焼け野原へと帰着するわけです。

かつて十七歳、高校二年の時、僕は恩師の本に出会いました。一九八六年のことです。河出文庫の『吸血鬼幻想』を皮切りに、『アナクロニズム』『ぺてん師列伝』と文庫の発行順に読んでゆき、狂喜してそれらを読み終えた後、年明けに出た四冊目の新刊が、以後僕の座右の書となる『怪物の解剖学』でした。

高校二年の三学期、もう春休みに入ろうかという時期の、日当たりのいい教室の一隅で、僕は、授業も放課後も、担任も友人の声も、ガラスを隔てた向こう側にあるかのように、まさにとり憑かれたように読み耽ったのです。

本書収録の論考について、ここにいちいちの解題のようなことを書くのは遠慮致しますが、とりわけ「怪物の作り方」と「器具としての肉体」の二稿は、若かった僕にとってあまりにも決定的なものでした。創造する側とされる側という神話的なスケールの、ある種の多重の入れ子構造が、神・人間・人形（怪物）の間を、反転を伴いつつ往還するスリリングな思考へと僕をいざなってくれました。

「K・ケレーニイと迷宮の構想」、そして「グロッソラリー・狂人詩・共感覚」から受けた影響も計り知れません。前者は人間精神の宇宙的な途方もなさ、神話的時空の無限の広がりを、後者は人の声や文字に宿る呪術的な力、世界も自己をも破砕しうる言語の芸術、その魔法について、僕は熟考させられました。

奇抜なデカルト論「少女人形フランシーヌ」と「文字以前の世界――童話のアイロニー」とには、十三歳で実母を亡くした著者の、母へのあえかな郷愁、それへの回帰または退行願望がほの見え、見方を変えれば「自伝的」なエクリチュールとしても読めるものです。

ここまで挙げた六稿が、本書では比較的硬質な文体で書かれた本格論考にあたります。ほか「吸血鬼幻想」や「ケペニックの大尉」、「地球空洞説」は、文体こそ硬質ではあっても、比較的読みやすい類の作品だと思います。

さて、これらの論考の間あいだに挿まれた、話し言葉で開陳される、肩肘の張らない講演録や対談が、入門的選集である本書の新機軸です。「物体の軌跡」はアンドレ・ブルトン『シュルレアリスム宣言・溶ける魚』（巌谷國士訳・学芸書林　一九七四年）の青い栞《しおり》に刷られた寄稿文で、ここには若き日の著者により綴られた、勉学研鑽を悶々と続けた無名時代の回想が、期せずして表白されています。

軽妙な講演録、一人語りによる「神話の中の発明家」や「洋の東西怪談比較」、「落魄《らくはく》の読書人生」、「泉鏡花作品におけるオシラ様」などはもはや説明も不要でしょう。ただ、恩師が國學院大學で教鞭を執っていた頃の教え子として証言しておくなら、ここで延々滔々《とうとう》と話されている該博な知識は、文字に起こしたゲラに後から追加で盛って倍増させたものでは決してなく、先生という人は日頃いつもこんな調子で際限なく、僕が汐を見て無理に遮らないと、いつまで続くか分からないほど話が尽きず、聞いている者が次第しだいに空恐ろしくなってくるような、まさに無限迷宮的な、稀代の博覧強記であったのです。

「落魄の読書人生」で語られたような話を僕も学生時代、また卒業後に、湯河原のお宅に泊めて頂いたりしながら伺ったものです。

偏頗《へんぱ》なものに凝《こ》れ。流行ものや常識的なもの、多勢が支持するもの、国産でいかにも現代の風潮や社会問題を反映していますといった主題はまず敬遠して間違いない。日本より海外、日本なら死んだ作家の作品から読め。等々。

お前は堅物だから、もう少し悪い人間になれ。騙し、騙されろ。人の道は適宜逸脱しろ。（先生は実際には「お前」より「君」と呼んでくれた時のほうが多かったと思いますが）

また、卒論の指導では、文末の語尾をあいまいに濁すなと言われました。若い頃、僕は今と違い、〜と思われる、〜かもしれない、〜と感じる、〜ともいえそうな気がしなくもない、などと文末を自信なく濁していました。そうではなく、〜だ、〜である、と書けと言うのです。そう書くことで文責の覚悟が生まれ、主張の説得力やエヴィデンスを自ら強靭にせざるをえなくなる、と。でも俺のはエッセーだからいいんだ、論文じゃないんだから。そうも言われました。

こうした助言のほか、無頼の徒らしい、本気とも冗談ともつかない多くの「課題」が出たものです。渋谷のOS劇場（ストリップ小屋）が閉館しそうだから今のうちに行っておけ。郷里（僕の田舎は名古屋です）へ戻る前の在学中に東京の下町は徘徊しておけ。この画廊へ行け。あの映画は観ろ。何県のどこに行ったら何を食え、この公衆浴場へ入れ。等々です。

異端のアウトローを好んだ先生らしからぬ人生訓も僕は聞かされました。考えの甘い若造だった僕が「卒業後はだらだらと無職で勉強しながら詩でも書きますよ」と酔って話した晩、「自分が生きる分の金くらい自分の身体を使って稼いでこられないような奴は、結局何者にもなれず、早晩くたばる」と珍しく立腹されたのです。東大を出たのに、どこにも就職できなかったという、戦後の氷河期を経験された先生の叱咤は重いものでした。

本書の掉尾《とうび》を飾る対談では、僕のもう一人の恩師、種村先生より十五歳お若い、かつて國學院大學文学部哲学科で僕がご指導頂いた、今や日本を代表する美学者の谷川渥先生が応じられています。種村先生の青土社刊の対談集は三巻もあり、寺山修司もホッケも山口昌男も登場するなか、決して両恩師への世辞ではなく、この対談がもっとも中身の濃い、レベルの高いものであると僕が断言します。

表紙絵は、かつてマーヴィン・ピークの小説中の「ゴーメンガースト城」のイラストを描いたことで知られる画家、イアン・ミラー氏の、別の城の画を、年来のファンの僕が勝手な独断で選ばせてもらいました。画伯からも快く使用の許可を頂けて嬉しかったです。恩師が生前お好きだった画家も、むろん候補だったのですが、今回は一度、あえて従来の先生の本らしくない雰囲気にしてみたかったのです。恩師の愛読者の皆様、なにとぞご海容を賜りますようお願い申し上げます。

それでもなお、種村季弘は本来、城の高みより水平的ノマド的なイメージだろう、と小言を頂戴しそうですが、その水平な、横へ横へと際限なく連結される迷宮じたいが、若かった昔の僕には、頭上遥かに仰ぎ見るべき高み、プラトーだったのです。これでも駄目なら「ドラキュラ城」だとでも思し召し下さい。


本書が誕生するまで温かく応援して下さった皆様、先生のご長男である種村品麻さん、対談にも登場していただいた恩師谷川渥先生、かつて『傑作撰』二巻をともに作って下さった国書刊行会の礒崎純一さん、また本書所収のいくつかの講演録を大部の『詐欺師の勉強あるいは遊戯精神の綺想』（幻戯書房）や『水の迷宮』（国書刊行会）に入れて下さった齋藤靖朗《やすあき》さん、国書刊行会の『種村季弘傑作撰Ⅰ・Ⅱ』にも、また本書にも、素晴らしい装丁を施して下さった間村俊一さん、そして、今回僕の希望に沿った編纂作業と、それに付随する煩瑣なリクエストを全力でサポートして下さり、題名の選定やら脚注の削除やら、何かとお手数をおかけした筑摩書房編集部の大山悦子さん、本当にありがとうございました。心より御礼申し上げます。

最後に、泉下からこの世をご覧になっておられるであろう種村先生。僕も五十四歳になりました。あの十八歳の瘦せた青瓢簞の学生が、大学の教室で初めて先生のご尊顔を拝した日、僕より三回り年上の、僕と同じ酉年生まれの先生が、ちょうど五十四歳でいらっしゃいました。つまり、気づけば、あれから三十六年もの歳月がまたたく間に流れ去ったのです。

本書の巻頭には、従来のような晩年のお写真ではなく、僕がいちばん好きな、先生の若き日の、あの入院中の横顔の写真を載せてもらいました。僕はこの不思議な表情の若者、凛呼《りんこ》たるウェルギリウスのような青年にも、一度会って言葉を交わしてみたいのですけれども。

名古屋の寓居にて

二〇二四年初春

シュルレアリスムとは何か　巖谷國士

20世紀初頭に現れたシュルレアリスム——美術・文学を縦横にへめぐりつつ「自動筆記」「メルヘン」「ユートピア」をテーマに自在に語る入門書。

マタイ受難曲　礒山雅

罪・死・救済を巡る人間ドラマを圧倒的なスケールで描いたバッハの傑作。テキストと音楽の両面から、秘められたメッセージを読み解く記念碑的名著。

バロック音楽　礒山雅

バロック音楽作品の多様性と作曲家達の試行錯誤。バッハ研究の第一人者が、当時の文化思想的背景も踏まえ、その豊かな意味に光を当てる。（寺西肇）

茶の本 日本の目覚め 東洋の理想　岡倉天心　櫻庭信之／斎藤美洲／富原芳彰／岡倉古志郎訳

茶の哲学を語り（茶の本）、東洋精神文明の発揚を説き（日本の目覚め）、アジアは一つの理想を掲げた（東洋の理想）天心の主著を収録。（佐藤正英）

日本の建築　太田博太郎

日本において建築はどう発展してきたか。伊勢神宮・法隆寺・桂離宮など、この国独自の伝統の形を通覧する日本文化論。（五十嵐太郎）

シーボルト 日本植物誌　大場秀章監修・解説

シーボルトが遺した民俗学的にも貴重な『日本植物誌』よりカラー図版150点を全点収録。オリジナル解説を付した、読みやすく美しい日本の植物図鑑。

点と線から面へ　ヴァシリー・カンディンスキー　宮島久雄訳

抽象絵画の旗手カンディンスキーによる理論的主著。絵画の構成要素を徹底的に分析し、「生きた作品」の構築を試みる。造形芸術の本質を突く一冊。

眼の神殿　北澤憲昭

高橋由一の「螺旋展画閣」構想とは何か——。制度論によって近代日本の「美術」を捉え直し、美術史研究を一変させた衝撃の書。（足立元／佐藤道信）

名画とは何か　ケネス・クラーク　富士川義之訳

西洋美術の碩学が厳選した約40点を紹介。なぜそれらは時代を超えて感動を呼ぶのか。アートの本当の読み方がわかる極上の手引。（岡田温司）

高橋悠治　対談選　高橋悠治／小沼純一編

現代音楽の世界的ピアニストである高橋悠治。その演奏のような研ぎ澄まされた言葉と、しなやかな姿が味わえる一冊。学芸文庫オリジナル編集。

モーツァルト　礒山雅

彼は単なる天才なのか？　最新資料をもとに知られざる真実を掘り起こし、人物像と作品に新たな光をあてる。これからのモーツァルト入門決定版。

増補　現代美術逸脱史　千葉成夫

具体、もの派、美共闘……。西欧の模倣でも伝統への回帰でもない、日本現代美術の固有性とは。鮮烈な批評にして画期的通史、増補決定版！（光田由里）

限界芸術論　鶴見俊輔

盆栽、民謡、言葉遊び……芸術と暮らしの境界に広がる「限界芸術」。その理念と経験を論じる表題作ほか、芸術に関する業績をまとめる。（四方田犬彦）

ダダ・シュルレアリスムの時代　塚原史

人間存在が変化してしまった時代の〈意識〉を先導する芸術家たち。二十世紀思想史として捉えなおす、衝撃的なダダ・シュルレアリスム論。（巖谷國士）

奇想の系譜　辻惟雄

若冲、蕭白、国芳……奇矯で幻想的な画家たちの大胆な再評価で絵画史を書き換えた名著。度肝を抜かれる奇想の世界へようこそ！（服部幸雄）

奇想の図譜　辻惟雄

北斎、若冲、写楽、白隠、そして日本美術を貫く奔放な「あそび」の精神と「かざり」への情熱。奇想から花開く鮮烈で不思議な美の世界。（池内紀）

幽霊名画集　辻惟雄監修

怪談噺で有名な幕末明治の噺家・三遊亭円朝が遺した鬼気迫る幽霊画コレクション50幅をカラー掲載。美術史、文化史からの充実した解説を付す。

あそぶ神仏　辻惟雄

白隠、円空、若冲、北斎……。彼らの生んだ異形でかわいい神仏とは。「奇想」で美術の常識を塗り替えた大家がもう一つの宗教美術史に迫る。（矢島新）

デュシャンは語る
マルセル・デュシャン
聞き手ピエール・カバンヌ
岩佐鉄男／小林康夫訳

現代芸術において最も魅惑的な発明家デュシャン。謎に満ちたこの稀代の芸術家の生涯と思考・創造活動に向かって深く、広く開かれた異色の対話。

音楽理論入門
東川清一

リクツがわかれば音楽はもっと楽しくなる！ 楽譜で用いられる種々の記号、音階、リズムなど、鑑賞や演奏に必要な基礎知識を丁寧に解説。

プラド美術館の三時間
エウヘーニオ・ドールス
神吉敬三訳

20世紀スペインの碩学が特に愛したプラド美術館を借りて披瀝した絵画論。「展覧会を訪れる人々への忠告」併収の美の案内書。（大高保二郎）

土門拳 写真論集
土門拳
田沼武能編

戦後を代表する写真家、土門拳の書いた写真選評やエッセイを精選。巨匠のテクニックや思想を余すところなく盛り込んだ文庫オリジナル新編集。

なぜ、植物図鑑か
中平卓馬

映像に情緒性・人間性は不要だ。図鑑のような客観的視線を獲得せよ！ 日本写真の'60〜'70年代を牽引した著者の幻の評論集。（八角聡仁）

絵画の政治学
リンダ・ノックリン
坂上桂子訳

ジェンダー、反ユダヤ主義、地方性……。19世紀絵画を、形式のみならず作品を取り巻く政治的関係から読み解く。美術史のあり方をも問うた名著。

人を賢くする道具
D・A・ノーマン
佐伯胖監訳
岡本明ほか訳

機械中心ではなく、人間中心のデザインへ。数値のグラフ化や商品陳列棚、航空機コックピットの設計等を例に、認知とデザインの関係をとく先駆的名著。

ゴダール革命〔増補決定版〕
蓮實重彦

「失敗の成功」を反復する映画作家が置かれ続けた孤独。それは何を意味するのか。ゴダールへのインタヴューなどを再録増補した決定版。（堀潤之）

美術で読み解く 新約聖書の真実
秦剛平

西洋名画からキリスト教を読む楽しい3冊シリーズ。新約聖書篇は、受胎告知や最後の晩餐などのエピソードが満載。カラー口絵付オリジナル。

美術で読み解く 聖母マリアとキリスト教伝説　秦 剛平

キリスト教美術の多くは捏造された物語に基づいていた！ マリア信仰の成立、反ユダヤ主義の台頭など、西洋名画に隠された衝撃の歴史を読む。

美術で読み解く 聖人伝説　秦 剛平

聖人100人以上の逸話を収録する『黄金伝説』は、中世以降のキリスト教美術の典拠になった。絵画・彫刻と対照させつつ聖人伝説を読み解く。

イコノロジー研究（上）　エルヴィン・パノフスキー　浅野徹ほか訳

芸術作品を読み解き、その背後の意味と歴史的意識を探求する図像解釈学。人文諸学に汎用されるこの方法論の出発点となった記念碑的名著。

イコノロジー研究（下）　エルヴィン・パノフスキー　浅野徹ほか訳

上巻の、図像解釈学の基礎論的「序論」と「盲目のクピド」等各論に続き、下巻は新プラトン主義と芸術作品の相関に係る論考に詳細な索引を収録。

〈象徴形式《シンボル》〉としての遠近法　エルヴィン・パノフスキー　木田元監訳　川戸れい子／上村清雄訳

透視図法は視覚とは必ずしも一致しない。それはいわばシンボル的な形式なのだ――。世界表象のシステムから解き明かされる、人間の精神史。

見るということ　ジョン・バージャー　飯沢耕太郎監修　笠原美智子訳

写真の登場で、人間は膨大なイメージに取り囲まれ、歴史や経験との対峙を余儀なくされた。見るという行為そのものに肉迫した革新的美術論集。

イメージ　ジョン・バージャー　伊藤俊治訳

イメージが氾濫する現代、「ものを見る」とはどういう意味をもつか。美術史上の名画と広告とを等価に扱い、見ること自体の再検討を迫る名著。

バルトーク音楽論選　ベーラ・バルトーク　伊東信宏／太田峰夫訳

中・東欧やトルコの民俗音楽研究、同時代の作曲家についての批評など計15篇を収録。作曲家バルトークの多様な音楽活動に迫る文庫オリジナル選集。

古伊万里図鑑　秦 秀雄

魯山人に星岡茶寮を任され柳宗悦の蒐集に一役買った稀代の目利き秦秀雄による究極の古伊万里鑑賞案内。限定五百部の稀覯本を文庫化。（勝見充男）

新編 脳の中の美術館
布施英利
「見る」に徹する視覚と共感覚に訴える視覚。ヒトの二つの視知覚形式から美術作品を考察する、芸術論へのまったく新しい視座。（中村桂子）

秘密の動物誌
フォンクベルタ／フォルミゲーラ
荒俣宏監修
管啓次郎訳
光る象、多足蛇、水面直立魚――謎の失踪を遂げた動物学者によって発見された「新種の動物」とは。世界を騒然とさせた驚愕の書。（茂木健一郎）

ブーレーズ作曲家論選
ピエール・ブーレーズ
笠羽映子編訳
現代音楽の巨匠ブーレーズ。彼がバッハ、マーラー、ケージなど古今の名作曲家を個別に考察した音楽論14篇を集めたオリジナル編集。

図説 写真小史
ヴァルター・ベンヤミン
久保哲司編訳
写真の可能性と限界を考察し初期写真から同時代の作品まで通観した傑作エッセイ「写真小史」と、関連の写真図版・評論を編集。（金子隆一）

フランシス・ベイコン・インタヴュー
デイヴィッド・シルヴェスター
小林等訳
二十世紀を代表する画家ベイコンが自身について語った貴重な対談録。制作過程や生い立ちのことなど。『肉への慈悲』の文庫化。（保坂健二朗）

ニューメディアの言語
レフ・マノヴィッチ
堀潤之訳
新旧メディアの連続と断絶。犀利な視線でニューメディアの論理を分析し、視覚文化の変貌を捉える。マクルーハン以降、最も示唆に富むメディア史。

花鳥・山水画を読み解く
宮崎法子
中国絵画の二大分野、山水画と花鳥画。そこに託された人々の思いや夢とは何だったのか。豊饒な作品世界を第一人者が案内する。サントリー学芸賞受賞。

ロシア・アヴァンギャルド
水野忠夫
旧体制に退場を命じるごとく登場し、社会主義革命と同調、スターリン体制のなかで終焉を迎えた芸術運動。現代史を体現したその全貌を描く。（河村彩）

理想の書物
ウィリアム・モリス
W・S・ピータースン編
川端康雄訳
近代デザインの祖・モリスは晩年に、私家版印刷所を設立し、徹底した理想の本作りを追究する。書物芸術を論じた情熱溢れるエッセイ講演集。

紋章学入門　森護

紋章の見分け方と歴史がわかれば、ヨーロッパの文化がわかる！　基礎から学べて謎解きのように面白い紋章学入門書。カラー含む図版約三百点を収録。

リヒテルは語る　ユーリー・ボリソフ　宮澤淳一訳

20世紀最大の天才ピアニストの遺した芸術的創造力の横溢。音楽の心象風景、文学や美術、映画への連想がいきいきと語られる。「八月を想う貴人」を増補。

イタリア絵画史　ロベルト・ロンギ　和田忠彦／丹生谷貴志／柱本元彦訳

現代イタリアを代表する美術史家ロンギ。本書は絵画史の流れを大胆に論じ、若き日の文化人達に大きな影響を与えた伝説的講義録である。（岡田温司）

歌舞伎　渡辺保

伝統様式の中に、時代の美を投げ入れて生き続けてきた歌舞伎。その様式のキーワードを的確簡明に解説した、見巧者をめざす人のための入門書。

マニエリスム芸術論　若桑みどり

カトリック的世界像と封建体制の崩壊により、観念の転換を迫られた一六世紀。不穏な時代のイメージの創造と享受の意味をさぐる刺激的芸術論。

イメージを読む　若桑みどり

ミケランジェロのシスティーナ礼拝堂天井画、ダ・ヴィンチの「モナ・リザ」、名画に隠された思想や意味を鮮やかに読み解く楽しい美術史入門書。

イメージの歴史　若桑みどり

時代の精神を形作る様々な「イメージ」にアプローチし、ジェンダー的・ポストコロニアル的視点を盛り込みながらその真意をさぐる新しい美術史。

絵画を読む　若桑みどり

絵画の〈解釈〉には何をしたらよいか。名画12作品の読解によって、美術の深みと無限の感受性への扉を開ける。美術史入門書の決定版。（宮下規久朗）

てつがくを着て、まちを歩こう　鷲田清一

規範から解き放たれ、目まぐるしく変遷するモードの世界に、常に変わらぬ肯定的眼差しを送りつづけてきた著者の軽やかなファッション考現学。

存在と時間（上）
M・ハイデッガー
細谷貞雄訳

哲学の根本課題、存在の問題を、現存在としての人間の時間性の視界から解明した大著。刊行時すでに哲学の古典と称された20世紀の記念碑的著作。

存在と時間（下）
M・ハイデッガー
細谷貞雄訳

第一編で「現存在の準備的な基礎分析」をおえたハイデッガーは、この第二編では「現存在と時間性」として死の問題を問い直す。（細谷貞雄）

「ヒューマニズム」について
M・ハイデッガー
渡邊二郎訳

『存在と時間』から二〇年、沈黙を破った哲学者の後期の思想の精髄。「人間」ではなく「存在の真理」の思索を促す、書簡体による存在論入門。

ドストエフスキーの詩学
ミハイル・バフチン
望月哲男／鈴木淳一訳

ドストエフスキーの画期性とは何か？《ポリフォニー論》と《カーニバル論》という、魅力にみちた二視点を提起した先駆的著作。（望月哲男）

表徴の帝国
ロラン・バルト
宗左近訳

「日本」の風物・慣習に感嘆しつつもそれらを〈零度〉に解体し、詩的素材としてエクリチュールとシーニュについての思想を展開させたエッセイ集。

エッフェル塔
ロラン・バルト
宗左近／諸田和治訳
伊藤俊治図版監修

塔によって触発される表徴を次々に展開させることで、その創造力を自在に操る、バルト独自の構造主義的思考の原形。解説・貴重図版多数併載。

エクリチュールの零度
ロラン・バルト
森本和夫／林好雄訳註

哲学・文学・言語学など、現代思想の幅広い分野に怖るべき影響を与え続けているバルトの理論的主著。詳註を付した新訳決定版。（林好雄）

映像の修辞学
ロラン・バルト
蓮實重彥／杉本紀子訳

イメージは意味の極限である。広告写真や報道写真、そして映画におけるメッセージの記号を読み解き、意味を探り、自在に語る魅惑の映像論集。

ロラン・バルト　モード論集
ロラン・バルト
山田登世子編訳

エスプリの弾けるエッセイから、初期の金字塔『モードの体系』に至る記号学的モード研究まで。初期のバルトの才気が光るモード論考集。オリジナル編集・新訳。

ちくま学芸文庫

種村季弘《たねむらすえひろ》コレクション　驚異《きょうい》の函《はこ》

二〇二四年二月十日　第一刷発行

著者　種村季弘（たねむら・すえひろ）
編者　諏訪哲史（すわ・てつし）
発行者　喜入冬子
発行所　株式会社　筑摩書房
東京都台東区蔵前二―五―三　〒一一一―八七五五
電話番号　〇三―五六八七―二六〇一（代表）
装幀者　安野光雅
印刷所　明和印刷株式会社
製本所　株式会社積信堂

ISBN978-4-480-51232-1 C0195